Sherlocks Thuis
Het Lege Huis

Samengesteld door Sherlockology
Onder redactie van Steve Emecz

Vertaald uit het Engels door:

Caroline Cornelis
Eva Geestman
Lidia A. Tsvetkova
Shayan (Adrian) Barjesteh van Waalwijk van Doorn

Oorspronkelijk uitgegeven in het Engels onder de titel *Sherlock's Home,
The Empty House* door MX Publishing, Londen.

Paperback ISBN 978-1-78092-371-0
ePub ISBN 978-1-78092-372-7
PDF ISBN 978-1-78092-373-4

MX Publishing
335 Princess Park Manor, Royal Drive,
Londen, N11 3GX

www.mxpublishing.com
Coverontwerp door www.sherlockology.com

Jeff Decker

Sponsors

De vertaling van dit boek is via Kickstarter gesponsord. We willen allen die hieraan hebben bijgedragen van harte bedanken. Een lijst van zilveren sponsors bevindt zich achterin het boek. Hieronder volgt informatie over de platina sponsor, Shadowcat.

Shadowcat Systems is een ontwikkelaar en consultant van openbron (open source) software en het geesteskind van Mark Keating en Matt S. Trout. De hoofdvestiging van het bedrijf bevindt zich in het Verenigd Koninkrijk.

"We bieden betrouwbare expertise aan in de ontwikkeling van netwerksystemen en veilige automatisering van handmatige processen. Dit kan gaan om de werkstroom bij bedrijven, systeem- en netwerkbeheer of een klantenbestand wereldwijd. Shadowcat is toegewijd aan de openbron technologie en specialiseert zich in werken met openbron software, met gebruik van open standaarden en protocollen. Shadowcat doet ook graag iets terug voor de gemeenschap en biedt vaak patches, scripts en eventueel hele softwarepakketten aan.

Shadowcat is er trots op om 'Het Lege Huis' en 'Save Undershaw' te ondersteunen."

Website: www.shadow.cat
Facebook: www.facebook.com/ShadowcatSystems
E-mail: info@shadowcat.co.uk

Inhoud

1

Over dit boek

Toen we Sherlockology oprichtten, deden we dat vanwege onze liefde voor een BBC-serie die toen nog maar uit drie afleveringen bestond; 'Sherlock', bedacht en geschapen door de enorm talentvolle Steven Moffat en Mark Gatiss. Ieder lid van onze groep was al geïnteresseerd in de meest beroemde detective aller tijden en had al min of meer voorkennis van de werken van sir Arthur Conan Doyle en enkele eerdere adaptaties. Na verloop van tijd begonnen we echter met zijn allen, net als Alice in Wonderland, steeds dieper af te dalen in de wereld van Conan Doyle en Sherlock Holmes.

Op deze reis ontdekten we langzamerhand dat Sherlock Holmes een absoluut uniek personage is. Hij vertoeft niet alleen op de pagina's van een boek, noch wordt hem enkel leven ingeblazen door de vele acteurs die hem hebben gespeeld; Holmes is een mens van vlees en bloed. Hij wordt steeds belangrijker en interessanter in de wereld om ons heen naarmate men hem beter leert kennen, onafhankelijk van het tijdperk of het milieu waar men deel van uitmaakt. Sherlock Holmes, dokter John Watson, mevrouw Hudson, Mycroft Holmes en de rest van sir Arthur Conan Doyles personages zijn veel meer dan de hersenspinsels van een talentvolle schrijver. Zoals voor vele generaties in het verleden en gegarandeerd ook in de toekomst zijn ze voorgoed onze vrienden geworden.

Zonder sir Arthur Conan Doyle zouden zowel de literatuurgeschiedenis als onze eigen verbeelding vele malen saaier zijn geweest. Hij gaf ons een unieke held; iemand om in te geloven. Het minste wat we terug kunnen doen is ervoor zorgen dat de bedenker van zo'n personage een nagedachtenis kan hebben voor toekomstige generaties. Zij verdienen, net als wij, het genoegen om Sherlock Holmes te ontmoeten.

Deze erfenis leeft voort in de geschreven werken, maar ook in de bakstenen en het cement van Undershaw. Niet alleen heeft sir Arthur Conan Doyle het huis zelf ontworpen en gebouwd, hij heeft hier ook zijn collega-schrijvers ontvangen en vooral: meer avonturen geschreven over Sherlock Holmes. Het zou een ondenkbare dwaasheid zijn om dit gebouw verloren te laten gaan en dit boek vormt onderdeel van de strijd die wordt gevoerd om het te behouden. Allen die aan de inhoud hebben bijgedragen vechten mee. De honderden fans die een verhaal hebben ingezonden vechten mee. Maar vooral u, de lezer van dit boek, vecht met ons mee, waarvoor we u hierbij onze diepste dankbetuigingen willen aanbieden.

We willen graag iedereen bedanken die dit boek mogelijk heeft gemaakt. Roger Johnson, die er alles aan heeft gedaan om op zeer korte tijd dit project in elkaar te helpen zetten. Michael Cox en Sue Vertue, de producenten van twee verschillende, maar even geniale Sherlock Holmes tv-series, voor hun hulp en ondersteuning. Nicholas Briggs, Douglas Wilmer, David Stuart Davies, Roger Llewellyn, Gyles Brandreth, Jeff Decker, Alistair Duncan, Stephen Fry en Mark Gatiss (beschermheer van UPT) voor hun bijdragen waarin ze het belang van het redden van Undershaw naar voren brengen. Tenslotte, The Undershaw Preservation Trust, Lynn Gale en Jacquelynn Morris voor het openbaar maken van dit geweldige doel en MX Publishing voor het waarmaken van dit boek.

Sherlockology
www.sherlockology.com

4

The Undershaw Preservation Trust – De stichting ter behoud van Undershaw

Op een nacht tegen het einde van 2008 had ik een zeer levendige droom over een Victoriaans gezin. Ze stonden in de hal van een enorm huis en ik scheen foto's van ze te maken van achter een ouderwetse camera. Ik werd wakker en probeerde me te herinneren waar deze droommensen vandaan kwamen. Helaas, het mocht niet baten. Toen ik een paar maanden later een boek van sir Arthur Conan Doyle opende, vond ik een foto van zijn tweede gezin. U kunt u mijn schok niet voorstellen toen ik de mensen uit mijn droom terugzag, precies zoals ze daar hadden gestaan.

Het jaar daarop maakte ik een ritje met de auto, camera op de achterbank, zonder enig idee te hebben waar ik heen ging. Een 'te koop'-bord trok mijn aandacht. Het stond aan de ingang van Undershaw, een landgoed dat ik in het verleden al veel vaker was gepasseerd. Deze keer leek het echter een teken te zijn: een duidelijke aanwijzing dat ik Undershaw en zijn geschiedenis met de camera moest vastleggen. Die foto's van een vervallen gebouw leidden tot een campagne, die over de jaren heen de aandacht van veel mensen heeft getrokken. Mensen met de meest uiteenlopende levenswandel van over de hele wereld.

Toen ik langzaam het kronkelende paadje naar het roodbakstenen gebouw afliep, had ik nog geen idee wat me achter de rij hoge bomen stond te wachten. Ik schreed over dezelfde grond als velen dat voor mij meer dan een eeuw geleden hadden gedaan. De muren van het huis dat langzaam in zicht kwam straalden geschiedenis uit. Ik was hier in mijn jeugd geweest en het voelde alsof ik terug in de tijd ging. Daar, achter hoge steigers en onder een beschermend afdak, stond de voormalige Surrey-residentie van de schepper van Sherlock Holmes, sir Arthur Conan Doyle, een hoogst gerespecteerde gentleman tijdens zijn leven en een van de belangrijkste fictieschrijvers aller tijden.

Doch, ik was geraakt door de vervallen staat waarin het huis verkeerde; het was duidelijk al vele jaren overgelaten aan weer en wind. Een sterke drang overkwam mij om dit huis niet alleen te redden van verval, maar het vervolgens ook tot zijn voormalige glorie, karakter en sierlijkheid terug te brengen.

Een gebouw redden? Hoe kan iemand zo'n merkwaardig en krankzinnig doel bereiken? Was ik een irrationele, overenthousiaste vrouw die het onmogelijke wilde teweegbrengen? Of was het meer dan dat? Echter, de aandrang was zo groot dat ik mezelf steeds voortgestuwd voelde: als je iets heel graag wil, kun je het ook altijd bereiken.

En mijn vurige hoop voor Undershaw is dat het zal herrijzen zoals Sherlock Holmes herrees en dat het, wederom zoals Sherlock Holmes, voor vele toekomstige generaties verder zal leven.

Lynn Gale

Undershaw is altijd een gastvrij huis geweest... Arthur Conan Doyle begon de traditie; hij ontving vele familieleden, vrienden en literaire toppers in het huis dat was gebouwd met behulp van zijn eigen inspiratie... Vervolgens namen diverse beheerders de rol van gastheer over; zij hebben Undershaw decennia lang als een hotel gerund dat bekend stond om zijn hartelijkheid. Vele gasten genoten van de cuisine en gezelligheid hier, en men kon het diner vaak in de boomhut in de tuin nuttigen.

Te midden van ACD's vele talenten was nastreven van gerechtigheid het belangrijkste. En gerechtigheid moet nogmaals zegevieren, wil Undershaw bevrijd worden uit de greep der vandalen en hersteld worden als een ontmoetingsplaats voor gelijkgestemde geesten.

Sue Meadows

Medeoprichters van The Undershaw Preservation Trust
www.saveundershaw.com

Undershaw – Een korte geschiedenis

Mocht u het nog niet weten, 'Undershaw' is de naam die sir Arthur Conan Doyle gaf aan zijn voormalig huis in Hindhead, Surrey. Hij heeft daar van oktober 1897 tot september 1907 gewoond; toen trouwde hij opnieuw en verhuisde met zijn tweede echtgenote, Jean Leckie, naar Crowborough in Sussex.

Undershaw is echter uniek te midden van alle voormalige residenties van Conan Doyle. Dit is het enige huis waar hij zelf invloed heeft gehad op het ontwerp. Veel elementen werden speciaal voor Louise Conan Doyle bedacht. Ze leed aan tuberculose sinds eind 1893 en de grote ramen, trappen met lage treden en deuren die van beide kanten konden worden opengeduwd waren allemaal aanpassingen voor haar gemak. Helaas werd het huis getuige van haar dood toen ze in juni 1906 uiteindelijk bezweek aan haar ziekte.

Het was in dit huis dat veel van Conan Doyles belangrijkste werken (geheel of gedeeltelijk) tot leven kwamen. De lezers van dit boek zullen 'De hond van de Baskervilles' en 'De terugkeer van Sherlock Holmes' als de meest opvallende verhalen beschouwen die sir Arthur Conan Doyle in die tijd heeft geschreven. Het is dan ook niet overdreven om te zeggen dat Undershaw letterlijk de plaats van Sherlock Holmes' wedergeboorte is. Toentertijd was dit natuurlijk al een reden tot viering, en tot op de dag van vandaag zijn fans eindeloos dankbaar voor deze ontwikkeling.

Toen Conan Doyle het huis in 1907 verliet, werd het voor een korte tijd verhuurd. Geruchten gingen dat hij het landgoed uiteindelijk aan zijn zoon Kingsley wilde geven. Toen Kingsley vlak voor het einde van de Eerste Wereldoorlog omkwam, besloot Conan Doyle het voor een appel en een ei te verkopen. Na enige tijd werd het een hotel.

In 2004 kwam de periode als hotel ten einde. Het huis werd met oog op verbouwing overgenomen. De ontwikkelaars vroegen het gemeentebestuur om toestemming het gebouw naar appartementen en herenhuizen te converteren. Er bestaat ook een ambitie om aanvullende bouwwerken op het terrein te bouwen. Ondanks het feit dat het hier een geregistreerd Brits rijksmonument[1] betreft, is deze toestemming alsnog verleend. Dit zijn de plannen die The Undershaw Preservation Trust en zijn medestanders proberen aan te vechten. Ook u, beste lezer, neemt deel aan dit gevecht. Een gevecht dat niet alleen omwille van Undershaw zelf gevoerd moet worden, maar ook ten behoeve van alle historisch belangrijke monumenten over de hele wereld. Mensen met macht moeten inzien dat wij niet ledig zullen toekijken wanneer zij onze geschiedenis met de grond gelijk willen maken.

Alistair Duncan, 2012

'Een volledig nieuw land – Arthur Conan Doyle, Undershaw en de herrijzenis van Sherlock Holmes'

---

[1] Grade II listed building: "bijzondere gebouwen die iedere inspanning om ze te behouden rechtvaardigen" (Listed Buildings, *English Heritage*, http://www.english-heritage.org.uk/caring/listing/listed-buildings/)

Niet Vergeten
Tekst en muziek door Caitlin Obom

De lege, open armen van een kamer
De schilfers van het bladderend behang
Soms hoor ik nog je voetstap in de keuken
Je bent er niet, al wacht ik nog zo lang

En niemand ziet de sporen
Van jouw voeten in het stof
Niemand ziet jouw schaduw
Dwalend door dit woondoolhof

De lege huizen
Die de tijd vergeten is
De planken volgeschreven
Met jouw voorgeschiedenis
Lees de woorden met je handen
Met je voeten, met je tong
Je hebt je eigen mythe hier geschreven
We sterven maar
We worden niet vergeten

Mijn muren wennen nooit meer aan de stilte
Aan zon die schijnt door een gebroken raam
Bedoeld als monument, niet investering
Dit had nooit verloren mogen gaan

En niemand lijkt te snappen
Waar mijn hartstocht uit bestaat
Niemand die de woorden van
Een kloppend hart verstaat

De lege huizen
Die de tijd vergeten is
De planken volgeschreven
Met jouw voorgeschiedenis
Lees de woorden met je handen
Met je voeten, met je tong
Je hebt je eigen mythe hier geschreven
We sterven maar
We worden niet vergeten

Mijn gebroken schoonheid
Laat me niet alleen
Geef je niet gewonnen
Het staat nog niet in steen

De lege huizen
Die de tijd vergeten is
De planken volgeschreven
Met jouw voorgeschiedenis
Lees de woorden met je handen
Met je voeten, met je tong
Je hebt je eigen mythe hier geschreven
We sterven maar
We worden niet vergeten

10

Ex Libris van de voorzitter van de trust, John Gibson, ontworpen door Sue Scullard.

Supporters

Alle boeken van de wereld zouden de lieve woorden van de talloze medestanders van Save Undershaw niet kunnen bevatten, maar hier is een kleine selectie acteurs, schrijvers, producenten en geschiedkundigen die de gevoelens van duizenden Sherlock Holmes-fans over de hele wereld perfect hebben opgesomd.

Mark Gatiss, Stephen Fry, Roger Johnson, Gyles Brandreth, Douglas Wilmer, Nick Briggs, Michael Cox, David Stuart Davies, Roger Llewellyn en Alistair Duncan.

Ik zou graag mijn groot enthousiasme willen uitdrukken voor de campagne om Undershaw te redden. Het lijkt een zeer trieste afspiegeling van onze tijd te zijn dat het voormalig woonhuis van een van onze grootste en meest populaire schrijvers zo verwaarloosd is en zelfs gevaar loopt te verdwijnen door een onsympathieke herontwikkeling van de locatie.

Tijdens zijn productieve en spannende loopbaan heeft sir Arthur Conan Doyle op diverse plaatsen gewoond, maar alleen in Undershaw voel je de grootsheid van de auteur. Hier ademde de Hond van de Baskervilles voor de eerste keer in zijn bovennatuurlijk leven en het was hier dat Sherlock Holmes herrees uit de Reichenbach Waterval. Hier werden Stoker, Barrie, Hornung en vele anderen ontvangen. Het is absoluut niet overdreven om te zeggen dat Undershaw het centrum van Doyles leven vormde in wat mogelijk de meest succesvolle en boeiende periode van zijn carrière is geweest. Dit huis moet gered worden en zijn plaats innemen in de reeks goedbewaarde woonhuizen, samen met andere literaire reuzen van dit land. Het betreft hier een 'three-pipe problem', maar ik ben er zeker van dat het er wel één is dat valt op te lossen.

Mark Gatiss
Beschermheer van The Undershaw Preservation Trust

Acteur, script- en romanschrijver en samen met Steven Moffat schepper van de BBC-serie 'Sherlock'.

13

Wat voor test er ook nodig is om een eeuwigdurende, onvergankelijke plek in de Britse cultuur te garanderen, Conan Doyle is er met vlag en wimpel voor geslaagd. Harry Potter houdt het misschien geen eeuw uit (vast wel, maar je weet maar nooit), maar niets is zekerder in de literatuur dan dat Sherlock Holmes niet alleen eeuwen, maar millennia zal blijven bestaan. Er is simpelweg geen ander personage dat zo veel overleefd heeft en zo veel belichaamt. Alleen al in het afgelopen anderhalf jaar hebben we gezien dat Sherlock voor alle tijden opnieuw kan worden uitgevonden. Wat zouden toekomstige generaties van ons denken als we het huis van de bedenker van Holmes laten vervallen? Wat zouden ze van ons denken als ze wisten dat we het uit hebzucht en luiheid willens en wetens hadden neergehaald? Ze zouden net zo ontzet en verbijsterd zijn als de duizenden over de hele wereld die nu roepen, "Nee. Stop! Denk na! Dit is een schijneconomie en een daad van filistijnse domheid."

Er is zoveel dat een levend, bloeiend Undershaw kan bereiken. Het kan een studiecentrum zijn, een toeristische attractie, een vooraanstaand museum en een baken van trots. Iedereen die de macht heeft spoor in aan zichzelf niet te zien als sloopkogel, maar als mensen met visie en creatief inzicht. Holmes zal alleen maar groter worden, laat Groot-Brittannië niet kleiner worden.

Stephen Fry
Acteur en schrijver

Ooit het jongste lid van De Sherlock Holmes Sociëteit van Londen en recent te zien geweest als Mycroft Holmes in 'Sherlock Holmes: A Game of Shadows'.

Ondanks een onbeschaafde uiting van een voormalig Minister van Cultuur[2] is Arthur Conan Doyles plaats in de Engelse literatuur – en internationale cultuur – verzekerd. Net als het werk van vele anderen worden zijn boeken een eeuw later nog steeds bestudeerd, ontleed en bekritiseerd door studenten en academici. Echter, wat Conan Doyle onderscheidt van de meesten is dat zijn boeken na meer dan honderd jaar nog steeds voor puur plezier worden gelezen. Dit overkomt zeer weinig schrijvers. Mensen lezen 'De verloren wereld', 'De witte compagnie' en vooral de verschillende verhalen over Sherlock Holmes om de allerbeste reden: omdat ze dat willen. En zoals sir Christoper Frayling heeft gezegd, kun je een moderne lezer ervan verzekeren dat de verhalen over Sherlock Holmes vermakelijk zijn; je hoeft er niet bij te voegen: 'Maar natuurlijk zijn er ook wat saaie stukjes...' Dit is een zeldzame onderscheiding voor een Victoriaanse schrijver.

Undershaw, Conan Doyles huis in Hindhead, is belangrijk niet alleen op nationaal, maar ook op international niveau. Het maakt een belangrijk deel uit van het literaire landschap van Groot-Brittannië. Hier schreef hij 'De avonturen van Gerard', 'Heer Nigel' en 'De Boerenoorlog'. Dit is het huis dat hij verliet om een legerarts te worden in het Zuid-Afrikaanse conflict. Dit was zijn thuis toen hij tot sir Arthur werd geridderd. En dit was ook de plaats van Sherlock Holmes' wedergeboorte.

Undershaw heeft bovendien een zeldzame en kostbare persoonlijke hoedanigheid omdat Conan Doyle het samen met de architect J.H. Ball heeft ontworpen. Om het met de woorden van de website www.scottsabbotsford.co.uk (opgedragen aan het thuis van sir Walter Scott, een auteur voor wie Conan Doyle diepe bewondering had) te zeggen: *'Wanneer men de bakstenen en het cement van Undershaw aanraakt, raakt men de ziel van Artur Conan Doyle aan.'*

---

[2] Minister Tessa Jowell heeft gezegd dat Conan Doyle literair minder belangrijk is dan bijvoorbeeld Jane Austen.

Het is ontzettend droevig dat het huis momenteel verwaarloosd is door zijn eigenaren en beschadigd door vandalen. Undershaw kán en móet gered worden!

Roger Johnson

Redacteur van 'Het Sherlock Holmes Tijdschrift' (The Sherlock Holmes Journal) bij De Sherlock Holmes Sociëteit van Londen

Arthur Conan Doyle was een goede schrijver, fantastische verteller en een opmerkelijke man. Zijn privégeschiedenis is fascinerend, indrukwekkend en ontroerend en hij heeft ongetwijfeld een stempel gedrukt op de wereld zoals maar weinigen dat kunnen. Hij behoort tot de selecte groep schrijvers wiens personages hun leven buiten de pagina's van het boek hebben voortgezet: Sherlock Holmes; dokter Watson; mevrouw Hudson; professor Moriarty; de ongeregelde politie uit Baker Street... al deze personages en hun wereld zijn op alle continenten bekend en zullen nog heel lang beroemd blijven. Ook het huis van Conan Doyle is een gebouw met – zowel nationaal als internationaal – enorme culturele, sociale en literaire betekenis.

Gyles Brandreth
Schrijver en presentator

Sir Arthur Conan Doyle was de schepper van het meest bekende personage in de literatuur, Sherlock Holmes. Dat zijn huis, het schouwtoneel van zo'n levendige laat-Victoriaanse atmosfeer, bedreigd wordt, lijkt zinloos en barbaars. In dit huis werden veel van Doyles beste verhalen bedacht en opgeschreven, inclusief het wellicht bekendste 'De hond van de Baskervilles'.

Wat Undershaws toekomst ook brengt, of het nu een hotel wordt of een verzorgingstehuis, het moet hoe dan ook behoed worden voor het opbreken in flats of kantoren. Dit zou de persoonlijkheid van het gebouw voor altijd uitwissen. Het is vergeefs en absoluut niet relevant om Doyles literaire status te vergelijken met die van Jane Austen of anderen.

Ik heb het geluk gehad om heel lang geleden bekend te zijn geraakt met de verhalen over Sherlock Holmes. Mij werd tevens het goede fortuin gegund zijn rol in dertien episodes van de BBC tv-serie te hebben gespeeld; dit heeft me de kans gegeven het personage grondig te bestuderen. Sindsdien heb ik dat proces eindeloos interessant en enorm genoeglijk gevonden.

De Sherlock Holmes Sociëteit van Londen heeft me het enorme voorrecht gegeven een erelid te mogen worden en het is ook daarom dat ik mijn naam aan de vele – uitermate vanzelfsprekende – protesten wil toevoegen.

Douglas Wilmer
Acteur, BBC tv-serie 'Sherlock Holmes' (1965)

Ik ben een acteur, schrijver en film- en theaterproducent die al van kinds af aan een passie voor Sherlock Holmes heeft gehad... Echter, deze passie was teweeggebracht door het acteerwerk van Basil Rathbone, Peter Cushing, Christoper Plummer, Robert Stephens en ja, zelfs Stewart Granger (ik meen dat William Shatner ook in die adaptatie speelde).

Ik kwam pas in aanraking met de originele werken via David Stuart Davies' geweldige eenmansshows met de grandioze Roger Llewellyn in de hoofdrol: 'De laatste akte' en 'Dood en leven'. Deze bevatten zo veel verleidelijke fragmenten van de tekst van Conan Doyle dat ik daarnaar teruggreep. En zo kwam ik op het idee om een audiobewerking te maken die zo dicht mogelijk bij de boeken bleef.

Maar daarvoor had ik eerst nog twee andere professionele ontmoetingen met Holmes...

In 1999 besteedde ik veel tijd aan de afwerking van het geluidsdesign en de muziek voor de eerste uitgave van een 'Doctor Who' hoorspel door 'Big Finish'. Ondertussen was ik ook aan het repeteren voor de rol van Holmes die ik in de productie van sir Arthur Conan Doyles eigen toneelstuk speelde. Het stuk was 'De zaak Stonor', maar wij hadden het voor herkenbaarheid 'Het gespikkelde koord' genoemd.

Waarschijnlijk weet u dat de originele uitvoeringen last hadden van een zogenaamd 'gebrek aan authenticiteit' waar het op de weergave van de slang aankwam. Ironisch was het dat, wanneer een echte slang werd gebruikt, iedereen dacht dat die nep was omdat hij amper bewoog.

Wij hebben *nooit* overwogen een echte slang te gebruiken. Wel hadden we twee andere manieren bedacht om het probleem op te lossen. Allereerst was er de methode van Douglas Wilmer: zodra de slang uit de ventilatieschacht kwam, sloeg ik hem hard met een stok voordat iemand hem kon zien (natuurlijk was er helemaal geen slang!). Vervolgens wendden we ons tot sterk melodrama.

Rylott/Roylott (om de één of andere reden had Doyle de naam in het toneelstuk veranderd – geen idee waarom) gaf een schreeuw buiten de zaal. Ineens vlogen de deuren open en rende hij naar binnen, worstelend met een nepslang. Hij schreeuwde en brulde erbij, borst ontbloot, de haren wild (vraag me niet waarom, laten we het overdreven enthousiasme van een acteur de schuld geven)... Wanneer hij dan eindelijk 'doodging', slingerde hij de slang naar ons toe. Ik ving hem op met mijn stok, gooide hem vervolgens op Helen Stonors bed... Watson en ik sloegen een deken over het beest en ranselden het vervolgens af met onze wandelstokken. Als twee krankzinnigen lieten we ons daar helemaal gaan!

Dan hielden we op en, hijgend van onze inspanningen, keken voorzichtig of de slang dood was. We ontdekten dat hij nog leefde en gaven onszelf vervolgens weer over aan een afranselwaanzin, totdat we er zeker van waren dat onze nepslang de pijp aan Maarten had gegeven. Het was tamelijk lastig om de woorden van de laatste scène er nog zonder hijgen uit te krijgen!

We voerden het stuk twee weken lang op in het Drayton Court theater in een grote zaal onder een bar (ik weet eigenlijk niet of het nog bestaat). Na aanvankelijk teleurstellend weinig toeschouwers te hebben getrokken, ging het woord uiteindelijk toch rond. Net toen het seizoen ten einde kwam, kregen we een grote menigte bezoekers. De toename van het aantal toeschouwers was in feite zo groot dat, als we toestemming hadden gekregen om het toneelstuk te blijven opvoeren, het nu waarschijnlijk nog steeds zou lopen.

Ik denk dat het inmiddels wel duidelijk is dat ik het fantastisch vond Holmes te spelen! Echt geweldig. Ik geloof natuurlijk niet dat ik ook maar een beetje op hem lijk. Lang niet zo slim. Gelukkig ook niet zo ongezond in mijn gewoontes (niet meer in ieder geval – en ik bedoel roken!).

Maar ik herken mezelf wel in die doelgerichtheid van Holmes. Net als hij vind ik het enorm spannend om ergens aan te werken waar ik veel van houd (gelukkig betreft dat bijna alles wat ik tegenwoordig doe). En net als hij zak ik volledig weg wanneer ik niets heb om me mee bezig te houden. In feite vrees ik ledigheid. Ik vul mijn leven doorgaans met te veel werk – mijn vrouw en kind zullen dit bevestigen. Niet alleen omdat ik bang ben dat ik niet genoeg geld zal hebben om hen te onderhouden, maar vooral omdat er zich een donkere wolk boven mijn hoofd vormt wanneer ik niets creatiefs te doen heb.

Ik kan mezelf dus wel tot op een zekere hoogte in Sherlock Holmes herkennen. En het helpt natuurlijk ook dat ik fysiek een beetje op hem lijk. Nou ja, een beetje maar...

De volgende keer dat ik in aanraking kwam met Holmes werd mij gevraagd hem als onderdeel van een seizoen thrillers te spelen. Op dat moment speelde ik al bijna een decennium bij het Koninklijke Theater van Nottingham. Ter afwisseling van de gebruikelijke kost van Francis Durbridge had de regisseur besloten een Sherlock Holmes-toneelstuk op te voeren... Vooral omdat hij de schepper van 'Avengers', Brian Clemens kende en wist dat die een Sherlock Holmes-toneelstuk had geschreven. Maar *vooral* omdat hij hoopte een goede deal te krijgen met betrekking tot de auteursrechten. Ja, dat was de *hoofd*reden.

Mijn goede vriend en collega Maggie Stables (als u een 'Big Finish' fan bent, kent u haar wel) beval mij aan als Holmes. Ze had gelukkig veel invloed op de regisseur, want ze was doodsbang dat een compleet ongeschikt iemand de rol zou krijgen. Ik weet niet wie. In ieder geval kreeg ik de baan.

De plaatsvervangend regisseur gaf me een dubbelzinnig compliment: 'Wel, van alle mensen die ze voor dat seizoen hadden kunnen kiezen, ben jij de minst ongeschikte.' 'Lof', ja ja.

Uiteraard was Brian Clemens' toneelstuk 'Holmes en de Ripper' niet het eerste stuk dat overpeinst hoe Holmes de beruchte waargebeurde zaak zou oplossen en waarschijnlijk ook niet het laatste. De stijl was... interessant, met een sterke invloed van Rathbone en Bruce... Er was zelfs een toespeling op Holmes' verloren liefde: een vrouw die haar dagen eindigde in een krankzinnigengesticht. Het helderziend personage dat deze informatie aan Holmes onthult – nadat ze het via vibraties in een broche krijgt – wordt later zelf verliefd op Holmes. Het toneelstuk eindigt behoorlijk sentimenteel, wanneer Holmes zijn gebruikelijke scepticisme voor de helderziende 'Kate' laat varen. Ze gaat op een begeleide reis door Europa met 'Sherlock' – een zeer familiaire aanspreekvorm! Een reis die ook de Reichenbach Waterval zal aandoen.

Het was een zware rol; ik moest heel veel tekst leren en Holmes kwam in bijna elke scène voor. Bovendien had ik maar zeven dagen om te repeteren. Het stuk had hele simpele decors, een aanzienlijke rol voor licht en geluid en het was absoluut geweldig om te doen!

Als je wekelijks repeteert is er altijd wel iets ondeugends aan de gang. Onnozel, natuurlijk, maar acteurs schijnen meer te rommelen naarmate de druk hoger is en de kans op fouten groter. En ik ben zeker niet onschuldig.

Wanneer Holmes, Watson en Kate er eindelijk achter komen wie de misdrijven heeft begaan en op zoek gaan naar de man, zei ik tijdens repetities altijd: 'Komaan! Laten we hem eens goed [vloek]!' als mijn laatste zin. Natuurlijk was dat me bijna ontglipt tijdens de première.

En toen ik met Kate naar Reichenbach vertrok en Watson afscheid van me nam, moest hij me een laatste mannelijk advies in het oor fluisteren. Nodeloos om te zeggen dat ik de meest uiteenlopende versies van 'Ze is lesbisch' en 'Ik ben homo en ik houd van je' tijdens elke voorstelling kreeg te horen. Hoe ik niet elke keer in hard lachen uitbarstte, is me nog steeds een raadsel.

Vanwege het enorme succes van deze productie werden Holmes en ik het jaar daarop door het Koninklijke Theater gevraagd terug te komen. In de tussentijd had ik het genoegen om David Stuart Davies' geweldige – eerder genoemde – toneelstukken te hebben gezien. Ik heb meteen de rechten voor een audiobewerking opgeëist. Rond deze tijd werd ook besloten dat Holmes zou terugkomen naar het Koninklijk Theater in 'De hond van de Baskervilles'.

Trouwens, na afloop van 'Holmes en de Ripper' had ik aan Brian Clemens, die de uitvoering had gezien en goed bevonden, gevraagd of ik zijn stuk mocht bewerken voor audio. Hij stemde hier enthousiast mee in. Zo was het dan dat ik mijn eerste, nogal excentrieke Holmes-serie had gepland!

Maar om terug te komen op mijn verhaal: de producent van 'De hond van de Baskervilles' had bekend gemaakt dat hij het script zou schrijven. Echter, hij was helemaal geen bijzonder schrijver. Toen ik vroeg hoe hij de 'hond' wilde portretteren was zijn antwoord: 'Oh, dat zal wel buiten het podium gebeuren... of misschien zien we twee rode ogen door de glazen deuren.'

Mijn gezicht vertrok en ik zei: 'Er zijn geen glazen deuren in 'De hond van de Baskervilles'!' (ze zijn er wel in bijna elke andere thriller die we ooit in het Koninklijk Theater hebben opgevoerd – het is een ongeschreven wet!). 'Oh, heb jij ideeën dan?' vroeg hij aan me.

Ik herlas gelijk het geweldige verhaal van 'De hond', maakte wat aantekeningen en plande een afspraak met de producent. Mijn vrouw waarschuwde me: 'Straks moet jij het allemaal zelf schrijven!' Ik ontmoette de producent... 'Ik denk dat het beter is als jij het schrijft,' zei hij. Het salaris was onmogelijk, maar ik schreef 'De hond van de Baskervilles', dus kon het geld me weinig schelen.

Ik kende de toeschouwers van het Koninklijk Theater van Nottingham heel goed. Ze kwamen voornamelijk om te lachen. Ik hield dit in mijn achterhoofd, zonder te veel in de richting van komedie te gaan. Ik had al in een paar 'enge' producties in dit theater gespeeld en had gezien hoe goed humor en griezels samengaan.

De Barrymores had ik een beetje platvloers gemaakt en overdreven emotioneel over de dood van hun meester. Ik hoopte dat dit een reden zou geven aan Watson om ze streng aan te pakken en zich vervolgens schuldig te voelen omdat hij ze van streek had gemaakt. Helaas heeft de acteur die Barrymore speelde het komisch element iets te letterlijk genomen en uiteindelijk te veel uitgemolken.

Een soldaat die Watsons gezelschap liet schrikken op het moment dat ze bij Baskerville Hall aankwamen zorgde ook voor een fijn komisch moment.

Echter, mijn oplossing met de vertolking van de hond op het toneel (zonder enig budget!) was rechtdoorzee. Mijn idee was namelijk dat Watson een toneelstuk opzette van 'De hond van de Baskervilles' en aan Holmes had gevraagd om tijdens de generale repetitie te beoordelen hoe accuraat de uitvoering was.

Dit betekende dat Holmes veel meer in het verhaal zou voorkomen, want zelfs als hij er niet in hoorde te zitten kon hij alsnog het toneel op komen om de draak te steken met Watsons verhaal. Ik weet nog dat ik me voornamelijk zorgen maakte dat Watson Henry Baskerville voor een lange tijd alleen in het huis had gelaten met de Barrymores, ondanks dat hij Barrymore ervan verdacht iets met de moord te maken te hebben. Dit was nodig om de Stapletons te kunnen ontmoeten, maar waarom zou Watson Henry aan zo'n risico blootstellen? Zoals wij het speelden, had Watson er domweg niet aan gedacht... Wat ervoor zorgde dat Holmes als behoorlijk zelfgenoegzaam en arrogant overkwam.

Een ander voordeel van het als toneelstuk opvoeren van het verhaal was dat Holmes net zo bezorgd kon zijn als de toeschouwers dat de weergave van de hond verschrikkelijk slecht zou zijn. Tijdens het stuk vraagt hij Watson herhaaldelijk hoe de hond zal worden vertolkt. Watson ontwijkt deze vraag geïrriteerd. Naarmate het stuk verder gaat wordt Holmes steeds meer in de uitbeelding van het verhaal gezogen. Op een bepaald moment citeert hij zelfs Watsons beroemde passage over het voorkomen van de hond. De onderliggende gedachte is dat Holmes erg ontdaan is door de herinnering aan het monsterlijk beest. Uiteindelijk blijft Holmes alleen op het podium. De lichten dimmen en het enige geluid is dat van de hond in de verte. Duidelijk onder de indruk van dit alles haalt hij zijn revolver tevoorschijn en daagt de hond uit te verschijnen. En voor een fractie van een seconde gebeurt dat ook: een acteur in een gigantisch hondenmasker springt vlak voordat alle lichten uitgaan op het podium. In het donker lost Holmes de vijf beroemde schoten. Alleen was de back-up schutter op een avond zo zenuwachtig dat hij ook een paar keer schoot, waardoor het leek dat Holmes een machinegeweer bij zich had.

Wanneer de lichten weer aangaan, komen Watson en de rest van de spelers op en verontschuldigen zich dat er geen hond was. 'Het was te moeilijk om te doen. We dachten eraan om het allemaal maar buiten het podium te laten gebeuren!' Compleet bedot en extreem verontrust draait Holmes zich naar de toeschouwers en zegt: 'Maar ik zag hem. Ik zag... de hond van de Baskervilles.' Het doek valt. Donderend applaus.

Mijn volgende Holmes-ervaring was het begeleiden van Roger Llewellyn in de audiobewerkingen van David Stuart Davies' geniale eenmansshows. En dit is het begin van de audio-reis...

Wat betreft de eerste uitgaven van onze tweede serie, kunnen mijn bewerkingen van 'Het laatste probleem' en 'Het lege huis' maar met moeite 'adaptaties' worden genoemd. In feite is het gewoon de originele tekst waar 'zei hij' is weggelaten. De belangrijkste aanpassing was het opbreken van de tekst in nieuwe paragrafen om de verandering in gedachten voor de acteurs te onderstrepen. Als laatste voegden we aanwijzingen toe om de emotionele inhoud in audio over te brengen;

vooral Watsons besluit om het stilzwijgen te doorbreken en eindelijk over Moriarty te spreken.

Ik moest veel harder werken aan 'De hond van de Baskervilles', echter alleen omdat het langer is dan 60.000 woorden; het script moest ongeveer 20.000 woorden zijn om op twee cd's te passen. We lieten Conan Doyle zo veel mogelijk intact, maar het was niet makkelijk. Het is me opgevallen dat, wanneer je teruggaat naar de originele tekst, je je gaat afvragen waarom mensen het ooit hebben willen veranderen. Waarschijnlijk omdat de dramatische afwisseling dicteert dat Watsons vertelling weg moet... Maar in een hoorspel worden beschrijvingen juist heel erg op prijs gesteld, zodat je Watsons verhaal gewoon intact kan laten!

Maar waar het vooral op aankomt...

    Heruitvinden
    Aanpassen
    Context veranderen

Het is allemaal goed... Het is vaak absoluut geweldig.

Maar ga terug naar het origineel en je zal het meeste plezier hebben.

Nick Briggs
Acteur en schrijver

De huidige Sherlock Holmes in de 'Big Finish' Sherlock Holmes adaptaties

We zijn allen erg veel verschuldigd aan de schrijvers die we in onze jeugd hebben ontdekt. Ze gaven ons eindeloos plezier en een leeshonger die ons de rest van ons leven bij zal blijven. In mijn geval waren die schrijvers Anthony Hope, Sapper, Dornford Yates, John Buchan, Leslie Charteris en vooral Conan Doyle. Sir Arthur schonk ons een reeks helden – Holmes, Challenger en Brigadier Gerard – die mij tot in de 21^e eeuw zijn bijgebleven. Het minste wat we hiervoor kunnen terugdoen is ervoor zorgen dat zijn huis niet wordt vergeten en het respect krijgt dat het verdient.

Michael Cox

Producent van de Granada tv-serie 'De avonturen van Sherlock Holmes' (1984-1985)

Onderschat Undershaw niet. Sherlock Holmes, de detective die door een aan lager wal geraakte dokter in Southsea werd bedacht, is het meest geliefde literair personage ooit. Hoe is het dan mogelijk dat het huis van de auteur er verwaarloosd bij staat en het risico loopt te worden gesloopt? Sinds de eerste verschijning van Holmes in druk in 1887 is er amper een jaar voorbijgegaan zonder een toneelstuk, een lied, een film, een radioserie, een pastiche, een tv-serie of een andere uitvoering met meneer Holmes van Baker Street in de hoofdrol. Toeristen bezoeken zijn standbeelden in Londen, Edinburgh, Japan en Zwitserland en over de hele wereld is hij enorm bemind. Kortom, Sherlock Holmes is de belangrijkste Engelsman die ooit heeft geleefd. En hij was het geesteskind van één van de meest opmerkelijke mensen van dit land, Arthur Conan Doyle. Deze geniale renaissanceman had meer talenten dan de alwetende speurder van de Baker Street. Echter, het lot heeft beslist dat hij voor altijd bekend zal zijn als de man die Sherlock Holmes aan de wereld heeft geschonken. En zo zou hij ook moeten worden herinnerd, vereerd en gekoesterd. Conan Doyle heeft veel mensen immens plezier bezorgd en vele levens verrijkt. De verhalen over Holmes zijn voor jonge generaties als het ware een magische doorgang om in de lonende wereld der literatuur te komen. Bovendien zou een heel verhalengenre niet bestaan hebben zonder Sherlock als lichtend voorbeeld. Doyle bouwde op het fundament dat was gelegd door Edgar Allan Poe en creëerde een sjabloon voor de moderne detectiveverhalen. Zonder Doyle was er geen Poirot, Wimsey, Morse, Rebus of anderen van hun slag.

Sherlock Holmes is een schepping die het geschreven woord overstijgt en een integraal onderdeel uitmaakt van het literaire en culturele weefsel van dit land. Toeristen kunnen de huizen van Shakespeare, Austen, Dickens en de Brontës bezoeken, maar er is momenteel geen aandacht voor Conan Doyle. Dit is ongelofelijk zonde, want de erfenis in de vorm van bouwwerken is noodzakelijk om een schrijver te kunnen begrijpen. Conan Doyle heeft niet alleen een decennium lang in Undershaw gewoond, hij heeft hier ook vele van zijn meest gewaardeerde boeken geschreven en hooggeplaatste individuen onthaald. Maar vooral: hij heeft een belangrijke rol gespeeld in het ontwerp van het huis. De bakstenen en het cement drukken Conan Doyles wezen uit: zijn hartstocht, zijn beleid en zijn plaats in de maatschappij. Undershaw is een microkosmos en toont de overgang tussen de Victoriaanse en de moderne era's zoals Conan Doyle deze in zijn meest bekende roman – 'De hond van de Baskervilles' (1901) – heeft neergelegd. Het zal ook geen verrassing zijn dat dit boek in Undershaw werd geschreven.

Undershaw van Arthur Conan Doyle heeft de mogelijkheid om een middelpunt van creatieve kunsten te worden. Daarnaast kan het helpen het leven en de werken van deze geweldige man te doorgronden en een beter begrip van het cultureel landschap van de beginjaren van de twintigste eeuw bieden. Ook is het een goede plaats om de onsterfelijke Sherlock Holmes te eren. Undershaw moet worden behouden, gerestaureerd en in de toekomst beschikbaar gesteld voor het volk, voor de cultuur, voor de toekomst en voor de mensen. Om ervan te kunnen genieten.

David Stuart Davies
Schrijver

Schrijver van de prijswinnende eenmansshows 'Sherlock Holmes – de laatste acte' en 'Sherlock Holmes – dood en leven' en talrijke fictie en non-fictie over Sherlock Holmes.

De eerste keer dat ik Holmes speelde, was dat in een grootse nieuwe bewerking van 'De hond van de Baskervilles' in het New Vic theater (Newcastle-under-Lyme) in 1997. David Stuart Davies, die toen al een ervaren en succesvolle schrijver was en een erkende autoriteit in Holmes, had mijn optreden positief beoordeeld. Hij stelde het idee van een eenmansshow voor – zonder Watson! Ik was al besmet door het 'solo virus' omdat mijn goede vriend Gareth Armstrong aan een wereldtoer bezig was met zijn toneelstuk 'Shylock', dus hij kon me snel overhalen om mee te doen.

Het was een interessant idee omdat het Holmes toestond zijn diepste gedachten met de toeschouwers te delen en elementen van zijn persoonlijkheid te uiten die voordien voor zijn toegewijde lezers onbekend waren. DSD wilde het stuk graag schrijven en Gareth wilde het graag regisseren. Ik zette een kleine productiemaatschappij op en het Salisbury Toneelhuis presenteerde het grootmoedig in de kleine zaal (90 zitplaatsen) in 1999.

Na een korte toer hebben we met groot succes vijf weken lang op het Edinburgh Fringe Festival opgetreden. Dit heeft ons niet alleen vijf sterren opgeleverd, maar ook een plaats in de Top Tien Toneelstukken van het Jaar. We verhuisden per direct naar The Cockpit Theatre in Londen (het dichtste bij Baker Street gelegen theater) en hebben hierna negen jaar lang de wereld rondgetoerd. We hebben meer dan 800 opvoeringen gedaan en er komen er nog meer aan!

Na negen jaar heb ik David om een tweede stuk gevraagd, en daar heeft hij ook in voorzien. Allebei de producties toeren nog steeds.

Hoewel ik zelf nooit een echte Sherlockian ben geweest, geef ik uiteraard graag toe dat ik een goede keuze was voor die rol. Ik heb de juiste spreekstijl en een bepaalde hoekigheid van gezicht. Het was geweldig dat de Holmes die David voor me had geschreven een sterke overeenkomst had met het personage dat ik voor mezelf in 'De hond' had gevonden.

Ik had een droge, sardonische en vaak wrede humor ontwikkeld in mijn interpretatie van Holmes; deze beviel David en hij voegde er zijn eigen originele bijdrage aan toe. Omdat zijn Holmesiaanse kennis heel uitgebreid is, leidt hij aanwijzingen af uit de originele verhalen en past ze toe tijdens het schrijven van vermakelijke en pakkende dramatische concepten.

Holmes is een uitermate intelligente, emotieloze, ongevoelige en afstandelijke waarnemer, wiens gebrek aan sociaal zelfbewustzijn zo nu en dan heel grappig kan zijn. Hij verschaft aan elke acteur een breed en contrasterend palet aan opties om uit te kiezen. Het is volgens mij mogelijk dat hij leed aan het syndroom van Asperger. Ik heb me heel goed met hem bekend gemaakt in de negen weken waarin ik mijn rol repeteerde. De grote moeite die Gareth en ik in het scheppen van zijn sololeven hebben gestoken maakte een hoop nieuwe interpretaties mogelijk.

Het idee was dat de vrienden twee jaar lang hun eigen weg waren gegaan – Watson met zijn vrouw in Londen en Holmes met zijn bijen in Sussex. En dan... gaat Watson dood! Holmes is aanwezig bij zijn begrafenis en wordt natuurlijk naar het stoffige appartement in Baker Street getrokken. Daar wordt hij geconfronteerd met... wat? Zijn toekomst, helemaal alleen.

De toeschouwer krijgt de rol van Watson toebedeeld en Sherlock legt zijn ziel bloot. Hij vertelt alle geheimen, schaamtes en overwinningen van zijn leven, samen met de enorme rol die de dokter in het werk van de detective heeft gespeeld – en, meer dan we zouden denken, in zijn leven.

Op deze manier wordt van de acteur verwacht dat hij zich in het bekende personage inleeft zoals hij door de wereld van buitenaf wordt gezien. Daarenboven worden ook veel deuren geopend om inzage te geven in zijn persoonlijkheid, tot dan toe nooit belicht... bijna als een soort therapie. David had een uitgebreide cast gecreëerd voor Holmes' terugblikkende openbaringen en ik ben een klassiek geschoolde hoofdrolacteur die meestal klinkt als een alternatieve versie van zichzelf. Daarom was het voor mij een enorme uitdaging om een groot bereik van personificaties te vinden om die cast weer te geven. Ik was niet zeker van mijzelf genoeg om de geschreven personages te kopiëren, dus hebben we besloten om onze eigen versies te verzinnen. Vervolgens zouden we de nieuwe personages tegenover elkaar stellen voor theatraal effect; in sommige gevallen hebben we er wat meer platvloerse humor aan toegevoegd om de donkerdere gedeeltes van DSD's schepping te verlichten.

Zo komt inspecteur Hopkins bijvoorbeeld uit Wales (let op mijn achternaam); het is algemeen bekend dat alle dokters Schots zijn, dus heeft dokter Mortimer een sterk Hooglands accent; en is de boekverkoper Iers, om een zwak grapje over de uitspraak van 'three' ('drie' – wordt door Ieren vaak uitgesproken als 'tree', wat 'boom' betekent) te kunnen maken. Het verveelt nooit.

Het is belangrijk om me goed te kunnen inleven in alle dertien personages. Sommigen van hen hebben maar twee of drie zinnen dialoog en, om ze hun functie in het verhaal goed te laten vervullen, moeten de toeschouwers zich onmiddellijk met hen kunnen identificeren. Daarom zijn ze allemaal, zonder uitzonderingen, breed en sterk uitgetekend, om meer ruimte te laten voor de hopelijk meer subtiele voorstelling van de protagonist.

Wat betreft het personage zelf heb ik in de loop der tijd ontdekt dat het loont om openlijk het egoïsme, de desinteresse, de wrede humor en, vooral, de complete eerlijkheid van de man tentoon te stellen. Hoe sterker ik deze tekortkomingen benadruk, hoe meer de toeschouwer met hem sympathiseert en hem zijn gebreken vergeeft in de emotionele slotscène.

Ik denk dat Holmes' ongelofelijke vitaliteit en succes niet alleen te wijten zijn aan de vanzelfsprekende nostalgische charme van Victoriaans Londen met zijn erwtensoep, gaslicht, paardenkoetsen en kinderkopjes. Hij symboliseert ook de geduchte overwinning van goed over kwaad en bereikt heroïsch succes door zijn eigen morele vorm van rechtvaardigheid toe te passen. Hiermee compenseert hij voor de talrijke onrechten in het officiële rechtssysteem. Hij is de oorspronkelijke Superheld, de voorloper van Superman, Batman en alle anderen die onbegrijpelijke vermogens tentoonstellen, schijnbaar superieur aan menselijke mogelijkheden.

Het antwoord op de vraag of ik mijn vertolking van de rol baseerde op Jeremy Bretts versie is dit: ik geloof niet dat een acteur die de naam waardig is, zijn 'vertolking' zou 'baseren' op die van een ander. Voor mij houdt het repetitieproces in dat ik elke kwestie van het personage rechttoe rechtaan aanpak:

Is dit een waarheidsgetrouwe gedachte? Zegt hij dat om de voor de hand liggende reden of heeft hij een doel op het oog? Wat is de intrige in de subtekst in deze situatie? Wat probeert hij te bereiken met deze bewering, handeling of vraag..?

31

Ik vind het zeer toepasselijk om de volgende metafoor te gebruiken: ik hak me een weg door een dicht woud naar de top van een steile berg; tak voor tak, stap voor stap. Oftewel: idee voor idee, regel voor regel, totdat ik de top bereik. Op dat punt kijk je terug en zie je de vorm van het pad dat je hebt gebaand. Dit is het personage dat je hebt geschapen.

Als je je werk baseert op het concept van een andere acteur, betekent het dat je alleen de buitenkant van zijn schepping kopieert, een hol innerlijk voor jezelf achterlatend. Dat houdt niemand dertien jaar lang vol. En hoe langer je de rol wil spelen, hoe langer je door het woud zal moeten hakken.

Omdat ik het voorrecht heb gehad Holmes zo'n lange tijd te mogen spelen, heb ik hem wezenlijk kunnen ontwikkelen, iets wat niet mogelijk zou zijn bij een normaal acteerrooster. Een paar maanden per jaar moet hij 'rusten'. Dit is niet alleen noodzakelijk voor de gezondheid van de acteur, maar ook verplicht vanwege de structuur van commerciële tournees. Na zo'n pauze moet ik de toneelstukken opnieuw repeteren, om de gedachten en monologen terug te brengen naar de voorzijde van het brein, en op het puntje van de tong. Tijdens het herhalen ben ik er vaak verbaasd over geweest hoe het personage uit zichzelf is ontwikkeld. Hij heeft zichzelf verrijkt, zoals een goed stoofpotje dat zou doen. Radicale nieuwe ideeën komen in me op over gedachten en betekenissen.

Mijn voorkeur gaat uit naar één of twee avonden in verschillende theaters. Het gaat erom de ervaring vers te houden en me niet te gaan vervelen. Maar elke opvoering is, in veel opzichten, een première.

Ik vind het fijn om rond 10 uur 's ochtends aan te komen, kennis te maken met het technisch team en het podium, de zaal en de kleedkamers te bekijken. De technici helpen me de auto uit te laden en laten me zien waar ze de lichten hebben gehangen, zoals getoond in de gedetailleerde aantekeningen en diagrammen die ik drie weken van te voren mail. Ik zet het toneel op: twee stoelen en tafels, drie tapijtjes en een kapstok. Vervolgens tooi ik ze met rekwisieten: boeken, glazen, pijpen, enz. Onder mijn leiding richt de crew de lampen en kleurt ze naar behoren, vervolgens plannen we aanwijzingen in op de lichttafel. Na het stuk snel te hebben doorgenomen kan ik ze met rust laten om zelf met de techniek te oefenen. Op een goede dag kost dit drie uur, zodat ik nog kan ontspannen, eten, slapen, douchen en een uur voor het begin terugkeer om eventuele problemen op te lossen. Vervolgens doe ik mijn stemoefeningen (ongeveer tien minuten) en met een beetje make-up en een pak lijk ik al wat meer op de man op de poster. Na de show ga ik zo snel mogelijk weg uit de kleedkamer. Af en toe zeg ik hallo tegen vrienden en fans, dan weer op naar het saaie en vermoeiende inpakken van het decor en het met de hulp van de crew terugbrengen naar de auto. De verlichting en akoestiek zijn elke keer een beetje anders. De grootte en hoogte van het podium en de voorzieningen veranderen heel erg, net als de toegang tot het toneel en de coulissen. In elke nieuwe theater moet ik het opkomen en afgaan heel serieus oefenen. Ik kan in een zaal met 1200 plaatsen spelen op een dinsdag, en dan sta ik op donderdag weer voor 90 mensen.

De toeschouwers bepalen, door hun reacties, wat voor een uitvoering ze willen zien. Als ze al heel vroeg op de humoristische elementen reageren, vertellen ze me dat ze een komische show verwachten. Maar als ze geen gehoor geven aan de humor, krijgen ze een donkerdere, anders geplande avond. Ik houd van allebei de versies en vind het geweldig om de toeschouwers te geven wat ze willen. Een tijdje geleden, in een drie avondenreeks in New York, lachte het publiek op dinsdag bijna niet, terwijl die van woensdag en donderdag jouwden alsof het een van Ayckbourns grappigste stukken was. Alle avonden waren uitverkocht.

Ik hoop van harte dat ik niet te veel op het personage ben gaan lijken. Zelf ben ik een joviale, gezellige kerel met een goed gevoel voor humor en zekere kooktalenten waar mijn vele vrienden regelmatig van genieten.

En voor mijn beschrijving van hem... lees het voorgaande!

Roger Llewellyn
Acteur, 'The Sherlock Holmes Experience'

Er is me vaak gevraagd om informatie te verschaffen over Undershaw en het gevecht om het te redden. Maar zelden vroeg men mij waarom ik het persoonlijk een waardige aangelegenheid vind. Dit geeft me een mooie kans om vanuit een heel persoonlijk oogpunt over het huis te praten.

Mijn moeder heeft mij in 1982 (ja ja, dat is lang geleden!) kennis laten maken met Sherlock Holmes en vanaf die tijd ben ik voor altijd een fan gebleven. Toen Jeremy Brett voor het eerst als Sherlock Holmes op het kleine scherm verscheen in 1984, had ik het geluk daar getuige van te zijn. Het waren goede tijden en diegenen die nu kennis maken met BBC's 'Sherlock' weten hoe snel je geobsedeerd kan raken door een personage.

Echter, Sherlocks schepper wordt vaak vergeten, verloren in de schaduw van zijn beroemde detective, samen met zijn vele andere belangrijke werken. Undershaw vertegenwoordigt tien jaar van zijn leven waarin zich veel grote gebeurtenissen hebben voorgedaan. De meest opmerkelijke voor velen van ons was de wedergeboorte van Sherlock Holmes in 'De hond van de Baskervilles' en 'Het lege huis'. Voor Conan Doyle waren zijn dienst in de Boerenoorlog, zijn pogingen in het parlement te komen en de dood van zijn eerste vrouw, Louise, het belangrijkst.

Conan Doyle is al lang dood en Undershaw is het enige materiële aandenken aan deze tijd. Het wordt echter serieus bedreigd. In maart 2010 heb ik me aangesloten bij de Undershaw Preservation Trust. We hebben toentertijd het idee besproken een boek te schrijven dat de tienjarige periode zou omvatten waarin Undershaw Conan Doyles thuis was. Het resultaat van mijn inspanningen was 'Een volledig nieuw land', waarin ik heb geprobeerd toe te lichten wat zich in die jaren heeft voorgedaan en wat Undershaw niet alleen voor mij, maar voor de hele wereld betekent. Het was een liefdevol zwoegen en ik denk dat het resultaat mijn favoriet is van alle boeken die ik heb geschreven.

Het boek dat u nu leest is een nieuwe poging door mij en vele andere waardige medestanders om duidelijk te maken wat dit huis voor ons betekent en waarom het behouden moet worden.

Ik hoop van harte dat wat u in deze pagina's leest zal bewijzen dat de plannen om dit huis onherroepelijk te beschadigen niet alleen onnodig zijn, maar ook een daad van historisch vandalisme vertegenwoordigen. Mensen met macht moeten inzien dat wij niet ledig zullen toekijken wanneer zij onze geschiedenis met de grond gelijk willen maken.

Alistair Duncan
Schrijver

Auteur van 'Een volledig nieuw land – Arthur Conan Doyle, Undershaw en de herrijzenis van Sherlock Holmes'

35

Gedichten & Verhalen

Undershaw

door Caitlin Rose Bowles
Swindon, Verenigd Koninkrijk

Een huis gebouwd op zanderige gronden
Door coniferen tegen wind beschermd
Toch heeft de slopershand het huis gevonden
Een hart dat zich hierover niet ontfermt.

En binnen ligt het stof in dikke lagen
Waar eens de Baskervilles hond heeft gespeeld
Het zonlicht wordt door luiken weggehouden
Het hout verpulpt en het behang vergeelt.

De deur geeft toegang tot het desolate
Tot de gebroken en gesloopte pracht
De schaduwen van wat dit huis geweest is
Verlenen Undershaws lament hun kracht.

Wie weet wat hier voor prachtigs is geschreven
In kamers die door boeken zijn omlijnd
Wie weet wat de vergetelheid zal claimen
Wanneer het mooie Undershaw verdwijnt?

Charlie Milverton

door Charlotte Anne Walters

Shropshire, Verenigd Koninkrijk

Todd Carter glimlachte neerbuigend en fatsoeneerde de revers van zijn exclusieve jasje. De man was zelfgenoegzaam, hooghartig en rijk; en hij was ervan overtuigd dat hij nu goed zou gaan lachen.

"Wel, meneer Gareth Lestrade, op papier komt u als een zeer gekwalificeerd persoon over. Twintig jaar in dienst bij Scotland Yard, hoge functie met alle vereiste kwalificaties. Maar dat is niet genoeg. Als u denkt mijn meisjes te kunnen beschermen, zult u uzelf moeten bewijzen."

Hij glimlachte speels een rij gewitte tanden bloot en blafte tegen de gespierde, in donker pak gestoken beveiligingsman bij de deur. "Haal hem neer, Peterson," beval Todd met een speelse knipoog. "Dit is geen Scotland Yard."

Hij bedwong een opkomend schuldgevoel; *wel, als het uitzendbureau oude mannen blijft sturen...*

De lijfwacht stormde met zijn honderd kilo aan spieren als een hogesnelheidstrein op Gareth af. Dit begon op het meest onwaarschijnlijke sollicitatiegesprek ooit te lijken.

Gareth was altijd goed in zelfverdediging geweest, maar hij begreep ook dat, als hij in privébeveiliging wilde werken, hij zijn basisvaardigheden moest uitbreiden. Gelukkig had hij daar in twaalf werkeloze maanden genoeg tijd voor gehad.

Gareth blokkeerde de aanval gelijk; ze worstelden een tijdje en uiteindelijk kreeg Gareth zijn tegenstander op de grond met een laatste krachtinspanning. Hij mocht dan niet zo sterk zijn, maar zijn techniek compenseerde dat prima.

Todd stond even versteld van dit onverwachte resultaat, hoewel dit door een gezicht vol Botox niet aan hem af was te zien. Hij was tegen zijn zin onder de indruk van deze bescheiden man geraakt. Dit was duidelijk geen fortuinjager, exploitant van geheimen of iemand die op zijn meest kostbare bezit, zijn vriendin Della, zou loeren. *Maar kan een zevenenveertigjarige ex-politieagent met een beschadigde reputatie en geen ervaring in het veld echt een oogje houden op een bekende meidenband? Wel, Della zal in ieder geval niet met hem naar bed willen...*

Sherlock Holmes was niet sentimenteel, maar hij raakte gewend aan bepaalde mensen in zijn leven, zoals men gewend raakt aan een favoriet jasje, of een stoel. Inspecteur Lestrade was er één van en het feit dat hij er niet meer was had Holmes behoorlijk van zijn stuk gebracht.

Dus toen Holmes Lestrade in zijn huiskamer zag, betekende dat alles eindelijk weer zoals vanouds was, op Lestrades dure pak en LA-kleurtje na.

"Hoe gaat het met dokter Watson?" vroeg Gareth in een poging tot lichte conversatie.

"Hij heeft me verlaten voor een vrouw."

"Mijn vrouw heeft me verlaten voor een hoofdcommissaris."

"Dat is niet hetzelfde; haar keuze is logisch."

"Bedankt," antwoordde Gareth sarcastisch, meer dan gewend aan Holmes' eerlijkheid.

"Sigaret?"

"Nee, dank je, niet nu. Ik kom net uit LA, niemand rookt daar. Ze drinken allemaal groene thee en hebben een perfect gebit..."

"Maar je kwam niet rechtstreeks terug, je stopte onderweg. Ergens in Europa, Ibiza. All-inclusive vijfsterrenhotel?"

Dit was wat Holmes deed, alles observeren met de snelheid van het licht en hoogst nauwkeurige conclusies trekken die eenieder met een lagere intelligentie zouden ontgaan.

"Kijk niet zo verbaasd, je zou mijn methodes nu wel moeten kennen. Je horloge loopt twee uur achter, dus het was geen langeafstandsvlucht. En ik geloof dat je baas de eigenaar is van een club in Ibiza? Je draagt het bandje van een hotel om je pols, dus het moest wel all-inclusive zijn; beroemdheden verblijven nooit op een plaats met minder dan vijf sterren."

Gareth glimlachte: die goede oude Holmes. Ze kenden elkaar al jaren professioneel, maar ze waren niet bepaald vrienden. Ze hadden geen normale gesprekken over familie, voetbal of wat er de avond ervoor op tv was geweest; zulke trivia zouden Holmes' hyperactieve geest alleen maar vervelen. Echter, geef hem een probleem, een mysterieuze moordzaak of een vreemde opeenvolging van in eerste

39

instantie onsamenhangende gebeurtenissen en hij herleefde met bruisende kracht.

"Waarom ben je hier, Lestrade? Je zei dat je mijn hulp nodig had, dus vertel."

De afgelopen twaalf maanden waren heel druk, een echte vuurdoop in de muziekindustrie voor een ex-politieagent zonder eerdere ervaring. Gareth had het gevoel dat hij minstens twee keer rond de wereld en terug had gereisd. Hij had meer drugs, geweldplegingen en wapens gezien dan in zijn hele loopbaan bij de politie. Een loopbaan die nu was geruïneerd.

"Ik heb iemand bij me; ze wacht in de auto. Ik wilde jou eerst spreken en mezelf ervan overtuigen dat het je interesseerde. Ik weet hoe grof je kan zijn tegen een klant als je hun situatie saai vindt. Zij is breekbaar en het is mijn taak om haar te beschermen, niet om haar bloot te stellen aan jouw grappen."

"Della, neem ik aan?"

"Hoe weet je dat? Er zitten drie meiden in de band."

"Ja, maar Della is de meest bekende en het moet iets ernstigs zijn dat je weer hierheen brengt."

"Holmes, ik geef je niet de schuld van wat er is gebeurd..."

Op dat moment ging de deur van de woonkamer open en liep Della naar binnen. Zelfs casual gekleed in makkelijke schoenen, skinny jeans en een T-shirt zag ze er nog steeds treffend uit. Een handtas hing op haar schouder en een enorme zonnebril was op haar voorhoofd geschoven en hield een babyblonde pony tegen.

"Het spijt me," zei ze met een warm noordelijk accent, "ik kon niet langer wachten. Ik word gek, meneer Holmes. De politie is niet geïnteresseerd en meneer Lestrade zei dat ik u kan vertrouwen. U helpt mensen en ik heb echt hulp nodig."

Della ging op de bank naast Gareth zitten en wreef zenuwachtig in haar handen.

"Zoals u waarschijnlijk weet, ben ik een zangeres in een meidenband. Ik heb heel hard gewerkt om zo ver te komen. Ik deed voor het eerst mee met een talentwedstrijd toen ik vijf jaar oud was en zond demobandjes in op mijn veertiende. Ik ben nu negenentwintig, maar de studio houdt vol dat ik vierentwintig ben. Gelukkig is er Botox, anders zou ik er nooit mee wegkomen.

"Niet lang na het tekenen van mijn contract begon ik een relatie met mijn manager, Todd Carter. Ik voelde me vereerd en gelukkig dat hij interesse in me toonde. We zijn nu vijf jaar samen, en zelfs verloofd. We zijn zo'n beroemd koppel waar iedereen graag over leest. Todd melkt het uit: fotoshots 'thuis' in tijdschriften, foto's van ons op jachten, glimlachend alsof we een toegewijd paar zijn. Maar in het echt is hij extreem controlerend. Hij heeft zelfs een tracker op mijn telefoon geïnstalleerd zodat hij altijd weet waar ik ben. Ik mag niet ademen zonder zijn toestemming. Ik moet constant op dieet, het is zijn obsessie dat ik er jong uitzie. Hij is namelijk vijfendertig en denkt dat het hem ook jonger doet lijken. Hij is ook absoluut geobsedeerd met zijn eigen uiterlijk en heeft een hoop operaties ondergaan. Ik kan niet zeggen dat ik bang voor hem ben, meneer Holmes, maar hij is een man met veel macht. Hij heeft me gemaakt en kan me net zo snel weer breken. Ik heb geen eigen geld, hij controleert alles. Ik kan zelfs geen broodje kopen zonder dat hij het weet."

"Ik veronderstel dat dit naar een interessante conclusie leidt?" vroeg Holmes ongeduldig.

"Ik heb een affaire met iemand, meneer Holmes, iemand om wie ik veel geef. Hij maakt me gelukkig. Ik ben er niet trots op, maar privé is Todd heel koel. Alsof hij me niet echt wil hebben, maar ook aan niemand anders gunt. Als hij erachter komt, is het met ons beiden gedaan. Ik was heel voorzichtig, maar er is iets gebeurd. Een gemene, manipulerende..."

Haar stem brak en tranen rolden uit haar grote blauwe ogen. Gareth gaf haar een zakdoek. Ze kalmeerde en vervolgde haar verhaal met een serieuze uitdrukking die Holmes' aandacht vasthield.

"Zijn naam is Charlie Milverton. Hij verdient zijn geld aan beroemdheden door alles in handen te krijgen dat hij aan roddelbladen en websites kan doorverkopen. Hij neemt dan contact op met de desbetreffende personen en eist een vergoeding voor zijn stilzwijgen. Hij heeft zo veel vuile was dat iedereen bang voor hem is, zodat zijn naam nooit bekend wordt. Weet u nog het schandaal van de ministeriële uitgaven? De beschuldigingen van afgeluisterde telefoongesprekken? Die jonge zanger die zelfmoord heeft gepleegd omdat er foto's van hem in de krant stonden toen hij drugs gebruikte? Allemaal Milverton.

"Nu concentreert hij zich op mij en ik weet niet wat ik moet doen. Hij heeft een bewakingsvideo waarop ik... die andere man kus in de lift. Hij heeft gedreigd deze te verkopen, tenzij ik hem 200.000 pond betaal. Ik heb geen geld van mezelf en ik kan dus niet betalen, meneer Holmes, niet zonder dat Todd het te weten komt. Maar als het beeldmateriaal openbaar wordt gemaakt, is mijn reputatie aan diggelen, net als die van de andere man. Hij verdient dat niet. Help me, alstublieft."

Dokter Watson genoot ervan om aan het gewone leven te ontsnappen en Holmes in 221B te bezoeken. Tegenwoordig was dat moeilijk: hij had verplichtingen, avondeten op tafel wanneer hij thuiskwam en zondagse lunch met de schoonfamilie. Holmes had hem echter ontboden en hij ging gehoorzaam naar de man toe, terwijl zijn vrouw op pilates-les was. Zoals gevraagd bracht hij alle informatie die hij op het internet had kunnen vinden over Charlie Milverton met zich mee.

Holmes reageerde altijd nauwelijks wanneer Watson terugkeerde naar zijn oude kamers, maar de dokter wist dat zijn vriend heimelijk blij was hem te zien.

"Wel," riep Watson uit toen hij een stapel papieren op de koffietafel neergooide, "ik ben hard bezig geweest met wat je vroeg."

"Maar niet zo druk bezig op het werk."

"Hoe weet je dat? Ik had dit allemaal thuis kunnen doen."

"Het papier is van een te goede kwaliteit, je koopt alleen goedkoop papier voor thuis. Dit is duidelijk voor kantoor."

Watson had het nooit heel druk op zijn werk. Hij werkte voor een privé medische praktijk en kreeg meestal een stroom verkwisters doorgestuurd door hun zusterbedrijf – een advocatenkantoor dat zich specialiseerde in 'no cure, no pay'-zaken. Watsons taak was formulieren ondertekenen als bewijs dat de patiënt whiplash, stress of een zenuwinzinking had – ook al was dat vaak niet zo.

"Charlie Milverton was een roddelbladredacteur," begon Watson in de hoop om indruk te maken op Holmes, "maar hij werd eruit gewerkt vanwege drankproblemen. Hierop trok hij zich terug in de anonimiteit en begon zijn niet geringe contacten bij de media voor duistere doeleinden te gebruiken. Hij is geobsedeerd door beroemdheden. Als je een opname hebt, een belastende e-mail of een gelekt document, zal hij deze van je overnemen en doorverkopen. Hij wordt ervan verdacht meerdere websites te runnen, voornamelijk roddels over beroemdheden, maar ook één die meer politiek gericht en serieus is. Echter, niemand kan iets bewijzen."

Watson leunde achterover in zijn stoel en hoopte dat misschien, voor één keer, zijn vriend onder de indruk zou zijn van zijn bevindingen.

"Uitmuntende inspanning, Watson, maar je bent één belangrijk ding vergeten."

"En dat is?" vroeg Watson, geraakt, maar niet echt verrast.

"De wettelijkheden, kerel! Je werkt met advocaten en ik moet weten of hij tegen de wet ingaat."

"Ik werk *voor* advocaten, Holmes, er is een verschil."

"Wel, gelukkig was ik voorbereid op je tekortkomingen en heb zelf al iemand geconsulteerd. Ene meneer L. Pike, een bekende advocaat voor beroemdheden die me een gunst schuldig was. Milverton werkt snel en zorgt ervoor dat het materiaal is uitgebracht voordat een rechterlijk verbod kan worden aangevraagd. De rechtbanken zijn steeds onwilliger om beroemdheden te beschermen die alleen hun eigen belang nastreven. Kortom, ik heb geen andere keus dan zelf met hem te onderhandelen uit naam van mijn cliënt. Hij zal binnen een uur hier zijn. Blijf, Watson. Je vrouw is van plan bij vrienden langs te gaan na pilates, daarom nam zij de auto en kwam jij met de taxi. Ik zie het bonnetje uit je broekzak steken, wel zo handig om een kostenvergoeding te krijgen van die advocaten waar je zo hard voor werkt."

Charlie Milverton schuifelde de kamer binnen. Hij was dik, lelijk en klein; chantage was duidelijk de enige manier waarop hij dicht bij de 'mooie mensen' kon komen die zijn obsessie waren geworden.

Holmes probeerde te onderhandelen, maar het koppig mannetje gaf niet toe. Hij weigerde een kleinere som of een maandelijkse afbetaling te accepteren. Op zijn gevoel inwerken had geen effect. Watson merkte dat Holmes ongewoon geagiteerd was geworden door Milvertons vastberadenheid en zijn koelte bij het zien van zulke koppigheid verloor. Uiteindelijk stond hij op en vroeg Milverton weg te gaan. Hij zag er ontmoedigd en uitgeput uit toen het vreemde mediamonster de deur uitging met een grijns van overwinning.

"Betaling tegen zaterdag, meneer Holmes, of de informatie wordt geopenbaard. Vertel uw klant dat ze moet dokken of de consequenties moet voelen."

Holmes sloeg de deur achter hem dicht en ging weer in zijn stoel zitten. Watson waagde het niet de stilte te doorbreken zolang Holmes' geest als een dolle aan het probleem werkte. Uiteindelijk stond hij op om weg te gaan; zijn vrouw zou snel weer thuis zijn.

"Mijn vrouw zal flippen als ik laat thuiskom."

"Wat een afschuwelijk Amerikanisme," gromde Homes. Ineens stond hij op en pakte Watson vast bij de schouders. "Amerika! Fantastisch, Watson! Je hebt alweer bewezen onschatbaar te zijn en je hebt het zelf niet eens door. Laat jezelf uit, wil je..?"

Met deze afscheidsopmerking greep hij zijn jas vast en rende de kamer uit, alweer vol van die razende energie die meestal niets goeds voorspelde voor zijn vijanden.

Watson was gewend aan de snelle afronding van zaken die zijn vriend altijd voor elkaar kreeg. Toch was hij enorm gechoqueerd toen hij op vrijdagochtend het nieuws aanzette en zag dat Milverton was opgepakt tijdens een ochtendlijke politieactie en nu in voorarrest zat. Watson wachtte niet om de nieuwslezers versie van de gebeurtenissen te horen en snelde naar Baker Street. Dit was het waard om te laat te komen op zijn werk en de toorn van de waakzame advocaten te riskeren.

"Amerika, Watson," kondigde Holmes trots aan. Hij zag eruit alsof hij de hele nacht wakker was gebleven, maar gonsde van zegevierende energie. "Ik ben je mijn excuses verschuldigd, jouw bevindingen zijn uiteindelijk onschatbaar gebleken."

Watson was het niet gewend een verontschuldiging uit de mond van Holmes te horen. Meestal werden zijn inspanningen beloond met kritiek. Nadat zijn eerste boek was gepubliceerd, was Holmes behoorlijk sceptisch en beschreef het als 'sensatiezoekend' en 'niet genoeg aandacht bestedend aan zijn 'methode''. Echter, het was Gareth Lestrade die het meeste te lijden had gehad.

Holmes was altijd blij geweest om zijn naam uit de kranten te houden en, ondanks het feit dat hij Scotland Yard hielp met het oplossen van bekende zaken, heeft hij nooit de eer opgestreken. Wat het grote publiek betrof hadden Gareth en zijn collega's de zaken opgelost en hun namen en verrichtingen werden in de pers geprezen. Maar toen Watsons boek uitkwam, zelfs al waren er een paar jaar overheen gegaan, werd het publiek boos. De politie was er met de eer vandoor gegaan, terwijl het een buitenstaander was die de zaken had opgelost. Geld van belastingbetalers was uitgegeven, maar het was een gewone burger die de onderzoeken tot een goed einde had gebracht. Er was een protest, gevolgd door een onderzoek en uiteindelijk was Gareth de dupe. Hij was niet de enige politieagent die Holmes' hulp had ingeroepen, maar hij werd wel tot zondebok gemaakt. Wat de hoofdcommissaris heel goed uitkwam gezien zijn relatie met Gareths vrouw.

Hij werd geschorst, er kwam een tuchtverhoor en de mogelijkheid om in Scotland Yard te blijven als hij een degradatie zou aanvaarden, maar het was al te laat. Gareth redde de rest van zijn waardigheid en diende zijn ontslag in – gevolgd door het vertrek van zijn vrouw en een hele dure scheiding.

"Ik heb je aantekeningen doorgenomen," meldde Holmes. "Je schreef dat Milverton achter een politieke website zat, www.ileaks.com. Heel interessant, vooral de beschuldigingen van corruptie in het Witte Huis. Dat was precies wat ik nodig had.

"Zelfs al waren Milvertons bezigheden hier niet illegaal, de Amerikanen hebben een vagere definitie van 'wat mag', vooral als er verdenking is van gevaar voor de nationale veiligheid. Het enige dat ik moest doen is iets vinden dat een overschrijding van Amerikaans recht zou zijn. Dan kon ik ons eigen rechtssysteem omzeilen. De VS heeft, onder de Uitleveringsakte van 2003, de macht om inwoners van het Verenigd Koninkrijk te laten uitleveren vanwege misdrijven die ze tegen de Amerikaanse wet en veiligheid hebben gepleegd, zelfs wanneer het misdrijf in ons land is gebeurd. Het bewijs hoeft niet substantieel te zijn, een verdenking is genoeg voor een eis om de persoon in voorarrest te plaatsen voordat de uitlevering wordt bekrachtigd.

"Wel, Interpol was zeer geïnteresseerd toen ik hen mijn bevindingen over iLeaks verschafte. Onze vriend Milverton heeft informatie gebruikt die hij van een mol in het Witte Huis heeft gekregen. Door deze te publiceren heeft hij zich de toorn van onze Amerikaanse buren op de hals gehaald. De politie heeft al zijn computers, documenten, opslagapparaten en zelfs zijn telefoon in beslag genomen. Maar gelukkig heb ik nog een paar contacten bij de politie en heb ik een paar wulpse stukjes kunnen redden. Onder andere..." Hij hield een memory stick voor Watsons geschrokken gezicht.

45

"Is dat Della's liftopname?"

"Ik weet niet zeker of er geen kopieën zijn gemaakt, maar geen enkele redacteur zal nu nog iets van zo'n riskante bron durven aannemen."

Een paar weken gingen voorbij voordat Watson weer kans zag om weg te glippen uit zijn huiselijk geluk en bij zijn vriend op bezoek te gaan. Eindelijk geïnstalleerd in zijn favoriete stoel drong Watson aan op meer informatie over Della en wat de toekomst haar zou brengen. Als hij deze zaak in zijn volgende boek wilde gebruiken, had hij een beter einde nodig.

"Dit lost tijdelijk haar probleem op, maar ze zit nog steeds vast aan die verschrikkelijke man die haar leven controleert," merkte Watson op.

"Dat is niet waar. Ze krijgt binnenkort de mogelijkheid om van hem weg te gaan met de publieke opinie aan haar zijde. Zij was niet de enige die die nacht met iemand anders op de camera is vastgelegd."

"Carter was ook met iemand? Hoe weet je dat?"

"Ik heb de bron van de opname kunnen vinden, een personeelslid van het hotel. Gelukkig kwam ik erachter, na een snelle controle bij de Immigratiedienst, dat hij daar illegaal werkte. De dreiging van deportatie was genoeg om zijn medewerking te garanderen, en ik heb hem de camera's buiten Carters kamer laten nagaan. Carter had iemand meegebracht en ze begonnen zeer behulpzaam hun 'pleziertje' al in de gang. De beelden zijn nu bij elke roddelbladverslaggever; een klein cadeautje van mij. Je zondagskrant zou interessant leesmateriaal moeten verschaffen."

"Dat is fantastisch. Maar ik moet eerlijk toegeven, ik ben verrast dat je zo veel moeite doet om Della te helpen. Je geeft om problemen, niet om de mensen die ze betreffen. Je hebt Milverton al gestopt, waarom de extra inspanning?"

"Om een goed man aan zijn vrouw te helpen, denk ik. Misschien voelde ik dat ik het hem verschuldigd was. En ik had niks beter te doen."

"Je bedoelt de man die met haar in de lift was? Dus je hebt het bekeken? Wie was het? Een beroemdheid, neem ik aan."

"Kijk zelf maar..."

46

Holmes stopte de memory stick in zijn laptop en opende het bestand. Watson keek gefascineerd naar het scherm. Hij zag Della in de lift stappen, gevolgd door haar bodyguard. Toen de deur was gesloten, drukte ze op een knop die de lift liet schudden en stoppen. Ze legde haar hand op Lestrades arm en trok hem naar zich toe terwijl hij haar kuste.

"Mijn God," riep Watson, ongelovig toekijkend, "wist jij het?"

"Natuurlijk wist ik het."

"Heeft hij het je verteld?"

"Nee."

"Maar hoe..?"

"Het waren de sokken. Ze droegen dezelfde sokken toen ik Della ontmoette, duidelijk mannensokken. Popsterren delen hun sokken meestal niet met hun bodyguards. Ze droegen ook hetzelfde dure merk horloge en het merkje op haar tas was hetzelfde als dat op zijn riem. Dezelfde sokken, hetzelfde merk, zelfs jij zou het doorhebben, Watson. Daarbij, als Carter haar echt zo nauwkeurig in de gaten hield moest de minnaar wel iemand zijn die haar elke dag zag, anders zou hij iets vermoeden. Een bodyguard van middelbare leeftijd komt best goed overeen met die beschrijving, vind je niet?"

"Dus de goede kerel krijgt het meisje," glimlachte Watson, "met een beetje hulp van zijn vrienden..."

Het Blauwe Kristallen Flesje
door Luke Benjamen Kuhns
London, Verenigd Koninkrijk

Het was een winderige aprilavond in 1886. Sherlock Holmes las zijn aantekeningen en rookte een pijp. Het haardvuur loeide terwijl Watson er met gesloten ogen voor zat, met een glas brandy in zijn hand. De wind floot geruststellend door de barsten in de ruiten van Baker Street. Het was net na tienen en de straten waren stil; het donker had zich van de buitenwereld meester gemaakt en de koele wind joeg iedereen naar binnen.

Er werd op de voordeur geklopt. Holmes en Watson hoorden mevrouw Hudson rennen om open te doen. Even later liet ze een jonge politieagent binnen in de zitkamer.

"Meneer Holmes?" vroeg hij aan de detective die ingezakt met zijn neus in aantekeningen en brieven zat.

"Ja," zei Sherlock. Hij keek de agent aan en stond op.

"Lestrade vroeg me u te komen halen. Er is een moord gepleegd."

"Waar?"

"Kensington High Street. Een jong meisje, Deseray Underwood."

"Wat is de doodsoorzaak?"

"Dat weten we niet, daarom hebben we uw hulp nodig."

Sherlock draaide zich om naar Watson die was opgestaan.

"Watson, heb je zin om me te vergezellen?"

"Vanzelfsprekend!" antwoordde Watson, en de drie mannen begaven zich op weg.

Bij het huis aangekomen zagen ze overal politie en publiek dat op afstand werd gehouden. Sherlock en Watson werden naar de vertrekken van het meisje gebracht, waar ze haar lichaam op de grond aantroffen. Er waren geen sporen van gevecht te zien en niets scheen te zijn verstoord.

"Bedankt voor uw komst, Holmes," zei Lestrade.

"Wat weten jullie al?"

"Haar naam is Deseray Underwood, 27 jaar oud. Ze is een gouvernante bij een plaatselijk gezin. Haar vader Everett en broer James wonen allebei in Healy Street in Camden. En ze is verloofd met deze man," eindigde Lestrade. Hij wuifde naar een agent om iemand te laten binnenbrengen.

"Was verloofd," merkte Sherlock terloops op.

Een man kwam de kamer binnen, begeleid door een andere agent. Hij was lang, ongeveer 1.85m, goed gebouwd, met zwart haar en levendige bruine ogen. Zijn gezicht was gedeeltelijk bedekt met een baard en hij droeg een klein brilletje.

"Dit is Samuel Mortimer, de verloofde van het meisje. Hij vond haar lichaam en belde ons," zei Lestrade.

"Wanneer heeft u haar gevonden?" vroeg Holmes.

"Ongeveer twee uur geleden," antwoordde Samuel Mortimer. Zijn stem brak, trillend van zenuwen en verdriet.

"Jullie hadden plannen voor vanavond," zei Holmes.

"Ja, maar hoe weet u dat?" vroeg de man.

"Ik kan me niet voorstellen dat iemand zich uitdost in een pak, net gepoetste schoenen en zilveren manchetknopen en vervolgens thuis blijft," antwoordde Holmes.

"Ah ja. We hadden afgesproken om samen te dineren. Ik had gereserveerd en zou haar om zeven uur in het restaurant ontmoeten. Ik heb meer dan een uur gewacht, maar ze kwam niet. Ik wist dat er iets moest zijn gebeurd, het was niet mijn Deserays gewoonte om te laat te komen. Dus ging ik naar haar huis. Ik klopte aan, maar niemand gaf antwoord. Toen zag ik het licht branden en klom naar haar raam om te kijken of ik zo iets wijzer zou kunnen worden. Ik zag haar op de grond liggen en beukte de deur in, maar het was al te laat. Ze was dood." Op dat moment liepen zijn ogen vol en vielen de tranen op zijn wangen.

Holmes liep naar het lichaam toe en begon zijn onderzoek.

"Haar oogballen zijn geel," zei hij, "mogelijk nierfalen. Meneer Mortimer, was uw verloofde ziek?"

"Nee, helemaal niet."

Holmes boog zich over de vrouw en rook aan haar nek. "Daar is iets," zei hij zacht. "Ik wil iedereen de kamer uit hebben, behalve Watson en Lestrade."

Toen iedereen weg was, raapte hij de stoel op waar ze duidelijk vanaf was gevallen, ging zitten en bekeek haar toilettafel.

"Ze ruikt ergens naar," zei Holmes. "Ze zat hier, maakte zich klaar om uit te gaan. Deed haar make-up op en dan, eindelijk... haar parfum."

Aan de zijkant van de tafel stond een blauwe kristallen flesje. Holmes pakte het op, rook aan het dopje en rukte het weer snel van zich af. Vervolgens stond hij op, liep naar de andere kant van de kamer en zei: "Daar is je moordenaar. Dat is geen gewoon parfum, maar een flesje vloeibare cyaankali vermomd als parfum."

"Iemand heeft haar met cyaankaliparfum vergiftigd?" vroeg Lestrade. "Waarom?"

"Daar moeten we zien achter te komen," zei Holmes.

"Wat weten we over haar verloofde?" vroeg Watson.

"Hij is een rijke zakenman, geen crimineel verleden, geen criminele contacten en een gerespecteerde familie. Ze bezitten veel kantoorgebouwen in Centraal Londen," antwoordde Lestrade.

"Wat had hij met haar dood te winnen?" vroeg Watson.

"De familie van juffrouw Underwood is ook welgesteld. Haar vader heeft een tijd in de goudmijnen van Amerika doorgebracht en kwam heel rijk terug. Ze leven zuinig, maar ze hebben veel opgespaard. Ik denk dat haar levensverzekering een mooie duit zal opbrengen," zei Lestrade.

"Waarachtig, als hij op haar geld uit was zou hij haar toch pas willen vermoorden nadat ze waren getrouwd?" zei Watson.

"Breng hem terug, ik wens hem te spreken," zei Holmes.

Samuel Mortimer werd weer gehaald en ging zitten. Holmes trok een andere stoel naar zich toe en zat neer tegenover de man.

"Wanneer zou de bruiloft plaats hebben?" vroeg hij.

"Volgende week vrijdag," antwoordde Mortimer.

"Kunt u een reden bedenken waarom iemand haar zou willen vermoorden?"

"Nee, meneer Holmes, in alle eerlijkheid, dat kan ik niet!" riep de man.

"Zelfs niet voor de verzekering?" Holmes trok een wenkbrauw op.

"Meneer Holmes, als u insinueert dat ik hier iets mee te maken heb, vergist u zich!"

"Waar heeft ze dit vandaan?" Holmes wees naar het blauwe flesje.

"Dat was een cadeautje van mij."

Alle lucht leek uit de kamer te zijn gezogen. Lestrade stond klaar om toe te slaan en Watson greep de kop van zijn wandelstok hard vast. Echter, Holmes zat nog steeds met een koele en emotieloze gezichtsuitdrukking op zijn stoel.

"Waar heeft u het parfum gekocht?" vroeg Holmes.

"Van een man genaamd Whitaker op Brick Lane, dicht bij Liverpool Street. Hij heeft een parfumwinkel daar. Ik heb een persoonlijke bestelling gemaakt."

"Dank u wel, meneer Mortimer. We houden u op de hoogte van onze bevindingen."

Mortimer verliet de kamer en liet de drie mannen weer alleen met het lichaam.

"Die vent verbergt iets," zei Lestrade.

"Trek niet te snel conclusies," zei Holmes. "Watson en ik moeten meneer Whitaker spreken. We gaan morgenochtend naar hem toe en zullen je laten weten wat we ontdekken. Voor nu: houd de doodsoorzaak geheim. Zelfs haar familie hoeft het nog niet te weten."

Holmes strekte zijn hand uit naar het flesje en bemerkte een fotolijstje dat ondersteboven op de toilettafel lag. Hij tilde het op en bekeek het. De foto was van Deseray met twee mannen die eruit zagen alsof ze haar vader en broer waren. "Dit heb ik ook nodig," zei Holmes. Hij stopte de foto in zijn zak voordat hij en Watson teruggingen naar huis.

De volgende ochtend vertrokken Holmes en Watson richting Brick Lane, op zoek naar de parfumwinkel. De buitenkant van het pand was roodgeverfd, maar de verf begon af te bladeren en te verbleken. De ruiten waren beslagen en duidelijk al lang niet meer schoongemaakt.

Een belletje rinkelde toen Holmes en Watson naar binnen gingen. De planken en de vloer waren bezaaid met flesjes. De zon die weerkaatste in de vuile ruiten en de glazen flesjes veroorzaakte een ware lichtshow in de kamer. Holmes zag een tiental dozen op de grond, gevuld met flacons. Hij keek door een glazen deur die naar achteren leidde en zag iemand aankomen. Een moment later werden ze door een oudere man begroet.

"Goedemorgen, heren," zei hij.

"Goedemorgen," antwoordde Holmes.

"Vergeeft u me alstublieft de rommel, maar ik ben aan het inpakken," zei de oude man.

"Inpakken? Waarvoor?"

"Ik verhuis en sluit de winkel. Ik heb kortgeleden een aanzienlijke erfenis ontvangen en het wordt tijd om met pensioen te gaan," legde de man uit. "Maar wat kan ik voor u doen?"

"Wel, het beste met uw verhuizing," zei Holmes en vervolgde: "Meneer Whitaker, ik heb hier een flesje parfum, maar ik kan me niet meer herinneren welke componenten erin zitten. Kunt u me helpen?"

"Ik zal het u graag vertellen. Waar is het flesje?"

"Hier is het," antwoordde Holmes en zette het blauwe kristallen kleinood op de toonbank.

De ogen van de man puilden uit toen hij het flesje voorzichtig oppakte.

"Gaat uw gang, ik ben erg benieuwd," zei Holmes.

"Ik… ik…" stotterde de man.

Holmes strekte zijn hand uit en duwde het voorwerp dichter bij het gezicht van de parfumeur. Hij legde zijn vinger op de verstuiver.

"Laat me u helpen," zie Holmes. De man duwde zijn hand weg en deinsde terug tegen de kast achter hem.

"Wat is er?" vroeg Watson.

"Haal die fles bij me vandaan!" brulde Whitaker.

"Waarom?" vroeg Holmes.

De man gooide een groot vat naar Holmes. Het flesje viel uit zijn hand en verbrijzelde op de grond. Holmes en Watson bedekten hun gezichten tegen de walm en zagen de man achterlangs naar buiten rennen. Watson rende achter hem aan, maar Holmes riep hem terug. Hij had een foto van de parfumeur met iemand die hij herkende gezien achter de toonbank.

"Kom, Watson, geen tijd te verliezen!" riep Holmes.

"Waar gaan we heen?" vroeg Watson toen ze eenmaal buiten waren en buiten bereik van de dodelijke walmen. Sherlock gaf Watson de foto en wees de andere man aan.

"Wie is dat?" vroeg Watson. Holmes haalde de foto die hij van Deserays toilettafel had meegenomen uit zijn zak.

"Het is haar vader," zei Holmes, "en we moeten zo snel mogelijk naar hem toe." Holmes en Watson hielden een huurrijtuig aan en gaven de koetsier meneer Underwoods adres in Camden. Toen ze daar aankwamen, zagen ze meneer Mortimer snel bij het huis vandaan lopen. Toen hij de treden naar het trottoir afliep, hoorden ze een boze stem uitroepen: "En laat je gezicht hier nooit meer zien!"

"Meneer Mortimer!"

"Oh, meneer Holmes. Het spijt me, ik had u niet gezien."

"Waar ging dat over?" vroeg Holmes.

"Everett. Zelfs nu, na de dood van zijn dochter, blijft hij me haten."

"Hij haat u?"

"Heel erg zelfs. Hij heeft Deseray en mij jaren uit elkaar proberen te houden. En nu is zijn wens uitgekomen, ten koste van enorm verdriet," vervolgde Mortimer.

"We moeten hem spreken," zei Holmes.

"Ik wens u meer succes dan ik had," antwoordde Mortimer en nam afscheid.

Ze liepen de treden naar de deur op en klopten aan. Een mollige jongeman met blond haar deed open.

"Waarmee kan ik u van dienst zijn?"

"Ik ben Sherlock Holmes en dit is dokter Watson. We onderzoeken de dood van uw zuster en willen u en uw vader graag terstond spreken." De man keek de detective en de dokter strak aan en opende de deur verder om hen binnen te laten. Ze werden naar een kleine zitkamer gebracht waar ze na een paar minuten werden begroet door een lange, gezette man met dun grijs haar.

"Meneer Underwood?" vroeg Holmes.

"Ja, wat wilt u van me?" antwoordde de man boos.

"We willen u spreken over uw dochter en meneer Mortimer."

"Mortimer is een zwijn!" flapte Underwood eruit. "Hij heeft niets anders gedaan dan mijn familie verwoesten!"

"U moet begrijpen, hij is een verdachte in de moord op uw dochter... Alle informatie die u kunt verschaffen zal van groot nut zijn," zei Holmes.

53

"Wel, ik kan u verzekeren dat hij verantwoordelijk is voor de moord."

"Waarom bent u daar zo zeker van?"

"Hij vernielt alles wat hij aanraakt."

"Kunt u dat toelichten?" vroeg Holmes.

De man liet zijn hoofd hangen en vervolgde: "Ze waren van plan hier binnenkort te trouwen in een goddeloos verbond! Deze man heeft mijn meisje bedorven."

"Ze was… zwanger?" vroeg Holmes.

Underwood staarde Holmes en Watson aan in stilte. Zijn zoon bewoog onrustig in zijn stoel.

"Ja," zei James Underwood.

"Zoon!" brulde Everett.

"Ze komen er toch wel achter!" riep hij terug.

"Dit is geen nieuws voor mij. Ik zag haar toestand al toen ik het lichaam onderzocht. Uw vaders woordkeus bevestigde net dat hij er vanaf wist en het afkeurde."

Bij die woorden ontvlamde een vuur in de ogen van Everett Underwood, een vuur dat de duivel zelf uit de hel zou verjagen. Echter, hij kalmeerde snel weer, keek Holmes en Watson aan en ging verder met zijn relaas.

"Het is waar. Mijn Deseray was in verwachting. Dat was de enige reden waarom ze zouden trouwen. Ze wilde de bruiloft aflasten, maar bedacht zich vanwege het kind. Ik zei dat ik haar graag voor een tijdje wilde wegsturen, doen alsof ze op een lange vakantie ging en zich dan van het kind ontdoen. Een tijdlang heeft ze dit idee overwogen, maar die duivelse jongen heeft haar van gedachten doen veranderen. Ik denk dat hij tot bezinning moet zijn gekomen en in plaats van haar te laten gaan heeft hij haar vergiftigd. Zo is hij van de hele situatie af!"

"Meneer Underwood," zei Holmes, "kent u ene meneer Whitaker, een parfumeur in Brick Lane?"

"Nee, nooit van 'm gehoord. Wat heb ik van doen met een parfumeur?"

"Interessant," zei Holmes, "hoe verklaart u dit dan?" Hij legde de foto van Everett en meneer Whitaker voor zich op tafel. Voordat hij kon vervolgen, kwam er een herrie ergens achter in het huis vandaan.

"Ze hebben ons door, Everett, ik verlaat de stad," zei de man die binnen kwam rennen.

54

"Ah, meneer Whitaker, wat goed van u om ons gezelschap te komen houden," zei Holmes. De oude man stond versteld in de deuropening toen hij Holmes en Watson in de kamer zag zitten. "Watson! Stop die man!" beval Holmes en de dokter stormde af op Whitaker en greep hem vast.

"Wat is hier aan de hand?" riep James Underwood.

"Het spijt me zeer u dit te moeten mededelen," zei Holmes, "maar het was uw vader die uw dierbare zus heeft vermoord."

"U had hetzelfde gedaan als uw kind met zo'n duivel ging trouwen. Zijn rijke familie koopt alles maar op. Hij was alleen maar op haar geld uit en dat wilde ik niet hebben! Dat was zijn houding jegens mijn meisje en hij heeft haar geruïneerd. Dus ruïneerde ik hem! Ik nam het enige weg dat hij zo graag wilde hebben; haar geld!"

"Daar heeft u ongelijk in, meneer Underwood, het geld had er niets mee te maken," zei Holmes.

"Hoe heeft u het parfum in haar handen gekregen?" vroeg Watson.

"Dat is mijn fout," zei James Underwood bedeesd. "Deseray had haar verlovingsfeest vorig weekend en ik wist dat meneer Mortimer haar parfum wilde geven. Ik vroeg aan mijn vader waar meneer Whitakers winkel was en zei tegen Sam om daarheen te gaan."

"Dus kocht u meneer Whitaker om zodat hij een flesje vloeibaar cyaankali zou verkopen. Als wederdienst zou u Deserays levensverzekering met hem delen." Holmes keek Underwood strak aan terwijl hij het verhaal eindigde.

Holmes haalde een paar handboeien uit zijn zak. James pakte zijn vader bij de arm en Watson duwde de oude parfumeur naar Holmes toe.

Lestrade werd gebeld. Meneer Underwood en meneer Whitaker werden gearresteerd, berecht en opgesloten voor de moord op arme Deseray Underwood.

James Underwood verliet het familiehuis, verkocht al zijn vaders bezittingen en sprak nooit meer een woord tegen hem. Toen meneer Mortimer de toedracht van Deserays moord had vernomen, trok hij zich terug uit het publieke leven. Hij keerde in zichzelf, een gebroken man van wie nooit meer iets is gehoord.

Het Laatste Stille Gesprek

door Cathrine Mathilde Louise Hoffner

Odense, Denemarken

"Blijf hier samen met mij op het terras staan, dit zou het laatste stille gesprek kunnen zijn dat we ooit hebben."

Holmes pakte mijn mouw zachtjes vast en leidde me naar een klein terras aan de achterkant van dat mooie huis waar zo veel onheil was geschied. We lieten Von Bork vastgebonden in de auto zitten, zodat hij de andere kant op keek. Holmes stak ons beider sigaretten aan. Hij had de houding van een man die het laatste hoofdstuk van zijn levenswerk schrijft.

"Wat bedoel je?" vroeg ik. Ik deed mijn best om niet te droefgeestig te klinken, maar dat was bijna onmogelijk. De nacht voelde opeens kil en onvriendelijk aan en het licht van de maan onthulde meedogenloos bitterzoete herinneringen aan vergane dagen en het vage droombeeld van een onduidelijke toekomst.

"Ik bedoel dat we elkaar misschien nooit meer zullen zien, Watson," zei hij. Zijn serieuze toon weergalmde in de ruimte tussen ons.

"Je bedoelt morgen?"

Holmes schonk me een snelle glimlach; zijn ogen waren echter nog steeds gericht op de donkere horizon achter de sombere wateren.

"Ik bedoel nooit, Watson."

"Maar Holmes, je wilt toch niet zeggen…"

"Ik meen het, Watson. Je weet dat ik altijd de waarheid spreek." Hij keek me vluchtig aan en keerde terug naar zijn sigaret; de nacht voelde nu nog onaardiger.

"Behalve toen je een paar minuten geleden tegen Von Bork praatte," antwoordde ik met zo veel gal als ik kon opbrengen. Ik probeerde wanhopig zijn ogen een moment langer op mezelf gericht te houden.

Sherlock Holmes haalde zijn schouders op en wuifde een dikke wolk rook afwijzend richting de auto met zijn lange witte vingers. "Dat was iets anders en dat weet je."

Hij zuchtte diep en schudde zijn hoofd op een al te bekende manier. Ik kende die trek nog uit de tijd dat hij serieuze misdrijven oploste. "De waarheid, Watson," vervolgde hij, nog steeds in de verte starend, "is dat, voordat de zon opkomt, dit land in een oorlog zal zijn verwikkeld. De vrede en veiligheid die we kennen zullen plaats moeten maken voor verdorvenheid en dood. Een moord in Birlstone zal een minuscuul druppeltje worden in een oeverloze oceaan van onmenselijke misdaden. Wie weet hoe het ons beiden zal vergaan, Watson? Jij gaat terug het leger in, ik vervolg mijn werk voor onze overheid. De gevangenneming van Von Bork is niet het einde. Dit was pas het begin."

We bleven een tijdje stil. Ik werd ineens overstelpt met hetzelfde pijnlijke gevoel dat mij al die jaren geleden overkwam toen ik dacht dat Holmes zijn dood bij de Reichenbach Watervallen had gevonden na zijn beslissend gevecht met wijlen professor Moriarty. De wereld om me heen leek weer tot stilstand te zijn gekomen, al was het maar voor een korte tijd.

De laatste zonnestralen kwijnden weg om plaats te maken voor het rijk van de nacht. Boven onze hoofden fonkelden sterren uit een andere wereld. Het was met een zwaar gemoed dat ik me begon om te draaien om terug te gaan naar de auto. Echter, tot mijn grote verbazing gniffelde Holmes opeens in zichzelf naast me. Ik sloeg hem gade en dacht terug aan al die keren dat ik dat in het verleden had gedaan. Ik probeerde tevergeefs zijn grootse geest te doorgronden, zoals hij dat bij anderen deed. Zijn gedachten schenen zich ver weg af te spelen, op een fijne plaats. Ik kon me echter niet voorstellen waar dat was.

"Waar denk je aan, Holmes?" Mijn stem was bijna ontdaan van hoop en niet veel luider dan een fluistering. Doch, zelfs op dat droefgeestige moment was er niets of niemand op deze wijde wereld die mijn nieuwsgierigheid zo kon stimuleren als de man naast me.

Zijn glimlach was breder deze keer en hij keerde terug naar het nu om mij mee te nemen naar ons gedeelde verleden. "Herinner je je de nacht in Stoke Moran nog, Watson? Ik weet dat het lang geleden is."

Het gewicht leek van mijn schouders af te vallen zodra Holmes me herinnerde aan een van die avonturen waar ooit mijn hele leven uit bestond.

"Natuurlijk herinner ik het me nog," riep ik. "De eerste van onze vele surveillances. Ik kan me niet herinneren in mijn hele leven ooit zo zenuwachtig te zijn geweest!"

"Het was zeker een hele ongewone en interessante zaak," voegde Holmes eraan toe in zijn oude professionele stem. "Toch niet vreemder dan de zaak van de Roodharigenvereniging?" antwoordde ik hartelijk. Opeens voelde ik al die jaren waarin ik met Holmes had samengewerkt levendig terugkomen.

Holmes barstte in heftig lachen uit om de herinnering aan zijn roodharige cliënt en de geheimzinnigheid die hem en zijn winkeltje een tijdlang had omringd.

"Amper, Watson, amper dat."

Betoverd door het moment sprak Holmes ineens snel en opgewekt. Zoals altijd probeerde ik hem bij te houden en samen rakelden we onze oude zaken op. We herdachten onze vele spannende avonturen alsof ze nog maar gisteren waren gebeurd.

Ik was er op dat moment zeker van dat, voor een korte tijd, het niet langer de maand augustus van het jaar 1914 was. Ik stond niet op een willekeurig terras in een chaotische wereld aan de vooravond van oorlog. Ineens voelde ik de warmte van een knetterende haard naast me. Ik zat opnieuw tegenover Holmes in onze oude vertrekken in Baker Street. Buiten sloegen wind, regen en dikke mist tegen onze kleine ramen achter de gordijnen. Binnen zaten we zwijgend thee te drinken; ik met mijn avondkrant en Holmes enthousiast over zijn geliefde plakboek gebogen. Beneden maakte mevrouw Hudson het avondeten klaar en de heerlijke geur van haar Engelse kookkunst klom langzaam onze trap op en deed mijn maag rammelen.

Op die zomeravond in augustus werden al mijn zintuigen overstelpt met de eeuwige herinneringen aan Baker Street. De tabaksrook waar mijn ogen in de avond altijd van brandden. De zoete en kalmerende geluiden van de Stradivariussnaren op zondagochtenden. Het perfecte uitzicht over de straten, winkels en mensen vanuit onze zitkamer. De spanning waarin mijn hart samentrok, telkens dat een nieuwe cliënt door de voordeur kwam met een nieuw verhaal om te vertellen en een zaak voor ons om op te lossen, voor altijd een afdruk op onze levens achterlatend.

Holmes had gelijk. Het was lang geleden, maar ook al was de toekomst onvoorspelbaar, niemand kon het verleden veranderen. Niemand kon die jaren wegnemen die we in 221B Baker Street hadden doorgebracht, in het hartje van Londen. Hoe dan ook, wat er ook ging gebeuren, die plek zou voor mij altijd 'thuis' zijn.

"We hebben het goed gehad daar, Watson," merkte Holmes ineens op, als het ware mijn gedachten lezend. Hij had zich naar me toe gedraaid. Het was allemaal zo lang geleden. Dat zag ik nu ik een meter van zijn door de maan verlichtte gezicht vandaan stond. Ik bemerkte voor het eerst de nieuwe fijne lijntjes rond zijn ogen en mond. Ik zag ook dat zijn wangen dieper waren ingevallen, zijn voorhoofd hoger doorliep en zijn ravenzwarte haar doorspikkeld was met zilver. Hij was een oude man nu, schoot het me te binnen; ik werd me er ineens van bewust dat ik in twee jaar geen enkel moment met hem had doorgebracht.

"Tijden veranderen, Watson, en ik vrees dat wij geen andere keus hebben dan ons daaraan aan te passen." Zijn stem was een beetje schor en zijn accent lichtelijk beïnvloed door het Amerikaans.

Ik dacht dat ik een zweem van verdriet in zijn edele trekken zag, want er was waarheid in zijn woorden. De tijden waren veranderd. De wereld waarin we waren opgegroeid, zijn wereld, bestond niet meer. Het leven dat we hadden geleid kon er niet meer zijn om redenen waar we geen controle over hadden. Gaslicht was vervangen door elektrisch licht, paard en koets door auto's. De telegrammen die Holmes dagelijks zond en ontving wanneer hij bezig was met een zaak waren uit de tijd en werden nog amper gebruikt. En zijn vernieuwende en unieke methoden, die zo vaak in twijfel werden getrokken en belachelijk gemaakt door de politie, maakten nu verplicht onderdeel uit van alle onderzoeken van Scotland Yard.

Holmes was beroemd geweest vanwege zijn innovatieve geest en bewonderenswaardig energieke gedragslijnen. Hij was de meest vooraanstaande kenner van criminelen van de hele wereld. Nu maakte hij deel uit van lang vergane tijden, samen met een reeks nederige verhaaltjes die een langzaam vervagend beeld schilderden van het leven van een uitzonderlijke man met opvallende gaven. Ik vlei mezelf met de gedachte dat ze ook een blijk gaven van vriendschap, loyaliteit en toewijding in hun sterkste vorm.

Deze gedachten deden me zeker geen goed. Ik kon niet helpen om mezelf te glimlachen terwijl ik mijn emoties probeerde te beheersen. Naarmate de jaren voorbijgingen, werd mijn ziel steeds gevoeliger. Dit was echter niet verwonderlijk.

Ik draaide mijn hoofd richting het zilverkleurige pad dat door het zware, donkere gras kronkelde dat ons van de zwarte waterkant afscheidde. Ik probeerde mezelf er in alle ernst van te overtuigen dat dit alles met een goede reden tot het verleden behoorde. Geen surveillances meer, geen zaken. Geen mevrouw Hudson of Baker Street. Geen "vriend en collega, dokter Watson" meer.

Hoewel het warm was, voelde ik de vroege najaarsbries me tot in de botten verkoelen toen de realiteit ineens net zo duidelijk en waar voor me werd als het maanlicht dat ver weg boven de golvende heuvels scheen. We konden niet teruggaan. Niets zou ooit nog hetzelfde zijn.

Holmes schraapte zijn keel en onderbrak mijn gedachten; ik moest gedwongen terugkeren naar het eenzame terras en de koele avondlucht. Ik voelde mijn benen verzwakken en mijn hoofd draaide een beetje; niet verbazend, gezien de dag die ik achter de rug had.

"Alles goed, Watson?" Holmes' stem was heel zacht nu. Hij kon zonder twijfel mijn wanhoop voelen; het was me nog nooit gelukt iets voor hem te verbergen.

"Prima," loog ik. Ik kon niets anders antwoorden, maar zijn aanhoudende blik maakte duidelijk dat hij niet was overtuigd.

En toen gebeurde het. In dat minuscule moment verdwenen de mistbanken rond mijn hart net zo snel als ze zich hadden gevormd. Want zijn grijze ogen, die ik zo goed kende en die sterker glommen dan de sterren boven ons hoofd, doordrongen mij met alle kracht van ons verbond. Hij was per slot van rekening helemaal niet veranderd. Niets was veranderd. Ik zag dat nu. Hij had het me laten zien. Een klein ogenblik zag hij eruit als zijn oude detective-zelf en hij glimlachte ondeugend. Zijn glimlach had alle warmte in zich die zijn anders zo in bedwang gehouden lichaam kon opbrengen.

Ik moet wel hartelijk hebben gelachen, want hij deed hetzelfde, alsof hij al die tijd mijn gedachten had gevolgd. Opnieuw zag ik die sterke jongeman van 26 jaar oud voor me. Hij draaide zich om met een reageerbuis in zijn hand en al het enthousiasme van de jeugd op zijn gezicht. Hij tintelde met grenzenloze toewijding voor zijn werk, dat gelukkig zowel zijn hele bestaan als dat van mij zou worden.

Het beeld van onze eerste ontmoeting duurde niet lang, maar net lang genoeg. God wist hoeveel jaar geleden het was sinds die beslissende ontmoeting in het laboratorium onder het ziekenhuis. Maar hier waren we, nog steeds de vrienden en collegae die we altijd al waren geweest. "Kome wat komen zal," zei hij. En hij had altijd gelijk.

Toen ze zich omdraaiden om naar de auto te lopen, wees Holmes op de maanverlichte zee achter hen en schudde bedachtzaam zijn hoofd. "Er komt een oostenwind aan, Watson." "Dat denk ik niet, Holmes. Het is erg warm." "Die goede oude Watson! Jij bent als een rots in branding in veranderende tijden."

De Zijden Parasol
door Jude Parsons
Corsham, Verenigd Koninkrijk

Gladys zette haar kopje terug op het schoteltje en leunde over de tafel naar haar zus toe. "Meneer Holmes? Een bijzonder man, liefje, en zo intelligent!" De vrouw knikte en pakte haar kopje weer op. Ze wriemelde haar heupen comfortabel op de stoel, alsof ze die ook opeiste, en nam een klein slokje thee voordat ze verderging. "Oh ja, zeer gerespecteerd. Misschien een beetje vreemd in zijn gewoontes... Nu, zijn collega, dokter Watson. Heel anders. Een zeer sympathieke heer." Ze bloosde en speelde onbewust met haar haren. "Altijd erg beleefd."

Ze voegde hier met een zweem van berouw aan toe: "Getrouwd, natuurlijk. Niet dat ik zijn vrouw ooit heb ontmoet. Mijn hemel, nee. We bewegen ons niet in dezelfde kringen, zeer zeker niet," schertste ze, en voegde er scherp aan toe: "Maar ik ben er zeker van dat ze erg aardig is."

Marjorie knikte aanmoedigend en nam een slokje van haar eigen thee in navolging van haar zuster. Ze wist uit ervaring dat ze meer uit Gladys zou krijgen als ze haar verhaal niet onderbrak. Een knikje op een opportuun moment en zo nu en dan een opgetrokken wenkbrauw waren genoeg om de stroom roddels op gang te houden. Ze wachtte met een aandachtige glimlach tot Gladys haar gedachten had doorzocht naar het volgende stukje informatie. Echter, Gladys was even de draad van het verhaal kwijt en hervond in plaats daarvan haar manieren.

"Hoe was je reis?" vroeg ze. "Niet te zwaar, hoop ik?"

"Zeer aangenaam," antwoordde Marjorie. "Het grootste gedeelte van de weg had ik het rijtuig voor mezelf. Het uitzicht op het platteland was prachtig. Heb ik het me ingebeeld, of zijn de narcissen een beetje vroeg uitgekomen dit jaar?"

"Wel, daar heb ik niet over nagedacht. Het is mogelijk. Ik denk niet dat ik ze even snel opmerk als jij, lieve." Gladys keek uit het raam toen twee lachende kinderen die achter een hond aanrenden voorbijkwamen.

"Als je alleen bent…" begon ze, "nou, soms is het lastig. Ik dacht eerst, toen er zo'n voornaam uitziende heer bij mij op kamers kwam wonen… maar nee. Niet mijn type; hij is me te bruusk. Niet dat er iets onbetamelijks is gebeurd, begrijp je wel…"

"Oh God, nee," onderbrak Marjorie. "Maar men hoort erg voorzichtig te zijn, nietwaar?" "Oh, van zulke dingen is geen sprake en dat weten mensen ook. Ik houd een fatsoenlijk huis."

"Dat doe je zeker," erkende Marjorie, "en je doet het ook zeer goed." "Dat is aardig van je om te zeggen, lieverd. En jouw Frank? Gaat het goed met hem?"

"Oh ja, zeer goed, dank je," antwoordde Marjorie beleefd.

Gladys was nooit zeker of ze jaloers was op Marjories saaie huwelijk en de zekerheid die het bood, of dat ze de voorkeur gaf aan haar stand als weduwe en de benijdenswaardige positie als hospita van de beroemde detective. Ze nam aan dat, in welke situatie men zich ook bevond, men altijd bekoringen zou blijven zien in de andere.

"Is meneer Holmes momenteel thuis?" Marjorie stelde de vraag meer als een aansporing voor Gladys' losse tong dan uit oprechte interesse.

"Nee, liefje," snoof Gladys, "hij is weg voor zijn werk." Ze knikte wijselijk, zoals iemand die bekend was met bepaalde bijzonderheden. "Er kwam hier vanochtend een dame die naar hem vroeg. Het was half elf, want ik had net het theewater opgezet. Ze was erg beschaafd ook. Haar mantel was met de hand gemaakt, met het fijnste naaiwerk. En haar laarzen perfect opgepoetst. Ik denk Italiaans."

"Italiaans? Echt waar? En ze kwam helemaal hierheen voor een consult!"

"Nee, lieve, de laarzen waren Italiaans," verbeterde Gladys haar, "de dame zelf was zeer zeker Engels; ze sprak heel beschaafd. En het betrof zo'n ongewoon geval ook," Gladys pauzeerde voor het effect dat ze geheid op haar toehoorder zou hebben.

"Je was aanwezig bij het gesprek?"

"Wel, nee," gaf Gladys toe, "niet aanwezig *per se*… maar, zie je, het kastje in de gang moest hoognodig gepoetst worden, dus heb ik logischerwijs een gedeelte van het gesprek opgevangen."

63

"En stemmen weergalmen *zo* in deze met hout betimmerde huizen," voegde Marjorie toe aan Gladys' smoes om af te luisteren. "Precies. En meneer Holmes heeft zo een duidelijke stem. Men hoort het gewoon, hoe hard men ook probeert dat niet te doen."

Gladys accepteerde de aangeboden rechtvaardiging en vervolgde haar verhaal: "Het lijkt erop dat de parasol van de jongedame onlangs is verdwenen; het was een heel mooi en blijkbaar heel duur exemplaar."

Marjorie leunde naar voren, maar Gladys staarde in gedachten verzonken naar de muur.

"Kun jij je nog de parasol herinneren die ik vroeger had? Met gele linten?" zuchtte Gladys. "Ik was dol op die parasol; en *zo* overstuur toen ik hem had verloren."

"Ik weet het nog." En dat deed Marjorie zeker. De drukte die Gladys om het verlies van die malle parasol had gemaakt!

"En de vermiste parasol? Was die ook geel?" moedigde Marjorie aan.

Gladys concentreerde zich weer op Marjories vragende uitdrukking. "Nee! Oh nee, zeker niet! Deze was gemaakt van de *fijnste* zijde, een cadeau van haar tante. De dame en haar echtgenoot verwachtten een aanzienlijke som van die tante te erven, naar het schijnt. Blijkbaar zou de tante het haar bijzonder kwalijk nemen indien ze die parasol was kwijtgeraakt."

"Hmmm," Marjorie dacht even na. "Is er misschien meer aan de hand? Een of ander plan om het jonge koppel te onterven?"

"Dat is mogelijk," gaf Gladys toe.

Marjorie fronste. "Maar meneer Holmes zou toch zeker niet geïnteresseerd zijn in zo'n onbelangrijke aangelegenheid als een verloren parasol?"

"Oh nee!" wierp Gladys haar tegen. "Meneer Holmes heeft een goede neus voor die zaken. Daarbij zegt hij vaak dat dingen maar zelden zo eenvoudig zijn als ze lijken."

"Dus meneer Holmes vermoedt dat er meer achter zit? En dat is waar hij nu mee bezig is?" vroeg Marjorie.

"Ja, hij ging eerder deze ochtend weg. Maar waar zit ik met mijn gedachten? Je zal wel moe zijn na je reis. En ik zit hier maar te ratelen, terwijl jij niet eens de kans hebt gehad je nieuws te vertellen. Lieve Marjorie, het is *zo* fijn je te zien," Gladys klopte zachtjes op haar

64

zusters hand. "Zullen we nu gaan slapen? In de ochtend zal je me vertellen hoe het gaat met jou, Frank en de kinderen."

Marjories ogen vlogen open. Het was nog donker. Ze was er zeker van dat iets haar had gewekt. Ze luisterde aandachtig. Ah, daar was het: een schuifelend geluid, gevolgd door het knarsen van een scharnier. De deur van haar slaapkamer stak af tegen het licht op de gang. Ze klom uit haar bed en sloop naar de deur. Van beneden kon ze stemmen horen.

"Kom, mijn goede kerel, ga maar lekker zitten."

De leren stoel piepte zacht toen iemand erin zakte.

"Mijn goede vriend, je hebt me nogmaals gered van mijn verval in zwakheid."

"Ja, ik had al een vermoeden dat ik je op die afschuwelijke plek zou vinden."

"Tussen duivels en engelen," bulderde de gecultiveerde stem een beetje onduidelijk, "daar zijn de oplossingen voor deze zaak te vinden."

"Ik denk echt dat je dat spul moet opgeven. Het is niet goed voor je," zei de andere, zachtere stem.

"Mijn beste vriend. Altijd de dokter, hé? Maar het is wel goed voor me! Het geeft me inspiratie! In het met rook gevulde gemurmel van de opiumkit schuilt mijn muze. De verrukkelijke papaver, die zo wild in verre velden groeit, ontsluit mijn geest voor de wijsheid van het Oosten. De dingen die ik zie… alles wordt ongelofelijk duidelijk."

"En morgen zal je je hoofd verplegen en dezelfde dingen vervloeken die je nu lof toezingt."

"Je bent zo'n standvastige kerel, Watson, en een fantastische vriend. Heb ik je al verteld hoe zeer ik je vriendschap op prijs stel?"

"Minstens tien keer onderweg hierheen, mijn goede vent. Nu, slaap wat. Morgen zullen we deze zaak moeten oplossen; ik vermoed dat het honorarium al is uitgegeven."

Een terloopse windvlaag signaleerde de opening van de voordeur, gevolgd door een zachte klik. Marjorie liep naar het raam en zag nog net een gedrongen, kwieke man langs het trottoir verdwijnen. Het donkere huis werd nogmaals overspoeld met stilte, alleen onderbroken door het tikken van een staande klok in de gang.

Toen Marjorie haar ogen weer opende, sijpelde zonlicht door de gordijnen de kamer in. Gladys klopte een tweede keer op de deur en kwam binnen, een dienblad met thee in haar handen.

"Ik dacht dat je thee in bed wel lekker zou vinden. Ik verwacht niet dat je die kans thuis krijgt, met een man en kinderen om 's ochtends voor te zorgen."

Marjorie glimlachte en ging rechtop zitten. "Wat aardig van je. Dat ziet er heerlijk uit."

Gladys zette het dienblad neer op een bijzettafeltje en schonk een kopje thee in. Dat gaf ze aan Marjorie en schonk er voor zichzelf ook één in. Toen ging ze op het bed zitten.

"Heb je goed geslapen?"

"Oh jawel, dank je."

"Niets heeft je gestoord?"

Gladys had het dus ook gehoord, dacht Marjorie.

"Nee, helemaal niets," antwoordde ze en nam een slokje van haar thee.

Als Gladys het nachtelijk gesprek tussen Holmes en Watson had gehoord, was het onnodig om er de aandacht op te vestigen. Bovendien, een vrouw had haar trots, en Marjorie was niet genegen om haar zuster van die trots te beroven. Ze was tenslotte de hospita van de bekendste detective in Engeland. Sommige zaken konden het best niet uitgesproken worden, zoals haar eigen ongelukkig huwelijk; Franks driftigheid. Schijn moet hoog worden gehouden, trots gehandhaafd. Er was niets anders om in moeilijke tijden op te steunen.

"Nu," zei Gladys, haar gedachtegang onderbrekend, "vertel me over Frank en de kinderen."

Marjorie lachte. "Ach, weet je. Frank werkt hard. We redden ons wel. Het platteland is veel minder spannend dan jouw leven hier. En de kinderen worden snel groot. Elizabeth is nu elf en helpt met het melken. Ik weet niet hoe ik het zonder haar zou klaarspelen. En Geoffrey voert elke ochtend de kippen en helpt zijn vader in de velden. Het weer was goed tot dusver en we verwachten een fatsoenlijke oogst dit jaar. Dat zal zeker een opluchting zijn, na de ramp van vorig jaar."

Gladys knikte begrijpend. Ze keek naar haar kopje toen ze vroeg: "En je arm, is die beter nu?"

"Beter? Oh ja," Marjorie wreef over haar rechterarm, "veel beter, dank je. Het was dom van me om in de tuin te vallen. Je zou denken dat ik beter zou weten, na daar al die jaren te hebben gewoond."
"Dom? Niet echt." Gladys trok haar wenkbrauwen op. "Gelukkig was Frank erbij toen het gebeurde. Geen blijvende schade, hoop ik?"
"Nee, de botten zijn helemaal genezen nu, zei de dokter. Zoals ik al zei, een dom ongelukje," antwoordde Marjorie afwijzend.
"Wel dan," zei Gladys, "als je opgestaan en aangekleed bent, stel ik voor een wandelingetje te maken. Er is iets dat ik vóór de lunch moet doen."

Er was geen teken van Gladys' huurder bij het ontbijt. Ze zagen hem ook niet tijdens het uurtje waarin Marjorie Gladys hielp met wat huishoudelijke taken. Nadat de bedden waren opgemaakt en de keukenvloer gedweild, trokken de dames hun wandelschoenen aan en wapenden zichzelf met paraplu's. Ze liepen Baker Street door en sloegen af naar Marylebone Road.
"Ik was vergeten hoe hoog de gebouwen zijn en hoe verschrikkelijk de riolen stinken. En het lawaai!" riep Marjorie uit. Een man met een stapel kranten in zijn handen had net iets onverstaanbaars dicht bij haar linkeroor gebruld.
"Je went eraan." Gladys piepte onder haar paraplu vandaan. "Kijk, het is opgehouden te regenen."
De opgevouwen paraplu deed nu dienst als een wandelstok. Gladys tapte het op het trottoir terwijl ze verder marcheerde.
Marjorie stopte haar eigen paraplu onder haar arm en sloot zich aan bij haar zuster. "Het is zo druk in de stad. Mensen lijken heel snel te leven tegenwoordig. Vraag jij je nooit af hoe anders dingen zouden zijn als je op het platteland was gebleven?"
"Ja," antwoordde Gladys, "zeer vaak."
Ze haatte het platteland. Varkens waren lelijk en vuil, en hun stank! Ze gaf de voorkeur aan de stank van de stadsriolen. Hier kon je tenminste een huis binnengaan en de geur buitensluiten. Die luxe was er niet op het platteland. De geur van de varkens doordrong alles, totdat je zeker was dat je zelf uiteindelijk ook als een varken stonk.
"Waar gaan we heen?" vroeg Marjorie.

"We gaan iets ophalen." Gladys beet op haar lip. "Soms, Marjorie, zijn mensen zo knap dat ze het bos door de bomen niet kunnen zien."

Een politieagent liet de zusters binnen in een nette, goed gemeubileerde kantoor.

"Als u even wilt wachten, dames," hij wees twee stoelen aan die voor een duur uitziend bureau stonden, "ik weet zeker dat inspecteur Lestrade niet lang op zich laat wachten."

Regendruppels tikten zachtjes tegen de ruit. Gladys draaide haar hoofd om te zien hoe hard het regende. Ze wilde net aan Marjorie voorstellen een huurrijtuig naar huis te nemen, maakt niet uit hoe duur, toen de deur openging.

"Gladys Hudson!" riep de lange, goed geklede man, zijn snor opzwellend op het ritme van zijn woorden. "Wat een geweldige verrassing! Waar heb ik dit genoegen aan te danken?" Hij greep Gladys' hand vast.

"Mijn zuster, mevrouw Perriman." Gladys wuifde haar vrije hand vaag richting Marjorie.

"Het zit zo, inspecteur, meneer Holmes voelt zich niet zo goed vandaag en hij vroeg me langs te komen om iets voor hem op te halen."

"Oh, ik hoop dat hij niets serieus mankeert?"

Gladys ontweek de vraag. "Hij wist zeker dat ik het hier zou vinden."

"Wel, wat het ook is, ik hoop dat we onze goede vriend meneer Holmes kunnen helpen. We zijn hem een paar gunsten verschuldigd, dat is zeker. Wat wilde hij u laten ophalen?"

"Het is een parasol. Een fijn voorbeeld van bedrukte zijde in blauwtinten met lila linten," zei Gladys. "Het handvat is van ivoor en er staat een spreuk op gegraveerd, 'Fortius quo fidelius'. Het werd op dinsdagochtend in een huurrijtuig achtergelaten en de koetsier heeft het naar alle zekerheid bij verloren voorwerpen ingeleverd."

"Welnu, eens kijken of ze zo een artikel hebben." Lestrade opende de deur en schreeuwde door de gang: "Gillings!"

Agent Gillings verscheen en kreeg instructies over de parasol. Hij salueerde en ging ernaar op zoek.

De inspecteur leunde tegen de rand van zijn bureau en haalde een sigaar uit een doosje.

"Ik hoop dat jullie het niet erg vinden, dames?"

"Helemaal niet," Gladys wuifde de mogelijkheid van bezwaar weg, "ik ben het gewend dat heren roken."

De inspecteur stak de sigaar aan en nam een trek. Bijtende rook verspreidde zich door de kamer. "Blijft u lang in Londen, mevrouw Perriman?" vroeg hij.

Marjorie glimlachte. "Nog maar een paar dagen, vrees ik. Mijn man en kinderen zullen me missen."

"Natuurlijk." De inspecteur knikte bedachtzaam en blies rook richting het plafond. Hij draaide zich om naar Gladys. "Heeft u..?"

Agent Gillings verscheen weer met een prachtige zijden parasol met een ivoren handvat.

De inspecteur draaide het ding om in zijn handen. "Wel, wel. Hoe krijgt hij het toch voor elkaar? Hoe wist hij dat hij hier zou zijn? Ik bedoel, precies deze parasol? Fantastisch. Ik neem mijn hoed af voor de man." Hij gaf de parasol aan Gladys. "Bied meneer Holmes alstublieft mijn hartelijke groeten aan en wens hem een voorspoedig herstel."

"Dank u." Gladys stond op. "Meneer Holmes zou dankbaar zijn voor uw discretie. Het zit zo... de jongedame die het hier betreft... wel, ik denk dat ik u niet hoef te vertellen hoe gevoelig zulke situaties kunnen liggen."

De inspecteur trok zijn wenkbrauwen op. "Wel, wel! Dus zo zit dat? Oh ja, ik begrijp het helemaal." Hij tikte tegen de zijkant van zijn neus. "U kunt op me rekenen, 'discretie' is mijn bijnaam."

"Dank u wel. Nu moeten we gaan, anders ben ik te laat met de lunch. Nogmaals bedankt, inspecteur."

"Altijd blij van dienst te kunnen zijn. Zal ik een rijtuig laten roepen? Het regent verschrikkelijk buiten. Gillings!"

Marjorie fronste toen de koetsier met de teugels schudde en het paard in een gestadige draaf ging.

"Hoe wist je dat de parasol daar zou zijn?" Marjorie liet haar stem zakken. "Ik ben verrast dat de koetsier hem niet heeft verkocht. Hoe wist je dat hij dat niet zou doen?"

Gladys glimlachte. "Ik was er niet zeker van, maar er zijn nog genoeg eerlijke mensen, Marjorie, zelfs in Londen. Een koetsiers reputatie is hem veel waard als hij zijn rijke klanten wil behouden. Ik ging ervan uit dat de dame niet wilde dat iemand wist waar ze heen ging. Daarom riep ze zelf een rijtuig op straat, in plaats van dat een bediende te laten doen. De koetsier zou niet weten waar ze verbleef en kon de parasol niet naar haar hotel terugbrengen. De enige andere veilige optie was het politiestation."

"Meneer Holmes zal vast blij zijn dat je de parasol hebt gevonden," riep Marjorie.

"Ik zal het hem niet vertellen," antwoordde Gladys vastberaden.

"Maar... hoe zal je..?"

Gladys klopte op haar zusters knie. "Lieve zus, je bent getrouwd en dat was ik ook ooit. We begrijpen allebei hoe mannen zijn, zelfs een zo knap als meneer Holmes. Hij zal niet te veel vragen stellen, want dat zou betekenen dat hij aan een vrouw moet toegeven dat hij iets niet weet. Een mans ego zal dat zeker niet toestaan. Daarom zal hij me geloven als ik zeg dat we gingen wandelen, het begon te regenen en we een huurrijtuig namen naar huis. Stel je onze verrassing voor toen we zagen dat iemand een parasol in ons rijtuig heeft achtergelaten. Ik zal het aan hem laten zien en zeggen dat ik heb besloten om hem naar verloren goederen te brengen, in plaats van de koetsier hem te laten stelen."

"Waarna," vervolgde Marjorie, "hij erop zal staan om het voor jou weg te brengen."

Gladys glimlachte. "Precies."

"En de eigenares van de parasol," maakte Marjorie het verhaal af, "zal worden ontboden en het honorarium zal worden betaald."

Gladys knipoogde. "En ik zal mijn huur krijgen en mijn reputatie behouden als hospita van de grootste detective aller tijden."

70

Afleiding
door Ariane DeVere
Erith, Verenigd Koninkrijk

Sherlock heeft in achttien dagen geen enkele zaak gehad om op te lossen en verveelt zich dood. Op de negentiende dag laat John hem meer dan zes uur alleen. Wanneer hij *eindelijk* thuiskomt is zijn linkerschoen, die hij nog steeds aanheeft, in een plastic zak gewikkeld.

"Goed," zegt hij, "ik heb een trip gemaakt door Londen, een taxi genomen naar zes verschillende plaatsen en overal even over de grond gelopen. Het is jouw taak om erachter te komen waar ik precies ben geweest en in welke volgorde."

Hij zet zich op de bank, gooit zijn linkerbeen op Sherlocks schoot en glimlacht breeduit. "Het spel is begonnen; volg mij op de voet!"

71

Het Avontuur van de Gekke Kolonel

door Evgeniya Zimina

Kostroma, Rusland

"Watson. Jij bent aan het front geweest, je weet hoe het is," zei Holmes. Hij zei het met een glimlach, maar ik kon zien dat hij bezorgd was. Onze kamers waren een vreselijke rotzooi. De lucht was dik van het stof.

"Mijn oorlog was, ehm, anders," zei ik, terwijl ik een scherf van het tapijt raapte. "Geen bommen. Geen luchtaanvallen. Ik voel me een gijzelaar hier in Londen. Ze gooien bommen op ons en wij zitten hier maar."

"Er is niets dat we kunnen doen," zei Holmes, aandachtig kijkend naar het raam dat gebroken was tijdens de meest recente luchtaanval van de beruchte Londense blitz, "dus we blijven kalm en doen alsof er niets aan de hand is, zoals die nieuwe posters aanraden. Heb je ze gezien, Watson? Engeland ten voeten uit."

"Zelfs de sterkste Britten raken van de wijs tegenwoordig. Kolonel Warburton, bijvoorbeeld. Tragische situatie. Je hebt vast wel gelezen over... oh nee, natuurlijk niet. Jij leest alleen het misdaadnieuws."

"Dus. Kolonel Warburton..?"

"Hij is gek geworden na het verlies van zijn zoon, een jonge officier die de leiding had over een team van de Explosieven Opruimingsdienst. Je weet wel, de Koninklijke technische dienst. Geen ervaring. Een ongeëxplodeerde bom ging af. De oude kolonel zwerft door de stad, roept de naam van zijn zoon en vraagt mensen of ze weten waar hij hem kan vinden."

De deurbel onderbrak ons gesprek en mevrouw Hudson, onze huishoudster, kondigde aan dat er een dame was die mijn vriend wilde spreken.

"Ze is van streek, het arme ding," voegde mevrouw Hudson eraan toe.

"Vreemd genoeg komen mensen nooit naar mij toe als ze gelukkig zijn," zei Holmes zuurtjes.

Een moment later betrad de dame de kamer. Ze was smaakvol gekleed; haar gezicht zou aantrekkelijk zijn geweest, ware het niet dat haar ogen doordrongen waren van verwarring en schaamte. Haar mondhoeken trilden.

"Gaat u toch zitten," zei Holmes.

"Meneer Holmes," begon zij, "ik heb gehoord dat u kunt helpen, en hulp is wat ik op dit moment het meeste nodig heb. Mijn naam is Elizabeth Warburton; ik ben getrouwd met kolonel Warburton. U heeft misschien gehoord –"

"Ja," zei Holmes, met een zijdelingse blik van verrassing in mijn richting. "Het speet me te horen over de tragedie in uw familie. Het verlies van een enige zoon –"

"Meneer Holmes," onderbrak de dame hem, haar stem plots hard, "dat is precies waarom ik hier ben. Het probleem is dat wij nooit een zoon hebben gehad."

Ik kon zien dat Holmes, die op het punt had gestaan zijn deductievaardigheden te demonstreren door onze gast over haar eigen leven te vertellen, verbijsterd was.

"Maar… Mevrouw Warburton… uw echtgenoot, of beter, zijn gesteldheid… Is het niet uw echtgenoot die zegt een zoon verloren te hebben? David Warburton –"

"Ja, hij zegt het voortdurend. Maar soms…" ze aarzelde. "Soms denk ik niet dat mijn man echt gek is. Ziet u, meneer Holmes, wanneer James denkt dat ik de andere kant op kijk, verandert zijn gezicht. Hij ziet er perfect gezond uit. Maar dan praat hij over 'zijn zoon' en weet ik niet wat ik moet denken. Is krankzinnigheid niet gebaseerd op waarheid? Wat als hij wel een zoon heeft gehad? Een buitenechtelijke zoon waar ik niets van weet, die hij echt kwijt is geraakt met als gevolg dat hij zijn verstand heeft verloren? Ik heb er al roddels over gehoord."

"Waarom gaat u hier niet mee naar een psychiater? Dat lijkt mij de meest redelijke oplossing," zei ik.

"Dat heb ik al gedaan. Een vriend van de familie heeft dokter Brown uitgenodigd met ons te komen dineren. Dokter Brown denkt dat mijn man geestelijk gestoord is, maar geeft toe dat het onmogelijk is zo snel tot een conclusie te komen."

"De dokter en u zouden kunnen wachten, niet?"

"Maar zijn waanbeeld over een zoon kan niet uit het niets gekomen zijn, toch? Er moet een andere vrouw geweest zijn en een

jongen, een jonge man. Als zijn dood zo'n schok voor James was –
meneer Holmes, alstublieft. Vindt u toch tenminste iets over Luitenant
Warburton!"

"Het spijt me," zei Holmes, "maar dit is niet mijn soort zaak.
Ontrouwe echtgenoten, gek of niet, en buitenechtelijke zonen zijn voor
mij totaal oninteressant."

"Meneer Holmes, alstublieft! Er is niemand die ik kan
vertrouwen. Ik weet niet wat ik moet doen of hoe ik me moet gedragen.
Alle informatie die u mij kunt geven zou mij ontzettend helpen.
Alstublieft – wat u maar kunt vinden over deze zoon, deze David
Warburton."

"Goed dan," zei Holmes. "Ik zal zien wat ik kan doen."

Onze gast vertrok en liet Holmes weemoedig achter. "Ik noem
dit een degradatie," zei hij. "Ik en de zaak van een buitenechtelijke
zoon? De oude kolonel had duidelijk een geheim; zijn gekte opende de
deur naar de familietrapkast waar het skelet van zijn zoon –"

"Dat is een ongepaste grap, Holmes," onderbrak ik hem. "Die
vrouw zit in de penarie en wij kunnen haar helpen."

"Ik heb in een moment van zwakte een domme belofte gedaan,
beïnvloed door de staat van de kamer na het bombardement. Ik heb deze
vrouw hoop gegeven in plaats van de naam van een dokter voor haar
man!"

"Het kan niet moeilijk zijn om na te gaan of de jonge man echt
bestaan heeft, of dat hij is ontstaan in het hoofd van de oude vent. En
daarbij, jij hebt je nooit zorgen gemaakt over de staat van onze kamers,
Holmes. Waarom zou je nu beginnen?"

"Oké dan," gaf Holmes onwillig toe, "het is beter dan helemaal
geen puzzel. Met een oorlog om ze bezig te houden vergeten de
criminelen misdaden te plegen, en als er niets interessanters te doen is
zal ik kijken wat er te ontdekken valt over deze zoon."

"En daarbij is er iets merkwaardigs aan het gedrag van de
kolonel, als we zijn vrouw mogen geloven. Het ene moment lijkt hij in
orde, het volgende –"

"Als dokter hoor jij te weten hoe moeilijk het is waanzin vast te
stellen. Het menselijk brein is een duister gebied," zei Holmes gapend.
"Niet het mijne, uiteraard, maar ik ben bang dat ik een uitzondering ben.
Wat betreft de dame: zij wenst haar man natuurlijk gezond en weigert te
geloven wat ze hoort of ziet."

De twee dagen die daarop volgden brachten ons niets nieuws. Het enige dat Holmes ontdekte was dat de kolonel zich inderdaad vreemd gedroeg. Hij liep langs de strijdmachtkantoren en treinstations en vroeg soldaten en officieren of zij iets wisten over luitenant Warburton. Hij was vreemd maar ongevaarlijk. Veel mensen herkenden en negeerden hem. Meewarig bekeken ze de rijzige figuur die smeekte: "Kunt u mij dan niets vertellen over Warburton? David Warburton? Hij is mijn zoon. Hij kan niet dood zijn, ik weet het zeker."

Holmes kon echter geen enkele aanwijzing vinden dat de kolonel kinderen had, noch van zijn eigen vrouw, noch van iemand anders.

Ikzelf begreep niets van dit vreemde geval. Met iedere deductie die ik probeerde te maken zonk ik dieper in de zee van onzin.

"Dus, om het samen te vatten, de kolonel probeert een zoon te vinden die hij nooit heeft gehad en wiens dood hem gek heeft gemaakt? Holmes, dit is absurd! Het slaat nergens op!"

"Natuurlijk slaat het nergens op. We hebben het over een gek!" antwoordde Holmes. "Wat lees je daar, Watson? *Hamlet?* Nog een gek?"

"Holmes, dat jij niet van toneel houdt betekent niet dat het nutteloos is. En trouwens, prins Hamlet was helemaal niet gek, zoals iedere belezen man je kan vertellen. Luister maar: *Al moge dit gekkenpraat zijn, toch is er orde in...*"

Toen ik enkele dagen later het huis in Baker Street binnenkwam wist ik dat we een bezoeker hadden gehad – de overweldigende geur van de sigaren van Mycroft Holmes hing zwaar in de lucht.

"Dat klopt, Watson," zei Holmes in antwoord op mijn onsuccesvolle poging mijn hoesten in te houden. "Je hebt Mycroft net een kwartier gemist."

"Wat wilde hij?"

"Niet meer en niet minder dan het vinden van een spion en, in zijn woorden, het redden van de wereld. Er is een lek. Het Oorlogskabinet maakt zich zorgen. Bepaalde geheimen zijn bij de vijand terecht gekomen."

"Er is een lek in het kabinet?!"

75

"Nee. Mycroft acht het zeer onwaarschijnlijk. En toch –"

"Hoe ga je het aanpakken?"

"Ik moet eerst van die Warburton toestand af zien te komen. David Warburton is een mythe – ik ben alle denkbare bronnen afgegaan. Hij is het product van de verbeelding van de kolonel. Het moeilijkste deel van deze zaak zal zijn om aan zijn vrouw uit te leggen dat wat zij nodig heeft niet een detective is, maar een arts, die hopelijk de situatie van de oude man kan verklaren.

"Let wel, Watson," vervolgde Holmes, "toen mevrouw Warburton naar ons toekwam was jij het die haar aanraadde naar een psychiater te gaan. Het is humaner de kolonel een plek in een inrichting te geven dan hem in zijn toestand door Londen te laten zwerven. Er is geen enkele aanwijzing dat hij iets in zijn schild voert, zoals zijn vrouw vermoedt. Ze wil alleen de onaangename waarheid niet onder ogen zien. Het zal moeilijk voor haar worden. Ze is depressief vanwege haar echtgenoot, en de financiële situatie van de familie laat veel te wensen over, maar de kolonel heeft medische zorg nodig, vrees ik."

"Hij is een merkwaardige man, deze kolonel," zei ik. "Ik zou hem uit professionele interesse wel eens willen ontmoeten."

"Uitstekend! Jij kunt mijn standpunt bevestigen terwijl ik met mevrouw Warburton praat. Dan kan ik daarna direct aan de slag met het probleem dat Mycroft mij ter attentie heeft gebracht. Jij zei toch laatst dat we niet stil kunnen blijven zitten? Hier is een kans om de situatie te verbeteren en ons in te zetten voor ons land – en het is nog een uitdaging ook. Algemeen nut. En nu terug naar Warburton. We kunnen meteen naar hem toe, en dan met zijn vrouw de puntjes op de i zetten."

"Naar Warburton toe? Hoe weet je waar hij is?"

"Kinderspel. Hij volgt een vast dagelijks patroon. Je zou hem kunnen zien als een bankbediende die op een vaste tijd van huis gaat en op een vaste tijd op zijn werk aanko…" Holmes stopte alsof hij door de bliksem was getroffen. Zijn ongeïnteresseerde gelaatsuitdrukking, standaard als het gesprek over de Warburton zaak ging, veranderde.

"Al moge dit gekkenpraat zijn, toch is er orde in… Watson, hoe vaak heb ik jou verteld dat je als geleider van licht ongeëvenaard bent? Schiet op, voor we te laat zijn!"

Grijze luchtschepen dreven door de grijze lucht boven de grijze stad. Holmes rende bijna en ik had moeite hem bij te houden.

"Holmes, een half uur geleden probeerde je vergeefs van deze zaak af te komen en nu ren je alsof *jij* gek geworden bent, niet de kolonel!"

"Orde, Watson, orde!

"Waar heb je het over, Holmes?"

"Ik kan enkel zeggen dat ik blind geweest ben. Zo blind, dat als je ooit besluit deze gebeurtenissen vast te leggen, je erover zult moeten schrijven zonder mijn fout te verhullen, Watson! Ik heb de fout gemaakt waar ik jou zo vaak van heb beschuldigd. Ik keek wel, maar ik observeerde niet!"

Toen we bij het station aankwamen liep de oude man over het perron. Hij was het toonbeeld van verslagenheid en stelde zijn gebruikelijke vragen. Voorbijgangers duwden hem aan de kant. Medelijden doorboorde mijn hart toen ik heb zo zag.

"Vanwaar die haast, Holmes? Verkeert hij in gevaar? Van wie?"

"Kijk goed naar hem, Watson, en vertel me wat je ziet," zei Holmes zacht.

Terwijl ik keek groeide mijn medelijden. De pijn van de man was ondragelijk om aan te zien. Een groep jonge officieren betrad het perron: ze praatten, lachten en bespraken iets. De oude kolonel stond met zijn rug naar hen toe en we konden zijn profiel zien.

"Wel, Watson?" vroeg Holmes, triomf in zijn stem. "Wat doet hij nu?"

De lippen van de oude man bewogen, alsof hij iets telde, of iets voor zichzelf herhaalde. Hij hief zijn hoofd op en tot mijn verbazing was zijn blik sluw en berekenend. Hij draaide zich langzaam om en zag ons. Zijn ogen waren kil en gezond.

"Watson, vlug!" riep Holmes. De kolonel probeerde zijn revolver te trekken, maar met de officieren achter hem en Holmes en ikzelf die als de bliksem op hem af schoten had hij geen schijn van kans.

Mycroft was vertrokken, de geur van zijn sigaren nog in de lucht. Hij was met spoed op weg naar het verhoor van kolonel Warburton.

"Twee zaken opgelost binnen een uur," zei ik, bitter, "en ik moet toegeven dat ik me behoorlijk dom voel. Ik begrijp nog steeds niet wat er gebeurd is op het station, behalve dat de kolonel is gearresteerd"

"Daar hoef je niet zo bitter over te zijn, Watson," antwoordde Holmes. "Was ik niet net zo dwaas als jij? De belangrijkste informatie kwam van mevrouw Warburton. Zij vertelde dat haar echtgenoot regelmatig in orde leek. Maar als vrouw was zij meer geïnteresseerd in de theorie van een mogelijke affaire, en toen ik dat hoorde verloor ik de interesse. Ik heb hem gevolgd en bekeken maar uit irritatie zag ik niet de systematiek in zijn gedrag. Tot jij me vroeg waar we hem konden vinden. Hij sprak alleen met het leger, en leek altijd dingen te herhalen of te memoriseren. Deze zaak vroeg om aandachtige observatie maar mijn trots was gekrenkt toen ik zo'n eenvoudige zaak kreeg en ik keek niet goed. Bovendien vergat ik een belangrijk aspect dat jij, Watson, nooit vergeet."

"Welk aspect?" vroeg ik verbaasd.

"Emotie. Ik probeerde logica toe te passen, maar het was gebaseerd op gevoel."

"Wiens gevoel?"

"Het gevoel van de mensen rond kolonel Warburton. Sommigen waren nieuwsgierig, op een vulgaire manier, naar de al of niet bestaande ontrouw van de kolonel. Roddelaars, gulzig zoekend naar schandalen. Anderen die hem ontmoetten voelden medelijden voor de arme man. Net als jij, is het niet, Watson? Mensen die hun naasten verloren hebben voelden met hem mee. En hij manipuleerde die gevoelens, spon een web van onwaarschijnlijke feiten, deed alsof hij gek was, hoewel er een orde in zijn waanzin zat. Maar men zag hem als een slachtoffer, precies zoals hij dat wilde."

"En hij was een spion. Waarom zou hij het gedaan hebben? Voor het geld? Je zei dat de financiële situatie van de familie slecht was."

"Dat moet het geweest zijn."

"Het is walgelijk, ongeacht de motieven. Maar de vermomming was ongebruikelijk, vind je niet? Je zou verwachten dat een spion zich op de achtergrond houdt, maar hij maakte zichzelf tot een sensatie. En je denkt echt dat hij genoeg hoorde terwijl hij bij de soldaten rondhing?"

78

"Een woord hier, een woord daar. Hij was een intelligente man en hij kon de puzzel in elkaar schuiven. Maar het is fijn te weten dat we hem gestopt hebben. Een stap in de richting van de overwinning, hoe klein ook. Overigens, Watson, heb je die nieuwe overheidsposters gezien? 'Losse lippen zinken schepen'."

"Een idee van Mycroft?"

Holmes haalde zijn schouders op en glimlachte.

De Ronde Weg
door Katharine McCain
Rosemont, Pennsylvania, Verenigde Staten

Ik zit naast twee mannen van grote naam
Kijk hoe zij hun handen dippen –
Niet gestoord door stramme gewrichten
Niet bezoedeld door ouderdomsvlekken –
Dippen in potten honing
Verguld door de zon
Gezoet door hard werk
Voorziet het hen wellicht van meer
Dan voeding en smaak

Ik kan voorbij de bijen gaan
En de man op de hoek aanhouden

Uit de pas geslagen
Leunt hij tegen de rook
Vraagt of ik een sigaar met hem wil delen
Maar ik wil alleen zijn naam

Ben je Gabriel
George
Gary
of Greg?

Ik loop verder en zie de ongeziene mannen
Gezeten, rekenend, in hun web
De één in comfortabel leder
Houten panelen, haardvuren
Rijkelijk gedekte tafels
De ander
Gevoed op een rantsoen van dwang
En krijtstof
En verder

80

Vingers glijden over een bekende deur
Tot ik me bevind in een bekend ziekenhuis
Waar tussen de stervenden een vriendschap begint
Vol van leven
Wat kunnen we daaruit
Deduceren?

Nog verder
Een student met zijn hond
(Niet vernoemd naar een minister
Of een woord voor 'blije steen')
Hij geeft zijn hond toegang
Tot het been van een ander
Een beet die leidt tot
Eerdere woorden

Ik ga zo ver terug als mij is toegestaan
En kijk eindelijk door een onbeduidend venster
En een onbekend huis
Waar deze anonieme familie zich verzamelt
Ik kijk toe bij de naamgeving
Het besluit tot –
Gelukkig niet Sherrinford –
Maar Sherlock

Ik kan dit alles doen
Voetstappen achterlatend in de inkt
En nog op tijd terug zijn voor
Thee en honing.

Het Begin
door Annabelle Hammond
Norfolk, Verenigd Koninkrijk

John Watson strompelde het klaslokaal binnen, zo weinig mogelijk leunend op zijn bezeerde enkel. Hij werd van alle kanten aangestaard door fel gekleurde schilderijen en zuchtte van frustratie. Hij voelde zich totaal niet vrolijk en kleurrijk. De klas viel stil. De juf kwam naar hem toe, een oudere dame met kort, grijzend haar. Ze lachte naar hem. "Jij moet John zijn. Ik ben mevrouw Hudson, en ben je lerares dit jaar. Welkom in groep vier," zei ze en klapte van verrukking in haar handen. Haar glimlach werd breder en breder tot haar gezicht uit elkaar leek te barsten. "Zoek maar een plekje uit." Ze gaf hem een duwtje in zijn rug en hij struikelde. De andere kinderen lachten. "Oh het spijt me, heb je hulp nodig? Ik wist niet dat je een pijnlijke enkel had," zei juf Hudson bezorgd. John fronste. Hij had zijn enkel bezeerd, hij was niet invalide. Hij kon prima voor zichzelf zorgen. "Het gaat wel," zei hij, maar dat weerhield juf Hudson er niet van hem bij de arm te nemen. Hij schudde haar af en stapte opzij. "Echt, het gaat wel, ik kan gewoon lopen," zei John en hij draaide zich van juf Hudson weg. Zijn rugzak was zwaar. Zijn ouders hadden hem volgestopt met boeken die hij niet nodig had.

John zocht om zich heen naar een lege stoel. Er was er maar één en de andere kinderen fluisterden toen hij er naartoe liep. De tafel stond achterin het lokaal, het blad helemaal leeg. De jongen aan de tafel leek te luisteren naar alles dat om hem heen gebeurde. Hij was lang, met donkere krullen die in zijn ogen hingen, bleke huid en hoge jukbeenderen. Het was makkelijk om je voor te stellen hoe hij je vol walging aan kon kijken. Hij droeg een zwarte broek en een zwart shirt en leek te volwassen om in dezelfde klas als John te zitten. Ze hadden moeilijk meer van elkaar kunnen verschillen.

John had stijl blond haar en een rond gezicht. Op tienjarige leeftijd had hij al fronslijnen in zijn gezicht. Hij droeg een gebreide trui die zijn moeder voor hem had gemaakt. Ze had erop gestaan dat hij hem vandaag droeg, 'om een goede indruk te maken'. Hij had wat gebromd maar niet hardop geklaagd. Hij droeg een spijkerbroek, en nette schoenen die hij geërfd had van een ver familielid. John voelde zich klein in vergelijking met de andere jongen. De jongen keek hem aan met donkere, grijze ogen die hem leken te analyseren, en keek toen terug naar het raam.

John stapte om de tafel heen, liet zijn rugzak op de grond vallen en ging zitten, opgelucht dat hij niet meer hoefde te staan. Hij vroeg zich af wie de vreemde jongen naast hem was. Hij leek gesloten en ongastvrij. John hoestte om zijn aandacht te krijgen maar kreeg alleen een boze staar.

Voor in de klas begon juf Hudson met een verhaal over materiaaleigenschappen. John luisterde niet; hij was te diep verzonken in gedachten over de jongen naast hem.

"Met staren kom je niets te weten. Tenzij je mijn observatievaardigheden hebt, maar dat lijkt me niet. Ik ben Sherlock. Sherlock Holmes," zei de jongen, en draaide zich eindelijk naar hem om. John was overweldigd. Hij stak zijn hand uit. Sherlock keek ernaar maar hield zijn armen gekruist.

"Ik ben –" begon hij.

"John Watson," zei Sherlock. "Je bent pas hier naartoe verhuisd omdat je vader een betere baan kreeg aangeboden in het ziekenhuis. Je moeder is huisvrouw en lijkt erg veel tijd te besteden aan breiwerk. Jouw trui is één van haar experimenten, zie ik. Niet haar beste werk." Sherlock sprak snel en serieus. De wirwar van woorden verwarde John en hij staarde hem aan met open mond.

"Hoe… Hoe weet jij dat?" vroeg hij.

"Observatie en deductie," zei Sherlock nuchter. "Maak je geen zorgen, jullie zijn allemaal te dom om het te begrijpen, laat staan te leren. Watson, doe alsjeblieft je mond dicht, ik kan je vullingen zien. Eén wit, één grijs. Je snoept te veel, daarom is je gezicht zo dik. Dat raak je over een paar jaar wel weer kwijt. Oh, en je been. Je kwam hier binnenstrompelen als een verloren ziel. Je steunt er niet op. Ik neem aan dat je je enkel verzwikt hebt toen je uit een boom sprong. Een tweedegraads verstuiking, volgens de dokter. Je hebt vast veel blauwe plekken. En die vreselijke bruine schoenen zijn vast een afdankertje, niemand koopt zoiets lelijks." Hij pauzeerde en lachte naar John, ondanks de kritiek die hij hem net gegeven had.

"Ehm, ja, dat klopt wel ongeveer," zei John tegen de tafel. Sherlock maakte hem ongemakkelijk.

"Sherlock, heb je de klas soms iets te vertellen?" De stem van juf Hudson klonk scherp.

"Ik wil niet opscheppen, juf Hudson." Sherlock sprak haar naam uit alsof het een nare ziekte was.

"Ah, dat zal vast niet gebeuren, meneer Holmes, maar ga gerust je gang," zei ze met een plastic glimlach.

"Oké dan. Waar zal ik eens beginnen?" zei Sherlock, zijn handen tegen elkaar als in een gebed. De hele klas had zich omgedraaid om naar hem te kijken. John voelde zich nog ongemakkelijker. Hij zweette in zijn wollen trui.

"U heeft de klas verteld dat metaal sterk en hard is, dat het glimt en dat het een goede geleider is. Vreselijk saai. Zelfs een olifant had u dat kunnen vertellen." Zijn mondhoeken krulden op. Zijn grijze ogen bewogen heen en weer alsof hij op een kaart keek. "Ik kan u vertellen dat metalen buigzaam zijn omdat ze zijn opgebouwd uit verschillende lagen atomen die over elkaar heen kunnen schuiven als het materiaal gebogen of vervormd wordt. Metaal kan ook gigantische structuren vormen waarbij de elektronen in de buitenste laag zich vrij kunnen bewegen. Die vrije elektronen kunnen met metaal ionen worden samengevoegd tot een metaalbinding. Is dat genoeg, juf Hudson, of zal ik verder gaan?" vroeg Sherlock met een brede grijns.

John had geen idee wat Sherlock zojuist had gezegd. Zijn hoofd begreep woorden als elektronen nog niet. Hij keek rond en zag de schok op de gezichten van de andere kinderen. Juf Hudson had haar handen op haar heupen, haar gezicht was rood als een biet en er rolde een zweetdruppel over haar voorhoofd.

"Misschien is het beter als we dit gesprek buiten het klaslokaal voortzetten," zei ze knarsetandend.

Sherlock stond op, zijn lange lijf torende boven de rest van de klas uit. Sherlock pakte een potlood van een andere tafel en wachtte. De klas keek in stilte toe. Sherlock lachte en liep verder. Na een paar stappen gooide hij het potlood naar juf Hudson. Het miste haar hoofd op een centimeter na. Een perfecte misser. Sherlock liep lachend het lokaal uit.

De klas werd rumoerig. John deed niet mee met het geroddel maar keek naar de deur. Deze jongen was fantastisch. Niemand kon zo slim zijn, maar hij was het toch. Hij was tien jaar oud maar hij was uitzonderlijk. John begreep helemaal niets van wat er net gebeurd was.

Op de gang hoorde hij juf Hudson schreeuwen. Toen ze terug kwam trilde en zweette ze. Sherlock kwam niet terug. "Jongens en meisjes, gaan jullie maar even iets voor jezelf doen terwijl ik een passende straf vind voor meneer Holmes," zei ze, met nauwelijks beheerste woede. De klas was ontsnapt aan haar razernij. De deur sloeg achter haar dicht. John liep de trap van de container die als bijgebouw diende af en strompelde naar de speelplaats. Hij was weer alleen; alle andere kinderen speelden tikkertje. Hij zag een leeg bankje bij het speelveld, ging zitten en strekte zijn benen uit. Zijn enkel deed zeer maar hij negeerde de pijn. Als hij hem niet bewoog zou het ook niet over gaan. Hij keek naar de spelende kinderen. Wat een stom spel. Wat was het doel van tikkertje? John was niet de gezondste persoon ter wereld en hij zag niet wat het nut was van uren rond te kunnen rennen. Hij zou nooit ergens voor weg hoeven rennen, zeker niet als hij dokter werd, zoals hij hoopte. In een ziekenhuis hoefde je niet te rennen.

"Dom hè?" zei een serieuze stem achter hem. John draaide zich om en zag Sherlock, nu in een donkere jas die te kort voor hem was. Sherlock kwam naast hem zitten en sloeg zijn armen en benen over elkaar. "Sommige mensen zijn dommer dan goed voor ze is. Het is niet eens een leuk spel," zei Sherlock kijkend naar de kinderen op het speelveld.

"Wat vind jij dan wel leuk? vroeg John, dapperder dan hij zich voelde. Hij was enorm nieuwsgierig.

"Niet rennen, in ieder geval. Alleen gewone mensen vinden rennen leuk. Een probleem oplossen dat niemand anders op kan lossen, dat is leuk. Jezelf uitdagen om de beste te zijn. Alles te zien en niets te missen. Op een dag kan je leven er vanaf hangen," zei Sherlock. Hij gloeide bij zijn idee van leuk.

"Ik wil dokter worden," flapte John eruit. Sherlock keek op hem neer, wenkbrauwen opgetrokken.

"Ooit zul je dat worden," zei hij. John schudde zijn hoofd. Hij geloofde niet dat Sherlock de toekomst kon voorspellen. Ze zaten zwijgend naast elkaar en dachten over wat de ander gezegd had.

Er kwam een andere jongen naar hen toe. Hij was gemiddeld van lengte, had bruin haar en een grijns op zijn gezicht. Er was iets verontrustends aan hem. Misschien de manier waarop hij naar hen keek, met zijn helderblauwe ogen.

"Heb je een vriendje gevonden, Sherlock? Ik weet zeker dat de rest van de klas dat graag wil weten," zei hij, en riep toen, "Sherlock heeft een vriendje!" hard genoeg voor iedereen om te horen en er verzamelde zich een groep om hen heen, lachend en wijzend.

De jongen duwde Sherlock opzij en stak zijn hand naar John uit. "Ik ben James Moriarty. Je kunt maar beter niet met Sherlock praten. Hij doet alsof hij alles weet maar hij liegt, hij doet het alleen om te verbergen hoe dom hij eigenlijk is," zei James, en de omstanders lachten. "Je moet niet met mensen zoals hij omgaan. Ze halen je naar beneden. Waarom kom je niet met ons mee? Wij kunnen je laten zien hoe je de beste kunt zijn." Hij stapte achteruit, armen wijd om John in zijn club te verwelkomen.

John vond deze jongen maar niks. Hij was te verwaand. James streek zijn haar naar achter en lachte zijn tanden bloot. Hij mocht niet zo tegen Sherlock praten.

John trok zijn voeten langzaam onder zich en hield zich aan de bank vast terwijl hij opstond. Sherlock keek hem nieuwsgierig aan. John legde een hand achter zijn rug, drie vingers opgestoken.

"Het spijt me, maar ik moet je aanbod afslaan. Er is niets mis met Sherlock. Hij is misschien een beetje egocentrisch, maar dat ben jij ook," zei John met een glimlach. Hij hield niet van pestkoppen en James was een pestkop. Hij voelde zich opeens heel zelfverzekerd. Achter hem stond Sherlock op. John boog één vinger zodat er nog twee gestrekt waren.

"Weet je het zeker? Als je mijn aanbod afslaat word je net zo'n freak als hij. Dat wil je toch niet," plaagde James met zijn brede grijns.

"Nou, eigenlijk," zei John, "ben ik liever zoals hij dan zoals jij." Hij boog nog een vinger.

"Oké dan," zei James fronsend. Niemand had ooit zijn aanbod afgeslagen. James deed een stap vooruit tot hij neus aan neus met John stond. John boog zijn laatste vinger, zijn hand nu een vuist, en Sherlock kwam naast hem staan. Samen duwden ze Moriarty. Hij viel geschokt om en John en Sherlock renden lachend weg.

Het leek erop dat John toch een vriend had gemaakt, en hij had een pestkop een lesje geleerd. Sherlock Holmes en John Watson waren een goed team. Samen renden ze de poort van het schoolplein uit. John bleef een beetje achter maar dat gaf niet. Even later passeerden ze het bord van Baker Street. John keek op zijn horloge en het was 2:21.

Juf Hudson riep hen na, "Jongens! Kom onmiddellijk terug. Jullie hebben al meer dan genoeg problemen veroorzaakt, kom terug voor ik de politie bel!"

Sherlock lachte harder.

"Wat nu?" vroeg John.

"Mijn oudere broer Mycroft werkt bij de politie," hijgde Sherlock.

"Echt? Wil jij ook bij de politie?" vroeg John. Hij probeerde zich Sherlock als politieagent voor te stellen.

"Ik ben bang van niet, John. Veel te makkelijk. Ik word consulterend detective," zei Sherlock trots.

"Is dat wel een echt beroep?" vroeg John. Hij had er nog nooit van gehoord. Hij fronste terwijl hij naar de woorden zocht.

"Nee, het bestaat nog niet. Ik word de eerste. Sherlock Holmes, de eerste consulterend detective ter wereld," riep Sherlock vol overtuiging. Hij lachte hysterisch en John lachte mee, hij kon het niet helpen. Sherlock moest gestoord zijn, maar hij zei er niets over.

Later die avond zat John aan zijn overvolle bureau en schreef, *Lief Dagboek, vandaag heb ik een vriend gemaakt...*

De Koppelaar van Furrow Street
door Aine Kim
Londen, Verenigd Koninkrijk

17 mei, 1895.

Het was een koude, regenachtige nacht toen ik van mijn pijp opkeek van het geluid van een rijtuig dat kletterend tot stilstand kwam voor 221B Baker Street. Enkele minuten later klonk er een dreun van boven. Holmes schoot langs mij heen naar het raam en duwde zijn scherpe, gretige gezicht tegen het glas terwijl hij het duister van de straat inkeek, alsof hij de aandacht van de koetsier probeerde te trekken. Op dat moment werd er aangebeld en mijn vriend danste de trap af om enthousiast de deur te openen voor onze bezoeker.

Inspecteur Lestrade zat al gauw bij het haardvuur terwijl Holmes door de kamer ijsbeerde.

"Verdomd slecht weer voor het seizoen, niet, Holmes?" merkte Lestrade op.

Holmes' antwoord bleef onuitgesproken toen mevrouw Hudson de kamer binnenkwam met een theeblad en de krant .

"Dank u wel, mevrouw Hudson. Lestrade, ik neem aan dat er één of andere gruwelijke moord heeft plaatsgevonden waar je mijn advies voor nodig hebt?" Holmes gebaarde naar de krant en veegde die daarbij van tafel. Lestrade ving hem op.

"Daar staat het niet in, Holmes. We proberen het stil te houden."

Holmes liet zich in zijn stoel vallen en leunde achterover.

"Dan zul je me er zelf over moeten vertellen."

Dit was mevrouw Hudsons cue de kamer te verlaten.

"In dat geval," begon Lestrade, "herinner jij je de zaak van de Slager van Putney nog?"

"Watson, mijn dossier graag."

Ik gaf hem de bruine archiefmap met daarin de gegevens van de meeste misdaden en misdadigers van de afgelopen eeuw.

"Hm, de Slager van Putney... Ja. Vermoordde twaalf mensen en hield de lichamen zes weken verborgen als dierenkarkassen... Hij kreeg in 1886 levenslang. Ik neem aan dat er een nieuwe moord is gepleegd met dezelfde modus operandi, waardoor je vermoedt dat hij erbij betrokken is? Ik meen me te herinneren dat hij vorige maand uit de Pentonville gevangenis is ontsnapt," zei Holmes terwijl hij door de map bladerde.

Lestrade knikte. "Helemaal waar, op één ding na."

Het was al te laat. Holmes sloeg de map dicht en begon weer te ijsberen, met zijn handen zwaaiend wanneer Lestrade probeerde te spreken.

"Dus... De Slager is terug? Maar hoe weet je zo zeker dat hij het is? Zijn recente ontsnapping en de eenvoudige wijze waarop de moorden gepleegd zijn maken hem een makkelijk slachtoffer voor imitators. Ik neem aan dat jullie al naar de meest voor de hand liggende dingen hebben gekeken – tekenen van een vleeshaak onder het rechter oor, snijwonden rond de ribbenkast –"

"Holmes, hij heeft het niet gedaan."

Mijn vriend verstarde. "Hoe weet je dat zo zeker?"

"Omdat," legde de inspecteur geduldig uit, "hij het slachtoffer is."

We zaten samen in het rijtuig en ik keek hoe Holmes door zijn geliefde bruine archiefmap bladerde en de moord overpeinsde.

"De Kannibaal van Boston... die heeft een motief. Ik geloof dat ze elkaar in 1882 ontmoet hebben en later op de vuist raakten... maar hij woont aan de andere kant van de Atlantische Oceaan, dat maakt het onwaarschijnlijk. Walter Wilkinson heeft reden genoeg, maar hij is dood."

Het rijtuig stopte in een donkere zijstraat die bevolkt werd door een menigte politieagenten. Holmes stapte uit en liep doelbewust naar het lijk dat op de roetzwarte keien lag.

"Watson, wat denk jij hiervan?" riep hij naar me. Ik benaderde het lijk en was verbaasd te zien dat de huid bont zag van de donkere, onregelmatige blauwe plekken.

"Het lijkt er op dat deze man gestenigd is."

"Precies. En wat zie je nog meer?"

Ik bekeek hem aandachtig en realiseerde me dat wat ik aanvankelijk voor een oude man had gehouden eigenlijk een veel jonger exemplaar was. Zijn witte haar kwam los in mijn handen.

"Holmes, deze man is professioneel vermomd."

Holmes lachte bitter. "Hij wist dat ik naar hem op zoek zou zijn – of daar ging hij in ieder geval vanuit. Men kan niet van mij verwachten dat ik achter elke onbeduidende moordenaar aanga die uit een matig beveiligde gevangenis is ontsnapt."

Ik keek toe terwijl Holmes over de plaats delict liep, af en toe pauzerend om een kreet van verrukking te slaken en zich op een detail van onze omgeving te storten. Plots klonk er hoefgetrappel op de stenen en kwam er een nieuw politierijtuig de straat in gereden. Een jonge agent sprong naar buiten en rende naar inspecteur Lestrade.

"Meneer," riep hij, "er is er nog één, meneer!"

Ik bevond mij opnieuw in een rijtuig met Holmes, die steeds gefrustreerder raakte. "Wie kan het zijn? Geen van deze criminelen kwam uit een milieu waar steniging gebruikelijk is, en de vorm van de kneuzingen doet vermoeden dat de stenen allemaal klein en puntig waren. De dader is dus een jonge vrouw of een zwakke oude man. Maar welke van de twee…"

We stapten uit en Holmes zei: "Twee moorden op nog geen kilometer afstand van elkaar. Wat we hier wel of niet uit af kunnen leiden hangt af van het volgende slachtoffer."

"Volgende slachtoffer?"

Maar Holmes was de straat al uit en verdween in de duisternis, een sputterend olielampje in zijn hand. Hij riep een luid "Aha!" bij het zien van een bloedspoor en ik volgde hem de steeg in. Ik vond hem gebogen over het lichaam van een jonge man, zijn koele grijze ogen schitterend van het plezier van de jacht als die van een bloedhond. In zijn lange vingers hield hij een wit kaartje met daarop geprint de woorden "Voor Een Sprookjeshuwelijk" en op de andere kant een adres.

"Zoals je ziet, Watson," zei hij, "is deze man een klant van Carhills Koppelaarservice in Furrow Street."

"Inderdaad, Holmes. En ben ik correct in mijn aanname dat dit de Furrow Street is waar we net doorheen gereden zijn?"

"Helemaal correct, Watson. Ik zou me vereerd voelen als je mij daar naartoe vergezelde."

Furrow Street was een smalle, slecht verlichte straat die uitsluitend bezocht leek te worden door kalende mannen van middelbare leeftijd die onbeschaamd naar eenzelfde locatie graviteerden. Carhills Koppelaarservice was gevestigd in een onbeduidend klein gebouwtje dat in het midden van de straat leek te hurken. Holmes en ik doken een pension aan de overkant van de straat in en begaven ons naar het raam. Mijn collega haalde zijn map tevoorschijn en leunde voorover.

"Beide slachtoffers, hebben we vastgesteld, waren klanten van deze koppelaarservice. Het motief van het eerste slachtoffer was duidelijk – hij was net ontsnapt uit de gevangenis en aan zijn vreselijke kapsel en zijn haast om een vrouw te vinden leid ik af dat hij zo snel mogelijk een nieuw leven wilde beginnen. De tweede... hm! Hij is geïdentificeerd als meneer Benson Fforbes, gelukkig getrouwd."

"Kan het zijn dat hij gewoon op zoek was naar een nieuwe echtgenote?"

Holmes schudde zijn hoofd.

"Een koppelaar werkt niet met echtbrekers. Een eerlijke koppelaar weet dat zijn klanten alles over elkaar moeten weten, en als hij die informatie niet kan verstrekken in het vertrouwen dat deze correct is dan verstrekt hij de informatie in het geheel niet. Hoewel dit geen standaard koppelaar lijkt te zijn."

Op dat moment kwam er een kleine, kalende man uit het kantoor van Carhills Koppelaarservice gescharreld. Hij stapte op de bok van een rijtuig en reed langzaam de straat uit.

Holmes verstrakte. Het leek of hij van opwinding uit zijn stoel wilde springen, maar het moment ging voorbij en hij verstilde weer.

"Watson, ik ga ervan uit dat je hebt onthouden wat mijn twee mogelijke types moordenaar waren?"

"Een jonge vrouw of een oude man. Je denkt toch niet –"

"Dat denk ik wel degelijk, mijn beste Watson. Ik stel voor dat we de straat oversteken en informeren naar de identiteit van onze koetsier."

De eigenaar van Carhills Koppelaarservice was een kleine, ratachtige man die de scherpe geur van augurken met zich meedroeg.

"Goedemiddag, heren," zei hij, "wat kan ik voor u doen?" Zonder op antwoord te wachten dook hij naar de archiefkast in de hoek en begon een jacht door één van de lades.

"Juffrouw Rachel Wilson, 29, slank postuur, zwart haar, vader is bankier, komt met een 'familierijtuig' en bruidschat van – nee, misschien deze. Juffrouw Lily Curtis, 32, normaal postuur, blond haar, vader momenteel werkloos maar heeft een kleine erfenis van een theeproducent, komt met een klein huis en een –"

Holmes was ongeduldig geworden.

"Ik ben niet geïnteresseerd in deze jongedames, hoe betoverend ze ook mogen zijn," zei hij kortaf, "maar ik zou u zeer dankbaar zijn als u mij de naam kon geven van de man die zojuist uw etablissement heeft verlaten."

Ik keek op en zag dat meneer Carhills gezicht betrok.

"Het spijt mij, mijnheer," spuwde hij uit, "dat wij niet in staat zijn persoonlijke informatie van onze klanten te delen met mensen die geen klant bij ons zijn. Fijne dag!" Met die woorden sloeg hij de la dicht en verdween in het donkere moeras van zijn kantoor.

Holmes' gezicht betrok met een grimmige vastberadenheid.

"Wat doen we nu, Holmes?" vroeg ik. "Het is duidelijk dat we van de beste meneer Carhill niet de informatie gaan krijgen die we nodig hebben, maar hoe zit het met de koetsier?"

De schaduw van het verwaarloosde rijtuig was nog zichtbaar aan het einde van de straat, de paarden sjokkend over de stenen.

"Onze koetsier, mijn beste Watson," antwoordde Holmes, "is de sleutel tot het onderzoek."

"Maar Holmes!" riep ik. "Moeten we hem dan niet achterna?" Maar mijn vriend glimlachte slechts en ging weer zitten.

Toen het rijtuig volledig verdwenen was boog Holmes zich voorover.

"De man is zeker een verdachte, mijn beste Watson. Hij is een oudere man, niet in staat iemand te vermoorden op andere wijze dan steniging met kleine, puntige projectielen en hij heeft een motief –"

"Motief?" onderbrak ik hem. "Wat voor motief zou hij kunnen hebben?"

"Watson, is het je opgevallen dat de meeste cliënten van dit etablissement rijke mannen van middelbare leeftijd zijn?"

Dat was me inderdaad opgevallen.

"Onze koetsier is rijk noch middelbaar. Hij vermoordt andere cliënten vanuit het simpele, dierlijke doel de competitie voor een partner te vereenvoudigen."

"Waarom houden we hem dan niet tegen?"

"Omdat," zei Holmes, "zijn schuld of onschuld afhangt van de identiteit van het volgende slachtoffer."

Mijn geduld raakte op.

"Hoe weet je zo zeker dat er nog een slachtoffer gaat vallen?" vroeg ik geërgerd.

"Mijn beste Watson," antwoordde hij, "dat weet ik niet zeker. Ik hoop het alleen."

We zaten een paar minuten zwijgend naast elkaar.

"Oké," zei mijn vriend uiteindelijk, "aangezien er geen nieuws van een volgend slachtoffer lijkt te komen, stel ik voor dat we ons in de richting van de woningen van de slachtoffers begeven en hun spullen onderzoeken op aanwijzingen."

Het eerste slachtoffer woonde in een smerig, ellendig klein kamertje, vol papieren, maar met als enig meubilair een mat en een klein komfoor. Toen ik mij moeizaam de trap op had begeven trof ik Holmes daar aan, gravend door een brandkast, papier om zich heen strooiend. Tenslotte kwam hij triomfantelijk naar buiten, in zijn hand een kleine enveloppe met de letters *CK*.

"Watson," zei hij, "deze enveloppe zou zomaar de sleutel tot alle moorden kunnen bevatten."

Met die woorden scheurde hij de enveloppe open en schudde de inhoud in zijn hand. In zijn palm lagen een visitekaartje van meneer M. Carhill en een kleine foto, die hij tussen zijn vingers hield voor nadere inspectie.

"Hm! Een nieuw gezicht, Watson."

Ik keek over zijn schouder mee. De foto was een portret van een jonge vrouw die, hoewel ze bijna agressief naar de fotograaf keek, zo fascinerend was dat ik mijn ogen maar met moeite los kon trekken.

"Wie denk je dat ze is?" vroeg ik.

"Zij is onze connectie met de moordenaar," antwoordde Holmes terwijl hij de foto in zijn zak liet glijden. "Ik hoop maar dat we haar in het huis van het tweede slachtoffer ook vinden."

Wijlen meneer Benson Fforbes woonde in een huis van twee verdiepingen in Chelsea, met een echtgenote en een omvangrijk aanbod aan personeel. Ik volgde Holmes door de zee van jammerende koks, kamermeisjes, werksters en een enkele echtgenote naar de studeerkamer van Fforbes.

De weduwe Fforbes, een kleine ronde vrouw met een blonde haardos opende huilend de deur voor ons. Gelukkig, hoewel een beetje ongevoelig, stapte Holmes opzij om mij door te laten en sloot daarna de deur achter ons. Binnen tien minuten had hij zowel een *CK* enveloppe gevonden als een foto van de mysterieuze vrouw, die hij bij het verlaten van het huis tactvol in zijn jas verborg.

Toen we die avond bij het haardvuur van 221B zaten, stond Holmes stil bij de zaak die nu tot een einde liep.

"En nu, mijn beste Watson, wachten we."

"Hoe lang precies?"

"Hoe lang tot het volgende slachtoffer wordt gemeld? Ik denk niet meer dan een paar uur, gebaseerd op het huidige tempo van de moordenaar. Daarna is het simpelweg een kwestie van het vinden van de foto, het aanhouden van de koetsier en het voldoende intimideren van de man tot we een bekentenis hebben… Watson, ik moet bekennen dat ik, ondanks het feit dat ik me vermaakt heb met deze zaak, een beetje teleurgesteld ben dat het zo'n oppervlakkig probleem is gebleken."

Op dat moment klonk er een geweldig beukend lawaai van beneden, gevolgd door het dreunen van voetstappen. De deur vloog open en Lestrade verscheen in de deuropening, bleek en hijgerig.

Holmes was uit zijn stoel gesprongen en riep ongeduldig: "Wat is er, Lestrade?"

"Een nieuwe moord," was het antwoord.

"Geweldig. Nu hoeven we alleen de foto te vinden en de koetsier aan te houden."

"Holmes, ik ben bang dat dat niet gaat lukken."

Mijn vriend stopte geschrokken. "Waarom niet?"

"Omdat," zei de inspecteur vermoeid, "hij vermoord is."

94

Holmes en ik zaten in het politierijtuig dat met spoed naar de plaats delict reed. Holmes fronste, zijn ogen waren donker en hij sprak geen woord. Tenslotte riep hij uit: "Het is de vrouw, Watson! Het kan niet anders! We hebben al die tijd op het verkeerde spoor gezeten, gedacht dat zij de connectie met de moordenaar was, terwijl zij zelf de moordenaar was!" In de zakken van de dode man troffen we dezelfde foto aan en Holmes' humeur sloeg om. Tot actie gemaand verdween hij en keerde een paar uur later triomfantelijk terug.

"Ze is zijn dochter, Watson!"
Ik keek op en zag een grote, groezelige kruier in de woonkamer.
"Holmes?"
Holmes verwijderde zijn snor en ging zitten.
"De vrouw is Elizabeth Carhill, dochter van onze vriend de koppelaar. Ze is tevens de moordenaar."
"Maar Holmes – hoe weet je dat zo zeker? Waarom zou ze haar vaders cliënten vermoorden?"
"Alle slachtoffers waren in haar geïnteresseerd, en allemaal zijn ze vermoord toen ze haar de eerste keer ontmoetten. Slachtoffer nummer één, de Slager van Putney – hij had geen flauw benul. Als moordenaar had hij voldoende ervaring met zelfverdediging, maar toen zijn aspirant-bruid zijn verleden ontdekte zag ze het als haar taak hem te laten boeten. Slachtoffer nummer twee, Benson Fforbes – Carhill ontdekte zijn bestaande huwelijk en wilde wraak."
"En de koetsier? Waarom heeft ze hem vermoord?"
Holmes haalde zijn schouders op. "Voor de kick? De voldoening die ze kreeg van het vermoorden van een onschuldig man, het plezier dat ze kreeg van het hebben van die macht? Wie zal het zeggen? Waarschijnlijk weet de moordenares het zelf ook niet."
"Maar dan nog," zei ik, "hoe heeft ze haar slachtoffers überhaupt kunnen vermoorden? De eerste twee waren minstens 1,80 meter lang en eentje was zelf een moordenaar. Het duurt zeker twintig minuten om een volwassen man dood te krijgen met stenen van dat formaat en de slachtoffers zouden hun gijzelnemer makkelijk hebben kunnen overmeesteren."

95

Holmes lachte.

"Ah, maar deze dame was slim! Hier zit 'm het genie. Ze kwam vroeg bij de ontmoetingsplaats, deed een traag werkend verdovend middel in hun glas en nam de slachtoffers mee naar een andere locatie, waar ze hen vermoorde. Ik begrijp alleen niet waarom ze stenen gebruikte."

We waren allebei in onze eigen gedachten verzonken toen Lestrade weer in de deuropening verscheen.

"Als je zover bent, Holmes, dan kunnen we een arrestatie uitvoeren..."

"Wie ga je arresteren?"

"Elizabeth Carhill natuurlijk."

"Alleen haar?"

"Ja..."

Holmes sprong op van zijn stoel.

"Nee, dat ga je niet. Je gaat ook haar vader arresteren."

Lestrades gezicht verraadde zijn verwarring. Holmes zette zijn monoloog voort terwijl hij zijn jas aantrok en de trap af liep.

"Elizabeth Carhill mag de moorden gepleegd hebben, maar ze is bij lange na niet de enige schuldige. Ik heb extreem belastend materiaal in het bureau van meneer Carhill gevonden, waaronder brieven, geadresseerd aan hem, betreffende onderhandelingen over de prijs voor het gebruik van zijn dochter als huurmoordenaar. Schiet op, Watson!"

"Maar Holmes," riep Lestrade ons na, "wie is de cliënt die deze eerste moorden heeft besteld?"

Holmes stond stil.

"Zijn naam is Moriarty."

"Wie is dat?"

"Dat is precies wat ik hoop te ontdekken."

De Geweldige Detective
door Amber Butler
Bonnieville, Kentucky, Verenigde Staten

Het geluid van Baker Street beneden
Pijprook hangt loom in de lucht
Zweeft als de mist van Londen

Gevouwen in een leren stoel
Indringende ogen kijken over gevouwen vingers
Zien aanwijzingen in alles

Herinneringen liggen diep in 221B
Het portret van een vrouw op tafel
Een schilderij van Reichenbach aan de muur
Een blauwe diamant in een lade

Dan, geheven, speelt een viool
De snaren zingen Mendelssohn
Plots, de ogen ontvlamd, de viool opzij geworpen
Staat hij bij de haard
Als een standbeeld, zelfverzekerd
Het bord is opgezet

De misdaad valt voor Sherlock Holmes
En Watson neemt zijn pen ter hand

Het Avontuur van de Zwarte Veren
door Julianne Ducrow
Normandië, Frankrijk

John Watson wist dat hij dood zou gaan.

Londen was ongebruikelijk stil onder haar deken van grijze wolken; de muziek van de stad gedempt terwijl de man tegenover John zijn rechterhand geheven hield. Met een geleidelijk buigende wijsvinger verhoogde hij langzaam de druk op de trekker van het pistool dat op Johns borst gericht was.

Precies op dat moment begon het te regenen, teder, alsof de hemel huilde in afwachting van wat komen ging. Het was vroeg op de avond en fijne regendruppels kleurden het betonnen dak onder hun voeten terwijl John geduldig wachtte op de dood.

Het was niet de eerste keer dat hij in de loop van een pistool had gekeken, en het zou niet de eerste keer zijn dat hij het hete staal zou voelen als het zijn lichaam doorboorde. In Afghanistan hadden ze het een wonder genoemd. Een centimeter verder naar links en John zou dood zijn geweest nog voor hij het schot hoorde.

Maar hij was niet dood. De scherpschutter had niet goed gerekend, of iemand daar boven hield erg van John, want hij had de wond niet alleen overleefd maar was, volledig hersteld, met eervol ontslag teruggekeerd naar Engeland. Toen ontmoette hij Sherlock Holmes

Johns eerste gedachten bij de ontmoeting met deze vreemde, gereserveerde maar briljante man waren moeilijk te omschrijven. Vanaf het allereerste moment had hij een onmiddellijke en overweldigende band tussen hen gevoeld, alsof hij eindelijk thuis gekomen was.

Het berouwde John dat hij Sherlock nooit meer zou zien; hem nooit meer zou vergezellen bij een zaak; dat hij nooit meer zou zien hoe Sherlock merkwaardige experimenten uitvoerde in de keuken van de flat die ze deelden... Het was Sherlock waar hij aan dacht toen hij het schot hoorde en wist dat zijn leven voorbij was.

Het was een sombere, bewolkte zondagochtend aan het einde van april toen Michael Bode een bezoek bracht aan de bewoners van 221B Baker Street. John had eerder die ochtend een krant gekocht en zat daarmee nu in zijn stoel tegenover zijn huisgenoot, die zelf zijn favoriete Edgar Allen Poe herlas, toen de bel ging.

Meneer Bode was een lange, slanke man met donker haar en bleke huid, een beetje zoals Sherlock. Hij had dezelfde katachtige bewegingen waarmee hij zich door de flat bewoog en in één van de stoelen ging zitten, nadat hij van John een kopje thee had geaccepteerd.

"Dus, hoe kennen jullie elkaar?" vroeg John terwijl hij voor zichzelf thee inschonk. Het was gebruikelijk dat mensen in bepaalde kringen Sherlock kenden, maar de twee mannen leken met elkaar vertrouwd. John zou het geen vriendschap genoemd hebben, maar ze waren duidelijk meer dan oppervlakkige kennissen.

Een mysterieuze glimlach verscheen op het gezicht van de bezoeker en zijn blauwe ogen glinsterden. Hij haalde adem alsof hij wilde gaan spreken, maar aarzelde even voor hij antwoord gaf. Hij leek in te schatten hoeveel Sherlock al verteld had en hoeveel hij vond dat John mocht weten.

Toen Sherlock geen aanstalten maakte om te spreken zei Michael: "Sherlock en ik hebben ooit samengewerkt, maar we verschilden van mening en we gingen ieder onze eigen weg."

Hij liet zijn laatste woord in de lucht hangen, alsof de zin nog niet af was.

"Jij werd notaris en Sherlock detective." John voelde de plotselinge spanning en glimlachte, zoals hij altijd deed, om de spanning te breken. "Niet bijzonder verschillend dus. Jullie werken allebei met het recht."

"Helemaal waar," stemde Michael in.

"Wat kan ik voor je doen, Michael?" onderbrak Sherlock het gesprek. "Het moet behoorlijk belangrijk zijn om jou hier te krijgen."

"Meteen aan het werk," grinnikte de notaris en hij schraapte zijn keel om met zijn verhaal te beginnen. "Eén van onze belangrijke cliënten, John Garrideb, heeft een probleem en ik denk dat iemand met jouw vaardigheden daarbij kan helpen.

"Meneer Garrideb heeft twee broers: Howard, zijn zakenpartner, is de oudste. Van hun jongere broer Nathan zijn ze allebei vervreemd. Ik weet de precieze omstandigheden niet maar toen Alexander Garrideb,

99

hun vader, overleed liet hij zijn landgoed in gelijke delen aan zijn zonen na. Bij het landgoed hoort ook een huis, Garrideb Hall. Zoals je je kunt voorstellen zijn de onderhoudskosten van een gebouw van dit formaat aanzienlijk. John en Howard zijn benaderd door een tycoon uit Kansas die het wil kopen. Omdat er niemand woont willen ze het van de hand doen, maar omdat Nathan eigenaar is van een derde van het landgoed hebben ze daar zijn toestemming voor nodig. Het probleem, zoals je voelt aankomen, is dat ze Nathan niet kunnen vinden. Daarom ben ik naar jou gekomen."

Sherlock bekeek Michael met toegeknepen ogen en zette zijn vingertoppen tegen elkaar, zoals John hem honderden keren eerder had zien doen.

"Dus je wilt dat ik een vermiste man vind zodat het Garrideb landgoed verkocht kan worden," zei hij.

"Inderdaad," stemde Michael in. "Ik heb begrepen dat jij je tegenwoordig met dat soort dingen bezig houdt."

"Onder andere," zei Sherlock. "Ik neem de zaak aan. Als hij nog leeft zal ik hem vinden en namens jou bezoeken. Maar als hij niet gevonden wil worden dan kan ik niet beloven dat ik je zijn adres geef."

Michael knikte instemmend. "Prima, al ga ik er vanuit dat hij wel gevonden zal willen worden. Per slot van rekening zou het hem schatrijk maken. Het landgoed is getaxeerd op £15.000.000."

Het verbaasde John niet hoe snel Sherlock de vermiste Garrideb gevonden had en de volgende dag namen ze een taxi naar de andere kant van de stad en arriveerden bij een nieuwbouwflat. John merkte op dat de naam van de bewoner op wiens bel ze drukten niet 'Garrideb' was. Sherlock legde uit dat Nathan al jaren een andere naam gebruikte, al lang voordat hij zijn flat niet meer uitkwam. Men zou er vanuit kunnen gaan dat hij was overleden maar de buren hadden regelmatig leveringen van boodschappen gezien. Na wat graven had Sherlock ontdekt dat de man leed aan agorafobie en zelfs zijn eigen voordeur niet uit durfde.

Ze werden duidelijk verwacht door Nathan Garrideb en Sherlock gaf, na de gebruikelijke formaliteiten, het bericht van Michael Bode door met betrekking tot de verkoop van Garrideb Hall.

100

Na de eerste opwinding leek Nathan zich te realiseren dat de verkoop van zijn deel van het landgoed betekende dat hij naar buiten moest, en zijn enthousiasme verstilde. "Maar ik kan de flat niet uit," protesteerde hij.

"Ik begrijp dat het moeilijk is, maar ik verzeker u dat er niets is om bang voor te zijn," zei Sherlock op een kalmerende toon en hij kneep de man geruststellend in zijn schouder. Nathan ontspande zich direct en John vroeg zich af of Sherlock een soort martial arts drukpunt kende. "Vertel eens over de laatste keer dat je het huis uit ging. Wat is er toen gebeurd? Wat deed je dat je liever niet had gedaan en, belangrijker, wat zag je dat je liever niet had gezien?"

Nathan was onthutst over de nauwkeurigheid van die deductie en gaapte Sherlock met open mond aan. Hij verstilde, dacht even na en maakte aanstalten uit te halen naar Sherlock. John was hem voor en wees op het duidelijk zichtbare silhouet van zijn pistool. "Ik raad het je af," waarschuwde hij. "We willen alleen maar helpen en dat gaat een stuk beter als je Sherlocks vragen beantwoordt."

"Ik... Ik..." stotterde Nathan. "Het ging alleen om het geld!" riep hij uit. "Ik wilde niemand pijn doen, echt niet, maar ze schoten toch. Recht voor mijn neus. Ik raakte in paniek. Ik had de tas met geld vast en ik rende weg. Ze weten niet waar ik woon. We spraken altijd af in het openbaar en ik gaf nooit mijn echte naam, zelfs niet de naam die ik nu gebruik. Maar ik durf niet naar buiten. Ik heb het geld nog, alles, ik heb er nooit iets van uitgegeven, het zit verdomme nog in de tas. Het is niet al het geld, zij hadden ook een hoop maar het is absoluut meer dan mijn deel. Ik weet dat ze het terug willen. Je wilt hen niet als vijand hebben, zoals die arme bewaker, en ik heb liever niet dat ze hetzelfde met mij doen als ze met hem hebben gedaan."

Sherlock was even stil en greep de man toen bij de schouders.

"Dit is wat er gaat gebeuren," zei hij op gedempte toon. "Jij neemt meteen contact op met je broers en spreekt voor morgenavond met ze af in de kroeg. Je vertelt mij alles dat je weet over de mannen waar je problemen mee hebt en je geeft mij de sleutel van deze flat zodat John en ik er morgenavond in kunnen."

Toen Garrideb eindelijk had ingestemd met Sherlocks plan en ze in de taxi zaten op weg naar huis probeerde John te ontdekken wat er nou precies gebeurd was, zoals gebruikelijk wanneer hij met Sherlock aan een zaak werkte.

"Dus die Garridebs van Michael, die hebben de bewaker vermoord?" vroeg John.

"Nee, nee, dat zijn echt Nathans broers en hij zal ongetwijfeld een fortuin erven als het landgoed verkocht is."

"Ironisch dat hij in deze situatie verzeild is geraakt. Als hij gewoon gewacht had was hij vanzelf rijk geworden. Dus het is gewoon toeval dat Michael je op deze zaak heeft gezet?"

Sherlock glimlachte gemeen. "Toeval bestaat niet, John."

De volgende avond waren ze terug bij de flat. Ze keken van de andere kant van de straat toe hoe Nathan volgens plan naar buiten kwam en richting de kroeg op de hoek liep. Het verbaasde John hoe makkelijk dit hem af ging, nadat hij zo lang opgesloten was geweest. Hij kende gevallen van agorafobie waarbij de patiënt jaren nodig had gehad om zo ver te komen, maar met een enkel woord van Sherlock was de man genezen.

Ze lieten zichzelf binnen in Nathans flat en wachtten. Om een of andere reden wist Sherlock zeker dat de mannen die avond zouden inbreken. En inderdaad, de inbrekers verschenen nog geen uur later en na een kleine schermutseling rende Sherlock achter de ene man aan en John achter de andere.

John volgde de man door het trappenhuis naar boven en daarna via de brandtrap het dak op, maar ontdekte zijn fout te laat.

Het dak leek in eerste instantie leeg en John keek rond op zoek naar een alternatieve ontsnappingsroute toen hij het voelde: koud hard staal tegen zijn achterhoofd.

"Draai je langzaam om," beval de man. John gehoorzaamde. "Gooi je pistool op de grond en steek dan je handen in de lucht." John volgde de instructies en liep langzaam achteruit tot zijn hielen de dakrand raakten. Instinctief deed hij een stap vooruit.

"Dat is dichtbij genoeg," waarschuwde de man met het pistool. "Waar is het geld?"

"Geen idee," zei John naar waarheid.

"Dat is jammer. Het is een behoorlijk eind naar beneden; ik hoop dat je kunt vliegen."

"Ik weet echt niet waar het is," zei John opnieuw, met groeiende paniek in zijn stem.

"Echt heel jammer. Ik vind het zelf ook wel, natuurlijk, maar dat zul jij nooit weten. Tegen die tijd ben je een vieze veeg op de stoep." John keek over zijn schouder naar de straat beneden. Er was niets om zijn val te breken als hij vrijwillig sprong. Hij had geen keuze; er was geen andere uitweg en zijn overlevingskansen waren nihil, maar hij kon moeilijk blijven staan en wachten tot hij neergeschoten werd.

Johns plotselinge beweging overrompelde de man maar zijn vinger haalde de trekker al over en op het moment van de knal voelde John een schroeiende pijn in zijn zijde. Het was een vleeswond, dat voelde hij meteen, maar de plek van impact was ver uit de buurt van belangrijke organen en zelfs zonder er naar te kijken voelde hij dat de kogel recht door hem heen was gegaan. Maar dat was op het moment niet het dodelijkste. De impact van de kogel had John uit balans gebracht en de zwaartekracht trok hem achteruit over de rand van het dak richting het wachtende beton.

Hij viel met zijn gezicht naar de hemel en was dankbaar dat hij de grond niet op zich af zag snellen. De gewichtloosheid was, ondanks zijn bestemming, bevrijdend. Johns acceptatievermogen was altijd een van zijn sterke punten geweest, iets dat hij vermoedelijk aan zijn tijd in het leger had overgehouden. Hij had mannen op het slagveld zien sterven en nu was het eindelijk zijn beurt.

Maar hij raakte niet verder weg van de dakrand. Integendeel, hij leek weer dichterbij te komen. John voelde zich licht in zijn hoofd. Hij vroeg zich af of het de shock was maar hij was zich duidelijk bewust van armen die hem ondersteunden en hem terugdroegen naar het dak. Vlak voor hij flauwviel zag hij uit zijn ooghoek iets dat leek op gevederde zwarte vleugels.

"Alles komt goed, John," zei een bekende stem. "Ik heb je vast."

John werd wakker in een ziekenhuisbed. Buiten zijn privékamer hoorde hij Sherlock met iemand praten. Het zachte gefluister van de andere stem klonk ook bekend maar het duurde even voor John hem identificeerde als Mycroft Holmes.

"Dat was niet je belangrijkste doelstelling, Sherlock," gromde Mycroft.

"Alles komt goed met John. Hij is wel eerder neergeschoten en toen is hij ook volledig hersteld," protesteerde Sherlock.

"Precies! Het is de tweede keer dat hij geraakt is en Afghanistan was ook op het nippertje. Je bent slordig, Sherlock. Je weet hoe belangrijk hij is," ging Mycroft verder.

"Ik weet heel goed hoe belangrijk John is," zei Sherlock verontwaardigd.

"Dan moet je voorzichtiger met hem worden. Dit is je laatste kans, Sherlock. Je bent aan hem toegewezen. Als hij ook maar een krasje oploopt wordt je teruggeroepen en wordt je Beschermerstatus ingetrokken! Is dat duidelijk, broertje?"

"Overduidelijk, Mycroft."

"Goed, prachtig," concludeerde Mycroft met een kattengrijns alsof alles volgens plan ging in plaats van de ramp die het had kunnen zijn. "Ik heb fase twee in werking gesteld, zie je die vrouw daar?"

Sherlock draaide zijn hoofd in de richting die Mycroft aanwees.

"Zuster Morstan, ja, ze zorgt voor John," informeerde Sherlock hem.

"Mary. Charmante naam, vind je niet?" vroeg Mycroft.

"Natuurlijk," stemde Sherlock in. "Mag ik er vanuit gaan dat zij deel uitmaakt van fase twee?"

Mycroft grijnsde zijn kattengrijs. "Wat denk je zelf?"

Iets meer dan een week later werd John ontslagen uit het ziekenhuis. Hij zat in zijn gebruikelijke stoel in 221B en las de krant. Sherlock was Johns medicijnen aan het ophalen, hoewel hij snel herstelde. Oefening baarde inderdaad kunst, bleek, als het op dit soort verwondingen aankwam.

Mevrouw Hudson, hun schoonmaakster, stofzuigde de flat van onder tot boven en maakte zich druk over de rotzooi van Sherlocks experimenten, die haar baan twee keer zo moeilijk maakte als strikt noodzakelijk.

"Eerst is het sigarettenas," mopperde ze, "daarna een ontlede god-mag-weten-wat en in hemelsnaam, zijn dat potten modder? Dan heb ik het nog niet eens over de kippen! Wat moet Sherlock met al die kippen? Ik vind overal zwarte veren."

John was in gedachten verzonken en luisterde niet. Keer op keer kwam hij terug bij de vreemde gebeurtenissen na zijn val van het dak. Hij wist zeker dat het een delirium was van de schok maar het leek zo echt, en er was iets dat niet klopte maar hij wist niet wat.

Een half uur later was Sherlock nog steeds niet thuis maar mevrouw Hudson was klaar en trok haar jas aan.

"Ik ben er vandoor, John, Sherlock zal zo wel terug zijn. Red jij het alleen?" vroeg ze bezorgd.

John legde zijn krant neer en zei: "Ja hoor, geen probleem. Sherlock zorgt goed voor me en sinds ik terug ben uit het ziekenhuis is hij nooit lang weggeweest, dus het komt wel goed."

"Ja, Sherlock gedraagt zich inderdaad voorbeeldig. Hij is een engel," stemde mevrouw Hudson in.

Een onverwachte glimlach kwam over Johns gezicht, alsof hij plots had gevonden waar hij al een tijd naar zocht.

Hij keek mevrouw Hudson aan en zei in alle ernst, "Ja, een engel. Hij is een engel."

221B voor Undershaw

door Maria Fleischhack

Leipzig, Duitsland

Sherlock Holmes is een man van logica en deductie. Alhoewel goed op de hoogte van alle vormen van menselijke emotie en de gevolgen daarvan, negeert hij die bij zichzelf en richt hij zijn aandacht volledig op het voorliggende vraagstuk. Op een lenteavond zat deze beroemde detective in zijn vertrouwde stoel, naast zijn vriend Watson, te roken. Toen hij de krant opensloeg werd zijn aandacht getrokken door een nieuwsbericht, behorend bij de ets van een desolaat en bouwvallig huis dat ooit schitterend moet zijn geweest. Al snel ging hij helemaal op in het stuk. Beweerd werd dat het huis werd bewoond door geesten, die geen angst aanjoegen aan diegenen die het huis bezochten, maar die wel de indruk wekten dat het bewoond werd en bezoekers het gevoel gaven dat ze pas naar binnen mochten wanneer ze de bewoners kenden.

Buren vertelden over het gelach van kinderen dat overwaaide vanaf het terras van het huis; over gesprekken over politiek of sport en over boeiende verhalen die in de nacht werden gefluisterd.

En voor de eerste keer in zijn leven voelde Sherlock Holmes diep van binnen een krachtig, irrationeel gevoel, dat hij na veel overpeinzing omschreef als een ernstig geval van heimwee. Eén moment was hij zelf een geest en tranen glinsterden in zijn ogen. En zo gebroken als het huis voelde zijn hart.

De Dokter en de Dolleman
door Cambria Trillian
San Antonio, Texas, Verenigde Staten

Je hebt misschien gehoord van de man
Met in zijn hoofd Afghanistan
Het grove zand, de felle wind
Het weer was hem niet goed gezind
Hij lapte zijn soldaten op
En hield zijn hoofd geheven
En aan de angst, het slechte weer
Heeft hij nooit toegegeven

Een andere heer met een pijp in zijn mond
Die om zijn grilligheid bekend stond
Gemaakt van buskruit en pistool
Het zegelied van een viool
Zijn koude, karmozijnen bloed
Is moeilijk te verwarmen
Maar zeg, 'er is een moord gepleegd'
En hij zal je omarmen

Wie had verwacht dat deze iconen
Samen in Baker Street zouden wonen
Geaarde soldaat, wispelturige vriend
Elkaar onvoorwaardelijk gediend
Door puzzels en zaken en zelfmedicatie
Het blijft een vreemde combinatie
De dokter en de dolleman
Uit Londen en Afghanistan

De Spontane Duik
door William Warren
Moffat, Ontario, Canada

"Nee, ik zie echt niet hoe ik u van dienst kan zijn," zei Sherlock Holmes. "Voor zover ik kan zien is er geen misdaad gepleegd." "Misschien niet," stemde onze aspirant-cliënt in, "maar we nemen graag het zekere voor het onzekere." De oude vrouw hief haar handen in een smekend verzoek aan Holmes om te blijven zitten. Desondanks stond hij op en liep naar de stapel kranten in de hoek van de kamer. Ze liepen terug tot drie maanden geleden. "Een man valt van het strakke koord en overlijdt, einde oefening, en wat dan nog? Hij had een fout gemaakt. Twee, zelfs. Eén, hij schatte de afstand naar het platform aan de andere kant verkeerd in. Twee, hij was koorddanser. Hij viel vlak voor het einde van het koord. Er was niets merkwaardigs aan het voorval."

"Hij was geblinddoekt, meneer Holmes," voegde de oude vrouw toe. "Drie fouten dan." Hij wuifde de kwestie weg. "Nee, ik kan u nergens mee helpen."

"Komt u toch in ieder geval kijken... ik ben bereid u te betalen."

"Ik doe het niet voor het geld, mevrouw Browner," snauwde hij. "Mijn doel is het stoppen van mensen die de wetten van de mens en de natuur breken en er mee weg denken te komen. Dat, en het vinden van afleiding zodat mijn brein niet uit verveling implodeert. Nee, beslist niet."

"Holmes," protesteerde ik. "Kom nou. Ze wil alleen gemoedsrust over de dood van haar zoon. Dat kunnen we haar toch wel geven? En als het toch een ongeluk geweest blijkt te zijn, dan zien we dat vanzelf. Daarbij doet het je goed om even buiten te zijn."

"Houd daar alsjeblieft mee op!" schreeuwde Holmes. "Ik hoef niet naar buiten. Ik heb het niet nodig, ik wil het niet, je kunt me niet dwingen! Ik ga niet naar buiten en al helemaal niet om een ongeluk te onderzoeken."

"Oké dan," kondigde ik aan. "Als jij het niet doet dan doe ik het wel."

"Watson, waag het niet! Elke keer dat jij je aan een deductie waagt moet ik je komen redden."

"Dan vraag ik het aan Mycroft. Ik weet zeker dat het hem wel kan schelen."

"Mycroft? Mijn broer Mycroft? Weet je het zeker?" spotte hij. "Mycroft wijkt pas van zijn routine af als het om de nationale veiligheid gaat." Zijn lenige lichaam trilde van woede. "En is het arbeidsongeval van een koorddanser een zaak van nationale veiligheid? Ik dacht het niet."

"Dan ga ik toch mooi zelf!"

"Doe dat en ik vermoord je."

"Ga dan mee, dan hoef je jezelf niet te arresteren."

Hij stond op, greep zijn hoed, jas en handschoenen en opende de deur naar de hal. "Kom je nog?"

Toen we aankwamen op het circusterrein op West End schoot Holmes de taxi uit en rende op topsnelheid naar de tent waar het koorddansongeval had plaatsgevonden. Toen we hem hadden ingehaald was hij de ladder al opgeklommen en stond hij op het bovenste platform. Terwijl hij het platform inspecteerde keek ik beneden rond.

De tent was ruim vijftig meter hoog en gemaakt van gele stof met brede rode en blauwe strepen. Langs de wanden stonden twaalf rijen houten klapstoelen. De tent was sinds het ongeval leeg, met uitzondering van een paar agenten die opgesteld stonden bij de ingangen.

"Ah, meneer Holmes," klonk de stem van onze vriend, inspecteur Lestrade. "Ik dacht dat je bedankt had voor de eer?"

"En jij ook," antwoordde hij. "Maar ik zie dat je hier nog steeds bent."

"Ja, nou ja, er is iets dat ik je misschien moet vertellen voordat je verder gaat. Kom je naar beneden?" riep de wezelachtige man, zijn handen om zijn mond als megafoon bij de laatste vraag.

"Ik denk het niet, het is hier veel interessanter. Ik kom straks vast wel weer naar beneden, dankjewel."

"Ik begrijp die man niet," zei Lestrade.

109

Lestrade is één van de meest competente Scotland Yard agenten, verre van de sukkel die veel van mijn lezers denken dat hij is. Hij kan geen incompetente hansworst zijn, anders zou Sherlock Holmes zijn aanwezigheid niet dulden. Hij was wel wat ongeduldig, waardoor veel van zijn zaken bij Holmes terechtkwamen. Hij wilde direct resultaat en was niet geduldig genoeg om af te wachten en aandachtig naar aanwijzingen te zoeken.

"Ik neem aan dat jij hem hebt overgehaald om nog eens naar de zaak te kijken, dokter?" vroeg hij, terwijl hij naast me kwam staan. We keken allebei weg van Holmes, richting de tribune.

"Klopt, maar er was niet veel voor nodig."

"Oh?"

"Ik dreigde hem thuis te laten en alleen te gaan."

We lachten even voor we allebei bij de schouder gegrepen werden door een paar lange, slanke, maar ongelofelijk krachtige handen, en het gezicht van Holmes tussen de onze verscheen. Eerst de lange, scherpe neus, toen de prominente jukbeenderen, de intense, donkere kraalogen en smalle mond.

"Vermaken jullie je?" vroeg hij, en zijn mondhoeken krulden in een minuscule glimlach die meer weg had van een grijns. Er was geen warmte in zijn ogen en ik had het gevoel dat hij wist waar we om lachten. "Even fijn verkneukelen over de moord?"

"Moord, Holmes?"

"Ja, mijn beste Watson. Moord."

"Waarom denk je dat?" Ik draaide me om en keek hem ongelovig aan.

"Kijk maar." Hij leidde me bij de schouder die hij nog steeds in zijn stevige grip had en wees met zijn andere hand naar het koord. "Kijk eens goed naar de afstand tussen de platforms."

De platforms lagen dichter bij elkaar dan ik verwacht had. Ik uitte mijn observatie en Holmes grinnikte.

"Inderdaad. Op zo'n korte wandeling kan hij de afstand nooit erg verkeerd hebben ingeschat."

"Dat is niet genoeg om je theorie op te baseren," protesteerde Lestrade.

"Dat doe ik ook niet."

"Waar baseer je het dan wel op?" vroeg de inspecteur.

"Wat wilde je me precies vertellen over de zaak?"

"Oh, ja, dat. Ik denk dat je moet weten dat dit zonde van de tijd is. Wij gingen net weg; Scotland Yard heeft de zaak gesloten. Zonde van de tijd."

"En als ik zei dat ik eigenlijk een chimpansee was," snauwde Holmes, "zou je dat geloven?"

"Dat zou een hoop verklaren," mompelde Lestrade.

"Watson, kom met mij mee, ik wil de rest van het circus zien. Lestrade, ga alsjeblieft door met je bewonderenswaardige werk." Hij schreed de tent uit en ik volgde hem.

"Holmes, dat was onaardig."

"Misschien, maar het winnen van de Slag bij Waterloo was ook onaardig." Hij leidde me schijnbaar willekeurig door de paviljoens, overal naar binnen kijkend. Opeens was Holmes verdwenen. Ik liep terug naar het punt waar ik was afgeleid en keek onderweg in alle tenten. Plotseling hoorde ik: "Wat hebben we daar? Een gluurder?"

Ik draaide me met een gilletje om en keek op tegen een circusman, ruim een meter langer dan ik. Hij droeg een helderblauw pak en een kitscherige hoge hoed met rode veren. Zijn gezicht was een puinhoop, met een neus die meerdere keren gebroken was geweest, gezwollen ogen en een mismaakte mond. Ik realiseerde me dat hij op stelten stond.

"Het spijt me, meneer, ik lijk een vriend verloren te zijn."

"Verloren? Lieve hemel, hij moet wel heel klein zijn om hem zo makkelijk kwijt te raken." Zijn stem was onnatuurlijk hoog, met een scherp randje.

"Nee, ik bedoel, ik kan hem niet vinden."

"Dan zou ik hem maar gaan zoeken. Fijne dag nog." Hij trippelde ervandoor over het aangestampte gras.

Het kostte me een uur om Holmes terug te vinden. Hij stond aan de andere kant van het circus te praten met een groep artiesten. Ik hield me terzijde tot hij klaar was. Er werd veel gelachen en gekeuveld en na een tijdje maakte Holmes zich los en kwam bij mij staan.

"Interessante groep, die circuslui," zei hij. "Als ik het detectivewerk ooit beu wordt ga ik bij het circus."

"Als wat?"

Zijn antwoord verraste me. "Als clown, denk ik. Of jongleur."

111

We verlieten het circus en gingen terug naar Baker Street, nadat Holmes mevrouw Browner zijn onverdeelde aandacht had beloofd. Zodra we terug waren in onze kamers dook Holmes op de bank en krulde zich op met zijn pijp.

"Dus dit is jouw onverdeelde aandacht?" vroeg ik.

"Ja. Ja, zeker weten." Zijn ogen waren dicht en hij tikte met zijn vingers een ritme op de kop van zijn pijp.

"Nou, dan laat ik jou maar alleen met je boeiende werk. Ik ga naar Mary."

"Wie?"

"Mijn verloofde. Dat weet je best." Hij deed vaak alsof hij geen idee had wie Mary Morstan was, hoewel zij hem de intrigerende zaak van het Teken van de Vier had gebracht en hij haar daarna regelmatig had ontmoet. Ik heb nooit kunnen ontdekken of zijn tegenzin zich haar te herinneren voortkwam uit afkeer voor haar, of dat hij teleurgesteld was dat ik hem ooit zou verlaten om met haar te trouwen. Om één of andere reden leek het eerste mij het meest waarschijnlijk: er was altijd een kloof tussen Holmes en mijzelf geweest en Mary was voor hem gewoon een vrouw die na het sluiten van de zaak van het Teken van de Vier niets meer met hem van doen had.

"Oh, ja, natuurlijk." Hij zei verder niets, dus ik ging weg.

In de dagen die volgden waren Holmes en ik zelden lang in dezelfde kamer. Niet omdat we elkaar ontweken, maar omdat we het allebei druk hadden. Holmes zei dat hij een dringende zaak had die snel opgelost moest worden en snelde Baker Street in en uit op onregelmatige, onaangekondigde tijden. Tijdens het griepseizoen is het bijna drie keer zo druk als normaal in mijn praktijk dus ik was het grootste gedeelte van de dag aan het werk, terwijl Holmes' openluchtavonturen meestal 's nachts begonnen. Ik was gewend geraakt aan de handgeschreven briefjes onder de deurklopper in Holmes' nauwgezette hanenpoot: *'Ben weg. Eten op tafel. Blijf niet wakker. Ontbijt om acht voor half zeven precies, graag. Niet aan mijn cocaïnenaald komen.'*

Op zaterdag kwam ik de woonkamer binnen en trof Lestrade aan in Holmes' favoriete stoel, met een geërgerde blik en een dovende sigaret tussen zijn lippen. Hij tikte ongeduldig met zijn voet.

"Ah, daar ben je, Watson," begroette hij me, opstaand om mijn hand te schudden. "Ik had bijna besloten om later terug te komen. Weet jij wanneer Holmes terug is?" "Ik heb geen idee, hij is al de hele week wat onvoorspelbaar. Is het belangrijk? Ik kan een bericht achterlaten voor als hij terugkomt." "Oh, het kan wachten. Gewoon een klein probleempje met een zaak. Ik begrijp er niets van, dat zeg ik eerlijk."

Op dat moment klonk er een klap van de voordeur die werd open geslagen. Een gewelddadige schermutseling kwam langzaam naar boven, tot Holmes plots in de deuropening verscheen, een onbekende man stevig bij de nek. Holmes duwde zijn lading op de bank en pinde hem vast bij de schouder met één van zijn krachtige armen.

"Holmes, wat heeft dit in 's hemelsnaam te betekenen?" stamelde Lestrade.

"Mag ik u voorstellen: meneer Eugene Hailey, van het circus. Geef de inspecteur een hand, Gene." Hij gaf hem een duw en Hailey strekte zijn linkerarm uit en schudde Lestrade en mij de hand. Hij was kort, met een morsig pak en ongewassen haar.

"En wat doe je met deze meneer?" vroeg ik. Bij het horen van de schermutseling had ik mijn revolver getrokken en deze legde ik nu weer terug.

"Ik arresteer hem op verdenking van de moord op Abram Browner."

"De koorddanser?" kreunde Lestrade. "Die zaak is al lang gesloten, het was een ongeluk." Ik geef toe, ik was het ook al lang vergeten.

"Open je ogen, Lestrade. Het bewijs voor het tegendeel staat recht voor je." Sherlock Holmes greep de man bij de keel en Lestrade slaakte een kreet.

"Holmes, je weet dat ik je zou kunnen arresteren voor de manier waarop je deze man behandelt," riep de inspecteur.

"Inderdaad. Arresteer me. Ga je gang."

"Oh. Ik, eh, ik bedenk me net dat ik een afspraak heb bij Scotland Yard." Lestrade draaide zich om en verliet de kamer. "Tot ziens, dokter." Ik deed de deur achter hem dicht.

"En nu, Watson," zei Holmes. "Als ik je revolver even mag lenen..?"

"Holmes, je gaat toch niet –"

113

"Nee, dat ga ik niet, maar dit is een behoorlijk akelige houding om in te praten." Hij stond op en nam plaats aan de tafel in de hoek, de revolver gericht op het hoofd van onze gast. "Welnu, meneer Hailey, dirigent van het circusorkest. Uw aandacht graag. En de jouwe ook, Watson.

"Meneer Abram Browner had u een aanzienlijke som geld geleend om uw beursschuld af te betalen. En hij was een goede schuldeiser, heb ik begrepen. Echter, toen u het geld na drie jaar nog niet terug had betaald, begon hij u erover lastig te vallen. Na nog twee jaar dreigde hij ermee naar de leider van de zigeuners te gaan. Dat zou betekenen dat u, toch al een buitenstaander, uit het circus zou worden gegooid en dat risico kon u niet nemen. Uw hart vulde zich met moordlust." Hij bonsde zijn vuist op tafel en gooide daarbij de vaas met bloemen in het midden om. "U heeft uw enige vriend vermoord, nietwaar?" Toen Hailey niet reageerde richtte Holmes de revolver op de grond en vuurde een schot. "Nietwaar? Geef antwoord!"

"Ja, dat is waar." Hailey hief uitdagend zijn kin op. "Maar je kunt het nooit bewijzen. Scotland Yard zal je nooit geloven."

"Oh, misschien wel." Lestrade stond in de deuropening met twee agenten.

"Wel wel, wat een vrolijke bijeenkomst," grinnikte Holmes. "Wat was dat, meneer Hailey?"

"Ik heb hem vermoord, jawel. Maar de zaak zal nooit voorkomen. De rechtbank zal het niet geloven. Je hebt alleen indirect bewijs."

"Misschien als je het uitlegde," probeerde Lestrade.

"Wat een goed idee," zei Holmes. "Watson, neem de revolver over en houd onze vriend onder schot. Ik zou het jammer vinden als hij wegrende voordat ik uitgesproken was.

"Je kon hem niet neerschieten, want die knappe zigeuners zouden zomaar jouw motief kunnen ontdekken. Hun strafmethodes zijn nogal middeleeuws, vergeleken met die van de overheid. Je moest het dus op een ongeluk laten lijken. Ga ik de goede kant op?"

"Helemaal goed, meneer." Hailey hield zijn gezicht uitdagend strak.

"Dus je organiseerde een ongelukje voor meneer Browner. Geblinddoekte koorddansers vertrouwen op de muziek om te weten wanneer ze aan het einde van het koord zijn, dus je stopte de muziek vlak voor hij aan de overkant was. Je zorgde ervoor dat hij, zelfs als hij voorzichtig testte of hij er al was, zou vallen: en daar maakte je een fout. Je maakte de schroeven aan het eind van de veiligheidskabel los met lampenolie. Dit overtuigde mij ervan dat het geen ongeluk was. Daarna hoefde ik alleen maar op zoek naar een verhaal en een motief, me voordoend als een zekere steltloper die Watson in het kamp tegenkwam." Hij glimlachte verontschuldigend naar me. "Daarna verdiepte ik me in de kunst van het koorddansen en de organisatie van de act. De muziek was de sleutel. Tot zover klopt het allemaal?"

"Helemaal, meneer Holmes. Maar u heeft nog steeds geen echt bewijs om me veroordeeld te krijgen."

"Misschien niet. Maar ik weet een geheel legale straf voor je misbruik van muziek. Watson, de revolver, alsjeblieft. Nee, ik ga hem niet neerschieten, geef nou maar."

Hij pakte de revolver, hield hem naast Haileys rechteroor en schoot twee kogels in de rug van de bank. Daarna hield hij hem naast zijn linkeroor en schoot de resterende drie af. De schoten waren oorverdovend en Hailey had zeker gehoorschade opgelopen.

"Dat was dat. Ik ben klaar met hem, Lestrade, je mag hem hebben." Toen ze vertrokken vroeg Holmes: "Watson, zou jij alsjeblieft een brief aan mevrouw Browner willen schrijven? En Lestrade, hoe zat dat met die zaak waar je het over wilde hebben?"

"Nog een ongebruikelijk ongeval. Ik dacht dat je daar misschien weer een moord van wilde maken."

Eugene Hailey werd weggedragen op de muziek van Sherlock Holmes' schaterlach.

Een Sprong in the Diepe
door Emily Bignell
Brisbane, Australië

Bezoekers aan 221B Baker Street werden meestal niet gevolgd door paparazzi en handtekeningenjagers. Maar bezoekers aan 221B Baker Street waren ook meestal niet Aidan Crawley, schrijver van een serie succesvolle misdaadromans die de basis vormden voor een serie succesvolle misdaadfilms.

Sherlock verwachtte een bezoek van Aidan. Niet zozeer door een proces van deductie, maar door het interview met Aidan op het nieuws van de vorige avond. Aidan had voor het eerst in het openbaar gesproken over het verval van zijn huwelijk met Melanie, waar hij tien jaar mee getrouwd was geweest. Sinds ze bij hem weg was gegaan had hij geen contact meer met haar kunnen krijgen en hij kondigde met tranen in zijn ogen aan dat hij de hulp van Sherlock Holmes zou inschakelen. "Als het op mijn vrouw aankomt, laat ik niets aan het toeval over. Sherlock Holmes is de beste detective ter wereld en als hij haar niet kan vinden, dan kan niemand het."

Hij had opnieuw tranen in zijn ogen toen hij Sherlock en John foto's van Melanie liet zien en vertelde hoe hij zes maanden eerder thuis was gekomen en zij er niet meer was.

"Zes maanden?" herhaalde Sherlock ongelovig. "Ze is zes maanden geleden verdwenen en je komt nu pas naar mij toe?"

Aidan leek in verlegenheid gebracht. "Nou ja, ik dacht dat ik haar zelf zou kunnen vinden. Of dat ze terug zou komen. Ziet u, we hadden al langer relatieproblemen. Succes en roem hebben een prijs. Ik was vaak weg, en als ik thuis was sloot ik mezelf op in mijn studeerkamer om te schrijven. Melanie raakte een beetje... geïrriteerd. Ze riep dat ik meer van mijn werk hield dan van haar, en ze dacht zelfs dat ik vreemd ging met Caroline Cooley, wat natuurlijk belachelijk is."

John en Sherlock keken op van de terloopse melding van de mooie hoofdrolspeelster uit de verfilming van zijn boeken. Aidan ging door zonder het te merken.

"Ze dreigde met een scheiding. Ze zei dat ze alles van me af zou nemen. Hoe dan ook, ik was in LA geweest voor besprekingen over het

116

script voor de nieuwe film. Toen ik terug kwam waren de meeste van Melanies spullen weg, en zij ook. Ik sms'te haar om te vragen wat er aan de hand was, en dit kreeg ik terug." Aidan haalde een iPhone uit zijn zak die hij aan Sherlock en John liet zien. Het bericht was kort en duidelijk. "Ik ben bij je weg. Je hoort nog van mijn advocaat."

"En heb je iets gehoord van haar advocaat?"

"Nee," zei Aidan. "Ik hoop dat ze zich bedacht heeft. Alles dat ik wil is haar vinden, om er over te praten."

"Heeft ze contact gehad met vrienden of familie?"

"Melanie had moeite met het maken van vrienden en ze had geen familie, afgezien van mij. Ze was een enig kind van oude ouders, geen andere levende familieleden. Ik was... alles." Aidan keek verdrietig. "Ik denk dat ze daarom zo jaloers was. Ze was bang om de enige familie die ze had te verliezen."

"Dus ze nam het heft in eigen hand door te vertrekken," maakte Sherlock zijn verhaal af. Aidan keek hem aan, onzeker over hoe hij daarop moest reageren. John zag zijn twijfel en stapte in.

"Dus, hartelijk bedankt voor je bezoek, Aidan. We zullen ons best doen je vrouw terug te vinden – hoewel, als ze zich zo goed voor jou verborgen weet te houden, weet ik niet of het ons wel gaat lukken."

John liet Aidan uit en trof Sherlock bij terugkomst op de bank aan, op zijn rug, starend naar het plafond.

"Ik denk niet dat we haar gaan vinden," zei hij toen John binnen kwam. "We weten niet eens waar we moeten beginnen met zoeken naar het lichaam."

"Meen je dat? Denk je echt dat Aidan Melanie vermoord heeft?" vroeg John.

"Ik denk het niet alleen, ik weet het zeker. Ik voel het." Hij sprong overeind en liep naar het raam, keek met onziende ogen naar de straat. "Maar waar beginnen we met zoeken?" zei hij, meer tegen zichzelf dan tegen John.

Intussen had John zijn laptop gepakt en googlede Aidan Crawley. De eerste hits waren van roddelsites die hem koppelden aan Caroline Cooley. De bijbehorende foto's logen er niet om: Aidan die Carolines rug insmeerde met zonnebrandcrème, Aidan en Caroline in een gepassioneerde omhelzing in een taxi, Aidan en Caroline die samen een hotel verlieten...

117

"Het lijkt erop dat Melanie meer dan genoeg reden had om jaloers te zijn," zei John. "Wat een eikel."

"Joehoe, jongens!" Mevrouw Hudson klopte op de open deur. "Sorry dat ik stoor, maar jullie hebben nog een bezoeker. Dit is Lucy Bennett."

Ze duwde een knappe vrouw naar binnen van rond hun eigen leeftijd. John stapte enthousiast naar voren om haar te begroeten.

"Ik ben John Watson, en die man bij het raam die ons negeert is Sherlock Holmes. Waar kunnen we u mee helpen?"

"Leuk je te ontmoeten, John. Dit klinkt misschien raar, maar ik ben hier vanwege Melanie Crawley."

Dit was genoeg om Sherlock bij het raam weg te lokken.

"Jij weet waar Melanie Crawley is?" vroeg hij.

"Misschien," fluisterde Lucy.

"Misschien? Je weet het of je weet het niet. Als je hier gekomen bent om mijn tijd te verspillen heb ik graag dat je weer weggaat."

"Het is niet zo simpel! Zoals ik al zei, ik weet misschien waar ze is. Maar je moet er wel voor open staan."

"Ik sta overal voor open," zei Sherlock uit de hoogte.

"Vertel ons alsjeblieft wat je weet, Lucy," onderbrak John, voor het uit de hand kon lopen.

"Oké. Gisteravond keek ik naar het nieuws, en ik zag het verhaal over Melanie. Ze lieten een foto van haar zien en om één of andere reden bleef ik aan haar denken. Het woord 'Undershaw' kwam steeds terug, hoewel ik geen idee had wat dat was. Ik probeerde er niet te veel op te letten, maar toen ik in slaap probeerde te vallen bleef ik een beeld zien." Ze stopte, alsof ze niet wist hoe ze verder moest gaan. John, die Sherlocks scepsis aanvoelde, legde hem met een blik het zwijgen op.

"Ga verder, Lucy. Wat voor beeld zag je?" vroeg hij voorzichtig.

"Het was ergens op het platteland. Het was alsof ik onder een boom lag. Ik keek naar boven, naar de lucht tussen de takken en bladeren, en naar een soort toren verder weg, een oude vervallen toren. Ik had geen idee waar het was maar het was zo duidelijk, net een foto. En weer het woord Undershaw. De volgende ochtend zocht ik het op op het internet. Het is de ruïne van een landhuis waar ooit een beroemde schrijver heeft gewoond. Het is nu verlaten en er komt nooit meer iemand."

"Bedoel je te zeggen dat je denkt dat Melanie begraven ligt op die droomplek van jou?" eiste Sherlock. Lucy keek naar hem op, kin omhoog.

"Ik denk het niet alleen, ik weet het zeker," zei ze.

"Waar heb ik dat toch eerder gehoord?" mompelde John.

Sherlock lachte. "Oh, je bent zo'n helderziende! Wat enig."

"Ik ben NIET helderziend!" Lucy's stem was ijskoud. "Ik weet niet hoe ik weet wat ik weet. Ik weet het gewoon. Normaal gesproken vertel ik er niemand over, precies vanwege deze reactie. Ik heb tegen beter weten in besloten het u te vertellen, omdat Aidan Crawley op het nieuws zei dat hij u op de zaak ging zetten."

"Dus je dacht dat ik naar een ruïne in the middle of nowhere zou gaan op basis van iets dat jij gedroomd hebt." Sherlock bespotte haar openlijk.

"U staat er duidelijk voor open," zei Lucy terwijl ze opstond. "Nou, ik heb gezegd wat ik wilde zeggen, en dan laat ik u nu weer alleen met uw fijne, tastbare, wetenschappelijk bewezen aanwijzingen, goed? Heeft u er daar al lekker veel van?"

"Lucy," zei John voor Sherlock kon antwoorden, maar ze schudde haar hoofd. "Doe geen moeite. Ik kom er zelf wel uit." Ze liep naar de deur en draaide zich weer naar hen om. "Oh, nog één ding: Undershaw ligt vlak bij het dorp waar Melanie is opgegroeid. Dat staat op het internet, voor het geval u dacht dat ik dat ook gedroomd had."

Daarmee draaide ze zich om en liep de trap af. Sherlock haalde haar in voor ze bij de voordeur was.

"Hoe weet ik dat je dit niet allemaal verzonnen hebt?" vroeg hij.

Ze keek hem zonder moeite aan.

"Hoe weet je dat ik het wel heb verzonnen?"

Als de oprijlaan van Undershaw een aanwijzing was voor de verdere staat van het huis, was het er inderdaad slecht aan toe. Gaten en gevallen takken maakten van de oprijlaan een hindernisbaan die het uiterste vergde van Johns rijkunsten. Het was een hobbelige rit en ze waren opgelucht toen ze aan het eind de auto uit mochten.

"Wat zonde dat het een ruïne is," zei Lucy zachtjes, kijkend naar de bouwval. "Je kunt zien dat het ooit een mooi huis is geweest."

Ze richtte haar aandacht daarna op de bomen rond het huis, tot één boom haar aandacht trok. Ze keek er een moment naar voor ze er naartoe liep. Sherlock en John volgden op enige afstand. Toen ze zich bij haar voegden keek ze naar de vervallen toren in de verte.

"Hier is het," zei ze. "Hier ligt ze."

John en Sherlock keken naar de grond onder de boom. Ze wisten waar ze naar zochten dus het was duidelijk te zien dat er een heuvel was, en dat het gras op de heuvel een andere kleur had dan de omgeving. Ze keken elkaar aan, en John pakte zijn telefoon en toetste het nummer van Lestrade.

John dacht niet dat Lucy hoefde te zien hoe het forensisch team de bewoner van dat eenzame graf tevoorschijn haalde, dus liet hij Sherlock achter met Lestrade en zijn assistenten en nam Lucy mee naar de pub in het dorp waar ze kamers voor de nacht hadden gereserveerd. Hij vond een tafel bij de openhaard en haalde een glas wijn voor haar en een biertje voor zichzelf. Toen hij terugkwam met hun glazen ging hij zitten en bekeek haar aandachtig.

"Alles goed?" vroeg hij.

"Ja," zei zij met een flauwe glimlach, en nam een slok wijn. Ze keek hem aan. "En jij?"

John glimlachte even flauw terug.

"Een beetje... ontdaan, als ik eerlijk ben. Sherlock kan één blik op iemand slaan en je daarna alles vertellen dat je over hen wilt weten, maar dat is omdat hij de details ziet en ze optelt. Dit is heel iets anders. Jij droomde over precies die plek?"

"Precies die plek," bevestigde ze droogjes. "Maak je geen zorgen, het gebeurt niet zo vaak. En dit is de eerste keer dat het over een vermiste persoon ging. Dat bedoelde ik toen ik zei dat ik niet helderziend ben. Ik kan het niet op commando. Soms weet ik dingen gewoon. Anders kan ik het niet uitleggen."

John knikte. Hij zag tekenen van spanning in haar gezicht dus hij veranderde het onderwerp van het gesprek naar iets lichters. Ze waren gauw zo verdiept dat ze de tijd vergaten, tot Sherlock verscheen en een stoel bijtrok.

"Ze hebben een lichaam gevonden," begon hij. "Er zijn DNA tests nodig om de identiteit te bevestigen, maar ze hebben een medaillon gevonden *Van Aidan Voor Melanie.*" Hij wierp een blik op Lucy en keek gauw weer weg.

John kon zien dat hij net zo ontdaan was als hij zelf was geweest, misschien meer. Sherlock vertrouwde niets dat niet bewezen, getest en gemeten kon worden. Zelfs in zijn meest buitensporige deducties had hij altijd bewijs om zijn theorie te ondersteunen.

"Oh en Lestrade wilde weten wat we hier deden, dus ik heb gezegd dat Lucy jouw nieuwste vriendin is, John, en dat jullie hier op vakantie zijn."

"En jij bent toevallig mee, neem ik aan?" vroeg John vol ongeloof.

"Lestrade vond er niets vreemds aan!"

"Nee, waarschijnlijk niet," mompelde John. "Ik hoop dat je het niet erg vindt, Lucy."

"Als jij er geen probleem mee hebt, dan ik ook niet," zei Lucy met een glimlach.

"Dus ik heb tegen Lestrade gezegd dat we naar Undershaw gingen kijken," ging Sherlock verder voor John hem kon onderbreken, "en dat we toen het graf tegenkwamen."

"Goed verhaal, Sherlock. Als Lestrade maar een beetje op jou lijkt had hij mijn verhaal niet geloofd," zei Lucy.

"Nee. Hij zou je waarschijnlijk zelfs mee naar het bureau hebben genomen voor een verhoor."

"Sherlock!" Johns stem was een waarschuwing – tot hier en niet verder.

"Bedoel je dat ik verdacht ben?" zei Lucy, bijna onhoorbaar.

"Nee, dat bedoelt hij niet," antwoordde John. "Hij is gewoon boos omdat jij gelijk had."

Sherlock en John staarden elkaar aan tot Lucy de ongemakkelijke stilte verbrak.

"Kijk, Aidan Crawley is weer op tv." Ze wees naar de televisie aan de muur. Het was een praatprogramma, en de gast was inderdaad Aidan. Het geluid stond niet hard genoeg om te horen wat er gezegd werd, maar Sherlock en John herkenden de uitdrukkingen en gebaren en raadden dat Aidan de presentator hetzelfde verhaal vertelde als hij hen had verteld. De camera draaide naar een foto van Melanie, en daarna terug naar een betraande Aidan.

121

De barman zag dat ze geïnteresseerd waren en voegde zich bij hun tafel.

"Triest verhaal, hè?" zei hij. "Melanie is hier in het dorp opgegroeid, weet je. Aidan en zij kwamen hier vaak voor het weekend. Ze sliepen altijd hier in de pub."

"Maar je hebt ze recent niet meer gezien?"

"Melanie was hier een half jaar geleden nog, maar zonder Aidan. Ik vroeg me af of het wel goed tussen hen ging maar toen kwam Aidan langs en nam haar mee terug naar de stad."

"Aidan kwam haar ophalen?" vroeg Sherlock.

"Zo zou je het kunnen noemen. Hij wilde haar verrassen, maar ze was er niet. Hij ging haar zoeken en vond haar in de buurt van Undershaw, waar ze graag wandelde. Maargoed, ze was dus weer terecht en ze besloten terug naar Londen te gaan."

"Melanie kwam haar spullen weer ophalen?" spoorde Sherlock hem aan. De barman keek verbaasd maar gaf antwoord.

"Nee, eigenlijk niet. Het was Aidan die haar spullen kwam ophalen, zodat zij wat langer bij Undershaw kon blijven. Sorry, ik moet even die klanten helpen."

Hij liet een verbijsterde stilte achter. John en Lucy keken eerst naar elkaar, daarna naar Sherlock.

"Toen Aidan haar sms kreeg, gokte hij dat ze hier was," zei Sherlock. "Hij kwam meteen hier naartoe en had het geluk haar bij Undershaw aan te treffen. Het is er stil en geïsoleerd; de perfecte plek voor een moord en een geheim graf. Hij hoefde zich geen zorgen meer te maken over een dure echtscheiding. Hij gaat naar huis, laat uitlekken dat ze bij hem weg is en zes maanden later stuurt hij de 'zaak' naar mij! Je hebt gehoord wat hij zei, "als Sherlock Holmes haar niet kan vinden, dan kan niemand het". Als ik haar niet zou vinden zou alle hoop verloren zijn en kon hij zonder wantrouwen overgaan tot Caroline Cooley. Zelfs als iemand kwaad spel zou vermoeden, waar zouden ze moeten beginnen met zoeken? Oh, heel slim!"

"Maar kunnen we het bewijzen?" vroeg Lucy twijfelend.

"Wanneer de DNA tests bewijzen dat het inderdaad Melanie is en de politie het verhaal van de barman hoort wordt het voor Aidan heel moeilijk te ontkennen," antwoordde Sherlock. "Hij zei zelf dat ze bij Undershaw was. Hij kwam terug voor haar spullen, de barman heeft haar nooit meer gezien. Ik weet zeker dat Melanies bankafschriften en

122

telefoongegevens zullen uitwijzen dat ze voor het laatst gebruikt zijn de dag dat Aidan haar hier op kwam halen. Dat is al behoorlijk sterk bewijs."

"Dus nu is het wachten op de uitslag van de DNA test."

"Ja. Nu is het afwachten."

De uitslag van de DNA tests was positief. De stoffelijke resten waren van Melanie Crawley en, zoals Sherlock had voorspeld, toen Lestrade de getuigenis van de barman hoorde werd Aidan Crawley gearresteerd. Wetende dat er geen uitweg was bekende hij de moord te hebben gepleegd. Het was voorpaginanieuws.

"Arme Melanie," zei Lucy. Ze was op Johns uitnodiging naar Baker Street gekomen, en voor ze samen naar de film gingen keken ze naar het nieuwsbericht op tv. "Ik ben blij dat er recht wordt gedaan."

"En allemaal dankzij jou," antwoordde John.

"Oh, Sherlock zou het uiteindelijk wel opgelost hebben," zei Lucy met een blik richting Sherlock, die gebogen over zijn microscoop aan de keukentafel zat.

"Geen valse bescheidenheid, Lucy," antwoordde Sherlock zonder op te kijken. "Ik geef het niet graag toe maar in dit geval was jouw intuïtie correct."

"De jouwe ook," zei Lucy.

Sherlock keek haar misnoegend aan.

"Leg uit," zei hij.

"John vertelde dat jij dacht dat Aidan Melanie vermoord had. John had dat nergens aan kunnen aflezen maar jij wist het gewoon. Net als ik wist dat Melanie bij Undershaw lag."

"Het was overduidelijk," zei Sherlock kortaf.

"Maar je kon niet verklaren waarom, of wel? Net zo min als ik kon verklaren hoe ik wist waar ze was. Misschien dat je daarom zo vernietigend was toen ik je er voor het eerst over vertelde. Jouw intuïtie was net zo min aantoonbaar als de mijne. Dat wist je, en je haatte het. Was dat waarom je een sprong in het diepe nam en meeging naar Undershaw?"

"Nee, ik hoopte dat ik kon bewijzen dat je het fout had," zei Sherlock, en boog zich weer over zijn microscoop.

"Natuurlijk," zei Lucy droogjes. "Ik weet niet waarom ik iets anders dacht. We kunnen maar beter opschieten, John, anders missen we de film."

Veel Detective voor je Geld

door Jacoba Taylor

Albany, New York, Verenigde Staten

Dus je zoekt naar een detective,
Eén die nooit verslagen is?
Wat zeg je als ik je vertel
Dat wat je zoekt in Baker Street is?

Hij is de beste van de wereld,
Ja, hij is fenomenaal.
Iedereen is jaloers op zijn kunnen
De politie al helemaal.

Zijn intelligentie is verbluffend;
Niemand is zo slim als hij.
Hij weet alles over planten,
Kunst, viool, de honingbij.

Maar hij is toch op zijn best
Als hij zich aan de misdaad wijdt.
Hij ziet de kleinste aanwijzing
En kraakt je raadsel in geen tijd.

Hij komt ook met een bonus
Een bevriende medicus.
Terwijl de detective nadenkt
Begint hij vast aan de klus.

En moet hij een geheim bewaren?
Vertel het hem dan wel meteen.
Hij bewaakt het met zijn leven
En vertelt het aan geen één.

Deze man is ook behendig;
Hij bokst, schiet en vecht zwaard.
Dus hij is niet enkel slim
Maar hij is ook nog goed te paard.

Hij geniet van zijn professie
Met zijn dokter aan de hiel.
Twee speurders voor de prijs van één,
Da's toch een redelijke deal?

Ik weet dat je je afvraagt,
Wie zijn die heren dan?
Sherlock Holmes en Watson
Daar komen ze al 'an!

De Blinde Violist
door Amy White
Hampshire, Verenigd Koninkrijk

Meerdere keren heb ik Holmes horen krassen op zijn viool, meestal om zijn eigen denken over een zaak bij te staan. Toonloze mijmeringen werden vaak gevolgd door fantastisch gespeelde beroemde stukken, als een soort verontschuldiging voor het onmelodische lawaai van ervoor. Dus toen er een zaak aan het licht kwam met dit instrument in de hoofdrol, was het logisch dat Sherlock Holmes die aannam.

Het gebeurde ongeveer een jaar na mijn huwelijk, in de periode waarin ik het minste contact had met Holmes. Ik had een telegram ontvangen met het verzoek om me naar Baker Street te begeven. Toen ik daar aankwam zat Holmes in een blauwe kamerjas met opgetrokken benen in zijn armstoel. Tegenover hem zat een van de meest prestigieuze vioolspelers uit Europa, Joseph Tsaikov. Zijn lange vingers tikten ongeduldig op de leuning van zijn stoel en toen ik binnenkwam keek hij scherp op, ondanks het feit dat zijn ogen een melkachtige kleur hadden. Tsaikov was op zevenjarige leeftijd blind geworden door carbolzuur, en deze littekens waren nog steeds zichtbaar.

"Ik neem aan dat we hierop zaten te wachten, meneer Holmes?"

"Dokter Watson heeft zich onmisbaar bewezen tijdens onze vele zaken, maestro. Ik hoop dat ik ditmaal nog eens op hem kan rekenen."

Het geïrriteerde tikken van zijn vingers stopte. "In dat geval zal ik je mijn verhaal vertellen. Ik werd hier naartoe gestuurd door inspecteur Lestrade, die scheen te geloven dat u mij beter zou kunnen helpen.

"Mijn werkkamer is gewijd aan het spelen van mijn viool. Ik bewaar mijn Stradivarius daar elke nacht veilig achter slot en grendel, en de enige sleutels zijn in het bezit van mij en mijn huidhoudster, die al tweeëntwintig jaar voor mij werkt en die ik volledig vertrouw. Gisterennacht rond elf uur werd ik wakker gemaakt door een plotse kreet vanuit mijn werkkamer. Ik ben een lichte slaper, dus ik was als enige in het huis wakker en haastte mij naar de bron van het geluid. Onhandig rammelend met mijn sleutels opende ik de deur en mijn voet raakte iets warms. Ik liep verder, hoorde een gorgelend geluid en na ongeveer een minuut realiseerde ik me dat het mijn butler Worcester was. Hij lag op de vloer met de Stradivarius in één hand, de strijkstok in de andere en een lelijke snede in zijn keel."

Holmes glimlachte. Wanneer dit gebeurt is het zelden goed nieuws. Hij vouwde zijn handen samen en rustte zijn kin erop. "Hoe lang werkt uw butler al voor u?"

"Sinds ik jong was. Toen ik hier naartoe verhuisde was hij de enige uit mijn oude huishouden die met mij meekwam."

"Wat is er met de rest gebeurd?"

"Ze hadden besloten om in hun vaderland te blijven."

"Is het zeker dat de viool en de strijkstok van u zijn?"

"Zeker en vast. Er is een specifiek patroon in gegraveerd zodat ik ze met één aanraking kan herkennen."

"Wie heeft ze gegraveerd?"

"Een goede vriend van mij, Hans Bolkov. Ik ken hem al jaren."

"Gedroeg uw butler zich de laatste tijd vreemd?"

"Niet meer dan gewoonlijk."

"Wat bedoelt u?" vroeg Holmes scherp.

"Worcester heeft altijd al een... merkwaardig temperament gehad. Ik denk dat hij een discussie heeft gehad met mijn ouders toen ik pas naar school ging, en dat hij mij daardoor niet in hoge achting hield."

"En toch houdt u hem in dienst?"

"Hij is een uitstekende butler. Hij is de beste die ik ooit gehad heb."

"Zo, Watson. Ik denk dat het tijd is voor ons om een kijkje te nemen op de plek van de misdaad."

Voordat we vertrokken nam Holmes zijn eigen vioolkoffer van tafel. Ik vroeg hem er niet naar, wetende dat hij wellicht geen antwoord zou geven, waardoor de rit in ons huurrijtuig in stilte verliep. Toen we uitstapten, werden we begroet door Lestrade die in zijn handen wreef, deels uit enthousiasme en deels door de koude.

"Dit is echt iets voor u, dacht ik, meneer Holmes," bracht hij hijgend uit. "Met de viool en zo. Wel, het is zeker een goed uitgedokterde en geplande moord. De butler, Worcester, was einde zestig, en voegde zich op zijn eenentwintigste bij de Tsaikovs. Dat is de weinige informatie die ik heb kunnen verzamelen, dus ik zou u dankbaar zijn als u eens een kijkje wilde nemen."

Wijlen Andrew Worcester was vermoord door een dunne, maar fatale snede in zijn halsslagader, en het overvloedige bloedverlies betekende dat hij dood was voordat medische hulp kon arriveren. Zijn haar was samengeklonterd in een plas bloed en Holmes liep er dubbel gebogen omheen met zijn handen op zijn rug. Met zijn vergrootglas bestudeerde hij de wonde, de vingers en het gezicht van het slachtoffer alvorens een blik te werpen op de viool en strijkstok, nog steeds in de handen van de dode man. Hij testte het gewicht van het instrument en vergeleek het vervolgens met de viool die hij zelf had meegebracht. Toen hij zijn eigen strijkstok samen met die van Tsaikov opgeheven hield, klaarde zijn gezicht even op van blijdschap alvorens het weer terugkeerde naar zijn gewoonlijke emotieloze uitdrukking. Hij had de zaak opgelost.

"Lestrade, ik weet wie de daders zijn."

"Daders? Er zijn er meerdere?"

"Inderdaad. U kunt ze over een uur komen ophalen in Baker Street."

"Het zal u wel plezieren om te horen, Watson, dat ik reeds zeker was van de moordenaar voordat we ons interview met de heer Tsaikov hadden afgesloten."

"Mijn beste Holmes!" We zaten tegenover elkaar in ons appartement te wachten op de komst van inspecteur Lestrade en Worcesters moordenaars.

"De violist gaf veel meer prijs dan hij wilde."

"U bedoelt toch niet…"

Voordat ik mijn zin kon afmaken, werden we onderbroken door de komst van Lestrade, Tsaikov en een fragiel ogende, bleke en grijze man. Holmes stond op en gebaarde naar hem.

"Heren, mag ik u Hans Bolkov voorstellen, de medeplichtige in deze lafhartige samenzwering van meester en dienaar, waarin de moordenaar vastberaden was om de dood van zijn butler te veroorzaken, omdat die hem als kind verblindde met zijn reinigingsmiddel. Dat was de oorzaak van het argument met de ouders van de jongen."

"Ik weiger te luisteren naar deze onzin!"

"Wacht even, mijnheer!" Lestrade legde een hand op de maestro's schouder, die in een vlaag van woede uit zijn stoel was opgestaan.

Holmes negeerde deze uitbarsting en draaide zich om naar de inspecteur. "Lestrade, ik geloof dat u mijnheer Tsaikovs strijkstok heeft meegebracht?"

"Inderdaad, hoewel ik me nauwelijks kan bedenken waarom u de stok wilde en niet het instrument zelf," antwoordde Lestrade terwijl hij de strijkstok overhandigde. Holmes haalde de hendel over die normaal gesproken het strakgespannen paardenhaar van de strijkstok zou moeten losmaken. In plaats daarvan sprong de punt van het hout een paar centimeter omhoog en onthulde een strook glanzend metaal. Holmes liet het er langzaam uitglijden en toverde een lang, dun, prachtig zwaard te voorschijn dat bijna onzichtbaar was wanneer hij het zijwaarts draaide. "Ik geef u," zei hij zachtjes, "het moordwapen. Tsaikov lokte zijn butler naar zijn werkkamer, sneed zijn keel open, plaatste de Stradivarius in zijn handen en sloeg alarm alsof hij hem daar net had aangetroffen."

"Maar waarom?" vroeg ik. "U zinspeelde er eerder op, maar ik geef toe dat ik het nog steeds niet helemaal begrijp."

"Dat zou ik ook wel willen weten." Lestrade knikte ernstig.

"Tsaikov vertelde ons zelf dat Worcester ooit ruzie had gemaakt met zijn ouders. Hij vertelde ons ook dat er rond die tijd carbolzuur naar hem gegooid is. Het is niet moeilijk, zelfs als kind, om je te realiseren dat dit het zuur was dat zijn butler gebruikte bij het schoonmaken."

Tsaikov ging zitten, proestend van woede. Bolkov, daarentegen, keek op naar Holmes met ontzag en respect.

"U moet een genie zijn," zei hij, "om zoiets te ontdekken. Dat, of u heeft een pact met de duivel. Hoe bent u daar in godsnaam achter gekomen?"

"Heel eenvoudig," zei Holmes glimlachend. Hij was altijd gevleid wanneer iemand zijn genie opmerkte, hoe vaak dat ook gebeurde. "Ik bedacht me eerst dat het voor Worcester onmogelijk was om de Stradivarius zelf te stelen. Ten eerste had hij niet eens een sleutel, en ten tweede, waarom zou hij zo lang gewacht hebben om de misdaad te plegen? Ik zeg vaak dat, zodra u het onmogelijke hebt geëlimineerd, hetgeen dat overblijft, hoe onwaarschijnlijk ook, de waarheid moet zijn. De enige mogelijkheid is dat de viool later bij zijn lichaam geplaatst was. Het moet iemand met een sleutel zijn geweest en de enige exemplaren zijn in het bezit van Tsaikov en de huishoudster. Die laatste had geen beweegreden. Dan moet het Tsaikov zijn geweest. Maar hoe kon hij de butler vermoorden? De methode was duidelijk, er was enkel nog geen moordwapen. Ik bracht mijn eigen viool met mij mee, gewoon om voor mezelf een vergelijking te kunnen maken met een Stradivarius. Enkel, wanneer ik de twee strijkstokken naast elkaar hield, viel het mij meteen op dat ze niet alleen verschillend zijn in vakmanschap en de gravures die Tsaikovs exemplaar herkenbaar maakt voor de eigenaar, maar ook het gewicht, de massa, en de geluiden die ze maakten waren opmerkelijk anders. Ik voorzag dat er in één van de strijkstokken een dun stuk staal binnen in de houten stam verscholen zat dat perfect overeenkwam met de snede in de nek van de butler. De enige persoon die dit kon hebben toegevoegd is de man die de kenmerkende gravures heeft gemaakt, en dus zo heb ik ook Bolkov in mijn net gevangen. Er bestaat geen twijfel over dat Tsaikov zich had willen ontdoen van zijn wapen, maar hij zou het niet hebben kunnen verwisselen met een andere strijkstok; de gravures op de eerste waren daar te onderscheidend voor. Oh, en mijn vermoedens over het zuur werden bevestigd toen ik een chemische brandwonde op Worcesters rechterwang opmerkte, vlakbij het oor."

"Maar dat kan gebeurd zijn tijdens het schoonmaken," merkte Lestrade op, hoewel hij duidelijk onder de indruk was.

"Nee. Nee, dit soort littekenpatroon komt enkel voor wanneer het zuur wordt gegooid en een kleine hoeveelheid, zoals altijd gebeurt, in de verkeerde richting vliegt."

"Wel, mijn beste Holmes," zei ik later op die dag, toen Lestrade de moordenaar en zijn medeplichtige had weggevoerd, "dat was een zeldzame vondst. Een uniek geval, zowel vanwege de groteske omstandigheden, als de opmerkelijke manier waarop je het hebt opgelost."

"Zonder twijfel." De raadplegend detective vestigde zich weer in zijn fauteuil en blies blauwe rookringen uit zijn oude pijp. "De zaken die ik aanneem zijn zelden alledaags. En nu, terug naar het hart van dit lafhartige complot, maar deze keer in geheel onschuldige omstandigheden." Daarmee pakte hij zijn viool op, en met de pijp nog steeds in de mond, begon hij te spelen.

De Constante Eerste Ontmoeting
door William Maulden
Londen, Verenigd Koninkrijk

== IM/2185AD/03/04/21:06GMT ==

== IM/FRAGMENT HERSTELD ==

Tijdens mijn training zei onze instructeur altijd dat oorlog de enige constante is. Daar ben ik het niet mee eens. De andere constante is Sherlock Holmes, mijn vriend.

== IM/BESCHADIGD/HEROPSTARTEN/NIEUWE ZOEKOPDRACHT: EERSTE ONTMOETING ==

== IM/2183AD/05/23/15:32GMT ==

Ik probeer nog steeds overal aan te wennen. Mijn naam is John Watson. Ik ben vierendertig jaar oud en ik ben arts, of liever gezegd legerarts. Mijn herinneringen zijn een vreemde mix van wat er met één persoon gebeurd is en met iemand anders. Het is op dit moment een strijd om hen beiden duidelijk uit te lijnen. Het is alsof hun paden voor de eerste keer kruisen. Het wordt me aanbevolen de IM te heractiveren en te gebruiken om mijn gedachten en gevoelens vast te leggen terwijl ik herstel van de operatie. Ik moet, volgens het personeel van Criterion, proberen "de helften van uw persoonlijkheid te versmelten, John". Ze noemen me 'John' alsof het niet mijn echte naam is. Misschien klopt dit wel.

Soms zie ik een vaag gezicht wanneer ik mijn ogen sluit; het lijkt wel een aanslepende imprint van een fel licht waar ik te lang naar heb gestaard. Gisteren voelde ik even de aanwezigheid van dit gezicht, net voor het weer verdween.

Dit gaat even aanpassen worden. Vooral omdat ik op dit moment niet kan slapen.

== IM/2183AD/05/26/10:04GMT ==

131

Dus, ja, ik heb de laatste twee dagen veel geleerd. De IM heeft de tactische functie waaraan ik gewend was verwijderd, iets dat me een goede beslissing lijkt. Geen constant bombardement van informatie meer. Eigenlijk mis ik het een beetje. De artsen hebben mij verteld dat de operatie een volledig succes was, maar op dit moment loop ik enorm mank. Hoe dan ook, ze hebben me losgelaten in Londen: een stad die ik nog nooit bezocht heb, in een land en op planeet waar ik nog nooit ben geweest. Behalve dat ik er wel geweest ben. Ik weet waar de bezienswaardigheden zijn en hoe ik daar met de taxi of per Mag Lev geraak, terwijl de rest van mij de plaats bewondert als een klein kind. Vreemd genoeg was het eerste dat ik deed het bezoeken van de Theems in de World Heritagebuurt, de Tower of London, Tower Bridge en de Shard. Allemaal gebouwd toen de mensheid nog gebonden was aan deze planeet, en nu in de schaduw gezet door de Greenwich Sky Hook verderop die in de wolken verdwijnt, door de atmosfeer reikt en het heelal ontmoet. Uitzonderlijk. Zoveel geschiedenis. Het is een constante worsteling, het gevoel een toerist te zijn terwijl ik het allemaal zo intiem ken en eerder al gezien heb, maar dan wel met de ogen van een ander.

Stamford, die instaat voor mijn psychische nazorg, vroeg me om hem morgen te ontmoeten in het Sint-Bartholomeüs ziekenhuis. Hij zegt dat hij iemand in gedachten heeft die mij kan helpen met het vinden van een woonplaats. De strijd houdt niet af, maar ik word nu tenminste een beetje slaperig. Dat is nog niet eerder gebeurd. Misschien dat ik over een paar dagen zelfs kan slapen. Maar eerst ga ik voor de eerste keer opnieuw genieten van de stad.

== IM/2183AD/05/27/09:46GMT ==

Ik vertrok heel vroeg naar het Sint-Bartholomeüs ziekenhuis om mijn nieuwe huisgenoot te ontmoeten. Stamford stond me al op te wachten en leidde me naar binnen. Dit is veruit het oudste gebouw waar ik ooit ben geweest. Verbazingwekkend dat het er na al die jaren nog staat.

Mijn eerste ontmoeting met Sherlock Holmes was in het laboratorium in de kelder van het oude ziekenhuis. Hij stond met zijn rug naar ons toe, een slanke, lange man gekleed in een tweedelig kostuum, midden veertig, met donker haar tot in zijn nek. Hij hield één van de oude HL Tesseract Slates in zijn handen. Zo één had ik in geen vijftien jaar meer gezien, al waren deze dingen ooit een ware rage voordat de IM chips werden geïntroduceerd. Maar daar stond hij, iets op het bureau voor hem te bestuderen met behulp van deze oude technologie.

Zonder zich om te draaien, zei hij: "Goedemiddag, dokter Watson. Hoe maakt u het?" Zijn sombere houding leek helemaal te verdwijnen bij deze woorden.

Stamford had hem blijkbaar over mij verteld, hoewel hij blijkbaar enkel mijn naam had onthuld. Ik mankte een beetje dichterbij.

"Niet slecht, meneer Holmes."

Hij wendde zich naar mij toe en het eerste dat ik zag was een gespannen glimlach en een twinkeling in zijn ogen, die beide bijna net zo snel leken te verdwijnen als de vreemde flikkering van herkenning die ik voelde.

"Welkom op Aarde. Nogal een verandering na Nieuw Kabul, lijkt me."

Ik keek naar Stamford, die enkel glimlachte en met zijn hoofd schudde. Hij had hem dus toch niets verteld.

"Hoe wist u dat?"

"Het is relatief eenvoudig. Ik kan een uiteenzetting geven van uw militaire houding of uw licht kreupele gang vanwege uw Hard Light protheses, maar vooral de kleine streepjescode op de achterkant van uw nek verraadt dat u recent bent ontslagen als militair eigendom.

"Een zeer zeldzame en onverwachte eer, kan ik me voorstellen. Mijn broer vertelde mij dat de enige strijd die op dit moment buiten aarde wordt gevoerd plaatsvindt in de belangrijkste asteroïdengordel van de Piazzi sector tussen Mars en Jupiter. Daar vecht ons leger momenteel tegen idiote buitenaardse sekteleden over een langzaam draaiend gesteente met de naam Nieuw Kabul."

Ik was sprakeloos. Had ik een streepjescode op de achterkant van mijn nek? Daar moet ik het toch eens met Stamford over hebben. Holmes realiseerde zich uiteraard dat hij me iets over mezelf verteld had waar ik me niet eens van bewust was geweest.

"Ik ben een opschepper. Zeg maar Sherlock, alstublieft, als ik u John mag noemen."

"Natuurlijk," stotterde ik.

"Dus, aangezien we het al zo goed met elkaar kunnen vinden en we beiden behoefte hebben aan een onderkomen; je moet weten dat ik

133

rommelig ben, strijdlustig, en dat ik mij vaak gedraag op een manier die anderen onbeschoft vinden. Ik ben eigenwijs en ik verkies bijvoorbeeld vooral verouderde technologie boven de meer moderne, zoals je wellicht hebt opgemerkt toen je het lab binnenkwam. Ik bezit een driehonderd jaar oude viool waar ik af en toe op speel wanneer mijn hersenen geen informatie hebben om te verwerken. Meestal doe ik dat vrij luid en op onmogelijke tijdstippen. Ten slotte sta ik dag en nacht ter beschikking van de politie, in een adviserende rol, dus ik kan je garanderen dat het leven als mijn huisgenoot een tikkeltje opwindender zal zijn dan je je misschien had ingebeeld toen je een paar dagen geleden het ziekenhuis verliet."

"Hoe wist je dat het een paar dagen geleden was?" flapte ik eruit.

"Nogmaals, het zijn die Hard Light protheses die je zijn gegeven. Ik heb begrepen dat ze vrij moeilijk zijn om aan te wennen. Je voelt waarschijnlijk nog steeds een overblijfsel van de oude ledematen, hoewel de nieuwe in dezelfde ruimte bestaan. Het aangepaste ritme van je hart door de productie van het Myocardioveld dat de vervanging genereert is natuurlijk ook een tegengewicht dat het normale evenwicht verstoort. Bij normaal of verhoogd gebruik wordt dit langzaam minder – tenminste, dat zegt de standaard handleiding."

Zijn ogen flikkerden bij dat laatste even naar Stamford. Ik was verbaasd over de enorme snelheid waarmee hij al die informatie zojuist had overgebracht. Sherlock draaide zich om en nam zijn donkerbruine jas, die onder de burgerbevolking zo'n tien jaar uit de mode moet zijn geweest.

"Ik neem aan dat je liever niet nog eens een slapeloze nacht op straat doorbrengt, dus laten we vanmiddag bij Baker Street afspreken, om een uur of drie? Nummer 221, appartement B." Ik knikte en Sherlock stak zijn hand uit om mijn hand, mijn *echte* hand, te schudden. "Tot later." En daarmee was hij de deur uit.

Ik draaide me weer om naar Stamford, waarschijnlijk met een vrij beschuldigende uitdrukking op mijn gezicht.

"Ik heb hem helemaal niets verteld," zei hij, "hoewel hij verzocht om je te ontmoeten zodra hij hoorde dat je op de planeet aangekomen was." Ik knikte ongemakkelijk. Dit was allemaal heel vreemd. Nu moest ik enkel nog mijn weg naar Baker Street zien te vinden.

Ik kon gelukkig makkelijk een taxi krijgen. Een dure gewoonte, maar ik wilde zo snel mogelijk naar Baker Street om Sherlock daar opnieuw te zien. Toen ik aankwam was ik geschokt. Na al dat glas en polymeer werkte het zicht van de eenvoudige bakstenen gebouwen op Aarde enigszins geruststellend. Ik raakte het toegangsmechanisme bij de voordeur aan en was verrast toen de deur zich automatisch ontgrendelde en open zwaaide. Zodra ik binnen was hoorde ik de stem van een oudere maar vreemd genoeg zeer huiselijke vrouw uit de muren klinken.

"Goedemiddag, John. Sherlock wacht boven op je."

"Dankjewel," stamelde ik in mijn verbazing uit. Ik trof Sherlock aan in de woonkamer. Hij zat aan tafel en bestudeerde een petrischaal door een vergrootglas dat geprojecteerd werd door zijn oude HL Slate. Hij keek onmiddellijk op en er brak een brede glimlach uit op zijn gezicht.

"Ah. Nogmaals een goedemiddag, John."

"Hoe komt het dat de AI mijn naam al kent?" vroeg ik hem zonder verdere finesse.

"Oh, ik heb een monster van je huidcellen genomen toen ik je de hand schudde en heb daarmee de toelatingsmodule van Mevrouw Hudson geprogrammeerd. Ik dacht dat het zo allemaal een beetje sneller zou gaan. En ik wilde niet voor iemand anders hoeven opstaan als bleek dat jij het niet was."

"Op die manier... Mevrouw Hudson?"

"De artificiële intelligentie van dit gebouw. Jij bent waarschijnlijk gewend aan de puur functionele varianten, maar ik heb ondervonden dat het meer vrijheid en persoonlijkheid met zich meebrengt wanneer ik de software een beetje haar eigen gang laat gaan, zelfs al is ze maar een veredelde huishoudster."

Vanuit het plafond, of misschien de muren, kwamen de vriendelijke maar enigszins nukkige woorden: "Ik ben wel een beetje meer dan dat, Sherlock."

"Zolang het hier 's winters maar warm is. Dat is alles wat telt, Mevrouw Hudson," zei Sherlock in het niets. Hij had gelijk. Ik was gewend aan het type AI dat gewoon een soort hulpmiddel is; niet iets waar je tegen kan praten. Ik keek eens goed rond in de kamer; vol rommel, willekeurige objecten en antieke technologie.

135

"Het lijkt alsof je hier al een tijdje hebt gewoond," zei ik tegen Sherlock.

"Ja, eigenlijk al een paar jaar. Mijn vorige huisgenoot was wegens omstandigheden gedwongen om te vertrekken."

"Stamford vertelde me dat je expliciet naar mij hebt gevraagd."

"Of iemand zoals jij," antwoordde Sherlock verdedigend. "Niet jij in het bijzonder. Ik ben gewend om iemand in de buurt te hebben die mij een ander denkbeeld kan bieden. Militairen hebben in het verleden bewezen een goede tegenhanger te zijn voor mij te zijn."

"Bij het oplossen van misdaden?"

"Dat klopt."

"Waarom zou de politie in hemelsnaam hulp nodig hebben van buitenaf?"

Sherlocks lippen vormden een dunne lijn, alsof hij deze vraag al te vaak had gehoord. "Er is een IM Ingeprente Chip van militaire klasse geïmplanteerd in uw hippocampus, John. Zoals het geval is bij elk lid van de politie. Ik, daarentegen, heb er geen."

"Juist. Daardoor kunnen wij overal en altijd informatie opvragen. Het maakt niet uit waarover."

"Precies, maar van afhankelijkheid komt luiheid. De politie heeft binnen enkele seconden toegang tot eender welke informatie die ze maar nodig kunnen hebben maar de intelligentie om er iets nuttigs uit te halen ontbreekt vaak. Mijn vermogen om vrij te denken en onder mijn eigen voorwaarden gegevens te vergelijken is van onschatbare waarde."

"Maar waarom laat de politie die dingen dan bij hun agenten inplanten?"

"Oh, het is perfect geschikt en komt zelfs goed van pas bij de standaard futiele straatcriminaliteit."

"Waarom denk je dat ik überhaupt geïnteresseerd ben om hier te komen wonen en jou te helpen bij het oplossen van misdaden?"

"Ik geloof niet dat ik iets gezegd had over jouw hulp, maar omdat je er zelf over begonnen bent... Uitstekend! Je bent gewend jezelf nuttig te maken. Daarvoor ben je geboren, als ik het zo mag stellen. Het zit in elke vezel van je DNA. Toen ik zag dat een onlangs teruggestuurde invalide soldaat naar het Criterion-centrum was gebracht, gebruikte ik mijn befaamd brein en kwam ik tot de conclusie dat het een verspilling zou zijn om je zomaar te laten rondzwerven. Het is natuurlijk maar een voorstel; ik laat de beslissing aan jou over."

Ik stond op het punt om te gaan zitten, enigszins geërgerd, toen de stem van de alomtegenwoordige Mevrouw Hudson opnieuw weerklonk. "Inspecteur Lestrade staat voor de deur, Sherlock." Sherlock keek me diep in de ogen, en met een onverwachte glimlach zei hij, "Daar gaan we, John. Laat hem maar binnen, Mevrouw Hudson."

En hier staan we nu. Ik luister hoe een politieagent, Lestrade genaamd, een lichaam beschrijft dat bovenop de Shard gevonden is. Een moord gepleegd op een honderdvijftig jaar oude toeristische attractie; simpelweg verbijsterend, op zo'n openbare plaats en volledig blootgesteld. Ik kan dus begrijpen waarom hij hier naartoe is gekomen is. De politie weet alles over het gebouw, haar geschiedenis en het historisch belang. Elke ingang, elke uitgang, de drukste plaatsen waar alle bezoekers samenstromen en natuurlijk ook de structuur, geschiedenis en betekenis ervan. Maar zelfs met al deze informatie kunnen ze niet uitwerken hoe de dader deze moord heeft kunnen plegen en vervolgens schijnbaar in rook is opgegaan. Maar waarschijnlijk kan Sherlock dat wel. Ik denk dat ik met hem mee ga om erachter te komen hoe het gebeurd is.

== IM/VOLDOENDE GEGEVENS HERSTELD/HEROPSTARTEN ORIGINELE ZOEKOPDRACHT ==

== IM/2185AD/03/04/21:01GMT ==

Toen ik 's avonds terugkeerde naar onze flat trof ik Sherlock in een eigenaardig zwaarmoedige stemming aan. Misschien kwam het doordat hij geen zaak had, want het was zeker niet één van zijn gebruikelijke 'episodes'. Ik ging tegenover hem zitten. Zijn viool lag een beetje verder weg. Een paar van de snaren waren gesprongen.

"Het is vreemd, John," begon hij, "hoe snel mensen vergeten dat de aarde niet veel veranderd is sinds ze veertig jaar geleden allemaal richting de sterren vertrokken. Helemaal niet. Er zijn dan wel nieuwe oorden om te bezoeken en nieuwe strijden om te leveren, maar hier beneden blijft de misdaad bestaan."

Ik knikte, en vroeg me af waar dit naartoe ging.

"Ik ben niet helemaal eerlijk geweest, John. Maar ik denk dat ik dat vanavond wel moet zijn."

Ik voelde mijn mond droog worden.

"John Watson overleed precies tien jaar geleden. Het was niet zijn schuld, maar die van mij. Dat vertelde ik mezelf tenminste in het begin. Soms valt een gek met een pistool gewoon niet te stoppen. Het is niets meer dan de pure willekeur van het lot. Maar James Winter heeft geboet voor wat hij gedaan heeft." Sherlock onderbrak zichzelf even. Zijn gezicht verraadde geen enkel spoor van emotie. In plaats daarvan vouwde hij zijn handen samen onder zijn kin, zijn vingertoppen netjes tegen elkaar, en zijn ellebogen rustend op de armen van de stoel. Hij staarde naar een plek ergens tussen ons beiden in, maar niet naar mijn gezicht.

"Voordat ik hem kende was John Watson een legerarts. Hij gaf zichzelf volledig over aan wat er van hem gevraagd werd, hetgeen honderden anderen zoals jij heeft helpen creëren. Fysiek, ten minste. Hij behield wel zijn essentie, iets dat echter voornamelijk te wijten was aan het protest van enkele partijen over de ethische aspecten van het proces. Als gevolg daarvan was je nooit bedoeld om voet te zetten op Aarde, dus toen ik hoorde van jouw opname in het Criterion-centrum van Londen was ik natuurlijk verbijsterd. Maar toen realiseerde ik me – Mycroft. Alleen hij heeft de slagkracht om je daar te plaatsen, klaar om door mij gevonden te worden, en in feite te worden beschermd. Dus ja, zoals je waarschijnlijk al vermoedde, onze eerste ontmoeting was gearrangeerd; dat was nodig. Ik werkte vroeger altijd alleen, maar mijn broer had zich gerealiseerd dat de dood van jouw voorganger een holte achterliet die gevuld moest worden. Ik gaf Mycroft de opdracht om je vrije wil te geven en het geheugen van de oorspronkelijke John Watson, van voordat hij mij ontmoet had. Het risico bestond natuurlijk dat het volledig wissen van al zijn herinneringen aan mij niet succesvol zou zijn, en ik neem aan dat dat inderdaad het geval is geweest, anders had je me die eerste dag nooit zo snel vertrouwd."

Hij was even stil na deze lange uitleg gegeven te hebben, zonder amper adem te halen. "Ik hoop dat je kunt begrijpen waarom ik dit gedaan heb."

Het leek alsof ik minuten, misschien zelfs uren, stil bleef zitten, maar eigenlijk kwam mijn reactie vrijwel onmiddellijk.

"Nee, Sherlock," zei ik met enige moeite, "ik neem het je niet kwalijk. Als jij mij niet onmiddellijk in dit gekke bestaan had getrokken, zou ik binnen een paar dagen dood geweest zijn, of toch zeker zo goed als."

Sherlocks ogen richtten zich eindelijk, over zijn vingertoppen heen, weer op de mijne. Een wrange, halve glimlach verscheen aan de rechterkant van zijn mond. "Er zijn veel constanten in deze wereld, John. De dingen die wij vanzelfsprekend vinden zijn het resultaat van onze voorgangers. Honing is een zoete, synthetische, kleverige massa die we op ons brood smeren. Maar in het verleden werd het geproduceerd door zeer opmerkelijke insecten die door de mensheid gekoesterd werden. Zelfs nu, ook al zijn de bijen al lang verdwenen, is hun nalatenschap er nog steeds. Ik ging er vanuit dat John Watson en zijn vriendschap er altijd zouden zijn, tot ik hem op een dag plots kwijt was. Ik wil niet opnieuw diezelfde fout maken."

Ik kon niet anders dan lachen om zijn hoogmoed. Een man die op een of andere manier mijn integratie in de samenleving volledig had bepaald durfde mij dit alles zomaar te vertellen. En mij eventueel te vergelijken met een uitgestorven insect. Zo zit hij nou eenmaal in elkaar.

"Ik geloof niet in tweede kansen," vertelde ik hem. "Maar deze hele stad heeft het recht niet om hier te zijn. Alles had hier al honderden keren moeten zijn afgebroken en herontwikkeld, maar het staat er nog steeds. En dankzij jou ben ik hier ook nog." Ik leunde naar voren in mijn stoel en stak mijn hand naar hem uit. Mijn HL Prothese hand. Sherlock zat een moment zo stil als een standbeeld, voordat hij uiteindelijk zijn eigen hand uitstak en de mijne pakte, zich met een glimlach bewust van de ironie van wat ik hem aanbood.

Tijdens mijn training zei onze instructeur altijd dat oorlog de enige constante is. Daar ben ik het niet mee eens. De andere constante is Sherlock Holmes, mijn vriend.

== IM/AFMELDEN/VERWIJDER ZOEKOPDRACHT ==

Vir Requiēs

door Kaylin C. Sapp

Ohio, Verenigde Staten

Golvende tonen, oneven akkoorden
Uit snaren gehaald, meer gekras dan muziek,
Eens gestemd met de sombere schemer
Dient het maanlicht van repliek.

Zachtjes flikkeren de kaarsen
Op een bedenkelijk gezicht,
De schaduw die de duistere gevaren
Van het menselijk ras verlicht.

De hoop van een kind, de last van een vader,
De opdracht van een mooie vrouw.
Maar l'art pour l'art: de meester pleegt
Met roem en weelde geen ontrouw.

Plots stopt het melodieus gemijmer;
Toont de leugen zijn gezicht.
Maar schijnwaarheid en dwaalbegrip
Moeten buigen voor het Licht.

Waarheid is Licht, en zijn geleider
Nietsvermoedend, sterk, discreet –
Trouwe vriend en geschiedschrijver
Bewaakt de speurneus van Baker Street.

Scharlaken mysteries, spellen en zotten
Gespikkelde banden – kantje boord.
Valleien vergaan van verschrikking naar schaduw.
De inleiding van het nawoord.

Het Lege Huis, verstild en eenzaam,
Een huis van zijn genie doorleefd.
Maar echte helden sterven niet
Zolang hun geschiedschrijver leeft.

Het Donkerste Uur
door Peter Holmstrom
Oregon, Verenigde Staten

Het is enkel dankzij mijn grote vastberadenheid en het besef van mijn naderende dood dat ik ervoor gekozen heb om dit verhaal te vertellen, want het betreft het donkerste uur van mijn leven.

Na de oorlogsverklaring in Europa had ik vrijwillig mijn diensten aangeboden, ongeacht welke van mijn capaciteiten van pas konden komen. Het is natuurlijk nu te laat om te ontkennen dat ik toen veronderstelde vooral dienst te kunnen doen als medisch opleider. In het ergste geval kon ik misschien instaan voor de verzorging van de gewonden die terug naar Engeland werden gestuurd. Maar de slachtoffers bleven zich opstapelen en ik werd naar het front gestuurd, rechtstreeks naar het inferno van de grote slag aan de Somme.

Het was werkelijk de meest gruwelijke ervaring van mijn leven. De medische post, gelegen in een verlaten kerk, had niet zozeer de verantwoordelijkheid om levens te redden, maar vooral om de dood te bespoedigen. De morfine was binnen de eerste paar dagen bijna opgebruikt; het meeste dat we nog konden doen was de wonden schoonmaken en de gewonden doorverwijzen naar God, al hadden ze daar misschien weinig aan. De lucht stonk naar de dood. Buiten werd de grond langzaam getint met bloed, en het verschrikkelijke geluid van geschreeuw was nooit ver weg.

Mijn ergste herinnering van de oorlog heb ik overgehouden aan een bijzonder afmattende dag in juli. Ik was een van de vele gewonden aan het verzorgen. Een granaatsplinter had zijn rechterlong doorboord en stak er aan de andere kant uit. Toen ik neerkeek op de man, die veel te jong was om te sterven, kwam de frequente en enigszins troostende gedachte bij me op dat deze jongeman nog niet geboren was toen ik voor het eerst mijn vriend Sherlock Holmes ontmoette. Onze oude avonturen zullen voor hem dan niets meer zijn geweest dan het zinloze geschreeuw van de krantenjongen. Hij moet zich toen nog volledig onbewust zijn geweest van al het kwade in de wereld. En nu lag hij hier, stervend op mijn geïmproviseerde operatietafel.

Mijn gedachten gingen terug naar al die jaren in Baker Street. Het geruststellend haardvuur, de luie stoel waar ik zo vaak in zat en Holmes die bij het vuur op zijn viool speelde. Een bel rinkelde en er kwam een arme kerel binnenvallen om hulp te vragen aan de grote Sherlock Holmes. Het leek toen alsof Holmes werkelijk elk kwaad kon verslaan, hoe gruwelijk ook. Maar Holmes had zich teruggetrokken om zich te bezigen met zijn bijenteelt. Ik had hem al tien jaar niet gezien, en nu was er een kwaad dat zelfs hij niet de baas kon. De jongeman op de operatietafel stierf. Schreeuwend en hijgend zoals velen doen, bedelend om een mirakel dat nooit komen zou. Bloed droop van mijn schort af terwijl ik toekeek hoe het leven uit de ogen van de man verdween.

Ik stormde de kerk uit en vervloekte de dag waarop ik had besloten om mezelf aan te bieden als vrijwilliger in deze verdomde oorlog. Plots zag ik iets vanuit mijn ooghoek. Toen ik beter keek was ik er van overtuigd dat ik hallucineerde. Aan de overkant van het plein dat de voormalige kerk van het gehavende dorp scheidde, stond Sherlock Holmes.

Ten minste, ik dacht dat het Holmes was. De man die daar stond was gekleed als een oude bedelaar en stond gebogen over een wandelstok. Maar het was de manier waarop hij bewoog, en een bekende fonkeling in zijn ogen, waardoor ik zeker was dat ik mijn oude vriend voor mij zag.

Ik kon mijn ogen nauwelijks geloven. Ik liep vastberaden naar hem toe om hem te confronteren. Ik lette niet op de regen, de menigte op het plein, en zeker niet op de hele oorlog. Ik moest en zou hem gewoon zien.

Maar toen ik eindelijk aan de overkant van het plein was geraakt, was de man al verdwenen. Ik keek razend in het rond, ongetwijfeld de aandacht trekkend van een aantal soldaten die buiten rondliepen, maar ik gaf niet op. Ik bewoog mij terug door de menigte en zette mijn zoektocht verder in de dichtstbijzijnde steeg. Ik besloot dat dat zijn vermoedelijke route was. Schaduwen omhulden mij terwijl ik door de verbrijzelde overblijfselen van het dorp liep.

Ik had de zoekactie bijna opgegeven toen plots uit het niets een hand mij vastgreep bij de mouw van mijn hemd. Ik draaide mij om en keek de oude zwerver in het donker aan. Hij sprak enkele Franse woorden die ik niet had begrepen, maar hij had nog steeds diezelfde fonkeling in zijn ogen.

"Holmes?" Mijn stem moet wanhopig hebben geklonken, want Holmes lachte haast verontschuldigend.

"Mijn beste Watson, wat doet u in godsnaam op een plek als deze?" Ik slaakte een zucht die de verschrikkelijke weken van emotionele marteling in deze hel leek te omvatten. Alle spanning verliet mijn lichaam wanneer ik mijn oude vriend, Sherlock Holmes, aanstaarde.

"Holmes, u hebt werkelijk geen idee hoe goed het is om u weer te zien!"

"En ik ben ook verheugd u weer te zien, mijn oude collega, maar ik smeek u... wees niet te luid, want deze vermomming is zeer belangrijk." Hij leidde mij verder de donkere steeg in, en iets verderop gingen we zitten op een hoop puin.

Ik bekeek mijn oude vriend zo goed ik maar kon in het duister. Ondanks de vermomming kon ik duidelijk zien hoe de jaren hem slecht hadden behandeld sinds ik hem voor het laatst zag. De lijnen onder zijn ogen en de grijze haren hoefden niet langer vervalst worden. Maar wanneer hij sprak, kon ik duidelijk zien dat zijn geest niet gedempt was, en ondanks al die jaren was hij nog steeds de Sherlock Holmes die ik had leren kennen.

"Ik veronderstel dat u zich afvraagt waarom ik mijn rustige leventje bij de bijenteelt heb achtergelaten om hier naartoe te komen?"

"Eerlijk gezegd, Holmes, had u simpelweg langs kunnen komen voor een kopje thee. Het kan me niet schelen waarom u hier bent, ik ben gewoon heel blij om u te zien. De oorlog knaagt aan mij zoals ik me nooit had kunnen voorstellen."

Holmes keek me een moment gewoon aan. Hij blies een lange adem uit en haalde zijn vertrouwde houten pijp boven.

"Het betreurde mij het nieuws over uw vrouw te horen, Watson..."

De pijn trof mij als een hete naald; de herinnering aan de dood van mijn vrouw en de ziekte die ik niet genezen kon overstelpte mij op een manier die ik niet voor mogelijk had gehouden in deze met bloed doordrenkte stad. Ik veegde een traan weg, bijna blij dat er nog iets was dat mij kon raken.

"Vertel me het hele verhaal, Holmes. Hoe komt het dat u hier bent?" Holmes glimlachte opnieuw en kneep lichtjes in mijn knie.

"Het gebeurde een paar weken geleden. Ik verbleef rustig genoeg op mijn bijenhouderij in Sussex, content om de oorlog tot een einde te laten komen zonder mijn betrokkenheid, toen er een auto mijn oprit opreed... hebt u een lucifer voor mij, oude vriend?"

Ik schudde mijn hoofd; ik had al een paar maanden niets meer gerookt.

"Ach, zoals ik al zei... de bestuurder van die auto bleek mijn broer Mycroft te zijn. Natuurlijk zult u zich herinneren dat Mycrofts positie in de regering hem tijdens deze oorlog onmisbaar heeft gemaakt, dus ik wist dat dit geen vriendelijk bezoekje was. Hij stond erop dat ik hem naar het noorden van België zou begeleiden bij een kwestie van enige urgentie. België, in hemelsnaam!"

Ik hoorde de minachting in zijn stem. Het was duidelijk dat Mycroft enige druk op hem had uitgeoefend. "We kwamen aan in een dorp in de buurt van de frontlinies en reden onmiddellijk verder naar een legerhospitaal, zonder dat Mycroft me liet weten wat er gaande was..."

"Het enige dat ik u kan vertellen, Sherlock, is dat het over een situatie gaat waarbij uw ervaring goed van pas zal komen."

"De deskundige hulp van een bijenhouder, ik dacht het niet."

"Wees niet zo oneerbiedig, Sherlock, dit is een delicate zaak van zeer groot belang."

"Ik kan amper wachten."

"Ik leunde achterover, zoals u zich waarschijnlijk wel kan voorstellen, beste Watson, klaar om hem uit te dagen. Bij aankomst in het ziekenhuis werd ik geconfronteerd met dezelfde scène waaraan u waarschijnlijk al lang gewend bent, maar voor mij was het meer dan een beetje ontnuchterend. We werden naar een privékamer geleid waar een man lag die waarschijnlijk ooit één meter zeventig moet geweest zijn, maar nu miste hij beide benen en de rest van hem zag er nauwelijks beter uit."

"Waarom zijn wij hier, Mycroft?"

"Wacht even, Sherlock. Luitenant... Kunt u mij horen?" De man knipperde zijn ogen open om naar het plafond te staren, maar hij

zei niets. Sherlock keek naar Mycroft in afwachting van enige uitleg.

"Dit is luitenant Prendergast, Sherlock. Hij werd drie maanden geleden gevangen genomen in de buurt van Ieper. Hij ontsnapte vorige week en we vonden hem bloedend op de Vlaamse velden waar hij zijn recentste verwondingen opliep. Sindsdien is hij grotendeels buiten bewustzijn geweest, maar zelfs tijdens zijn ijlen bleef hij één ding volhouden…" Mycroft leunde naar voren om in Prendergasts oor te spreken: "Prendergast, vertel ons het geheim dat u eerder aan de verpleegsters vertelde."

"Hij schudde en zweette zo overvloedig, Watson, dat ik dacht dat hij terplekke aan zijn verwondingen zou bezwijken, maar hij vond op een of andere manier de kracht om de woorden toch uit te brengen."

"Ik heb ze gehoord, ze dachten dat ik dood was, maar ik hoorde het toch…"

"Wat heb je gehoord, Prendergast?" vroeg Mycroft. Op dat moment tilde Prendergast zijn hoofd op om Mycroft recht in de ogen te kijken.

"Er is een spion, mijnheer. Een Duitse spion, bij de Somme… We worden in een hinderlaag gelokt door een Duitse spion!"

"Hoe kunt u dat zeker weten?" vroeg Sherlock hem.

"Ik hoorde ze praten… de soldaten die mij passeerden. Ze wisten niet dat ik daar lag, maar ik kon ze horen… ze hadden het over iemand van de Britse linie waarvan ze informatie kregen. Ze wisten wanneer we zouden aanvallen… zelfs voordat onze eigen soldaten dat wisten… ik vond dat vreemd. Hoe konden ze dat in godsnaam weten?"

Ze verlieten het ziekenhuis en keerden in stilte terug naar hun voertuig.

"Mycroft, wat verwacht u precies van mij?"

"Het is toch duidelijk: los de zaak op en vind de verrader." De absurditeit van zijn redenering!

"Als wat hij vertelt de waarheid is, en de Duitsers ons aanvalsplan kennen voordat het onder de gewone soldaten wordt verspreid, dan kunnen er onmogelijk meer dan vier of vijf mensen zijn die…"

"Dit is een zeer delicate situatie, Sherlock! Wij ontvangen dagelijks woord van muiterijen aan het front. Ze moesten eens weten dat

er een onderzoek loopt naar officieren. Dat zou kunnen leiden tot een wijdverspreide massale opstand! Dit moet stilletjes gebeuren, niemand mag ervan weten. Indien u de boosdoener vindt, zal hij niet worden opgepakt door Scotland Yard. Er komt geen rechtszaak, Sherlock, het moraal voor deze oorlog is nu al zwak genoeg. Niemand mag dit verraad ontdekken. Begrijpt u dat?"

Ik keek Holmes verbijsterd aan. Ik kon echt niet geloven wat ik hoorde. "Maar dat kan Mycroft onmogelijk van u vragen, Holmes!"
Holmes kauwde op de steel van zijn pijp en staarde in het niets. We begeven ons in uiterst gevaarlijke wateren, Watson, en de bestemming is hoogst waarschijnlijk zeer onaangenaam."
Daarna zaten we voor een lange tijd in stilte. Geen van ons wilde de waarheid onder ogen zien. Het geluid van de regen was niet te onderscheiden van dat van het vuurgevecht in de verte, en ik wou op dat moment niets liever dan terug in Baker Street te zijn. Na enkele ogenblikken draaide Holmes zich weer naar me toe.
"En zo ben ik dus hier beland, Watson. Het werd na een kort onderzoek al snel duidelijk dat de spion zich op deze locatie moet bevinden; de bevelen kwamen uit te veel verschillende hoeken om vanuit het hoofdkwartier te zijn verzonden. Het probleem bevindt zich aan de kant van ontvangst. Ik koos deze vermomming en kwam hier onmiddellijk naartoe."
Ik was zo verbaasd dat ik deze laatste zin nauwelijks hoorde. Een Duitse spion op onze linie, die gegevens over onze troepen en aanvalsplannen aan de vijand gaf. Dat kon de geallieerden duizenden levens kosten!
"Kan ik u ergens mee van dienst zijn, Holmes?"
"Graag, Watson. Ik heb vastgesteld dat de informatie niet via telegram of andere moderne technologie wordt verzonden, dus heb ik de laatste twee nachten een wake gehouden aan de frontlinies. Tot nu toe heb ik niets gevonden."
"Dan ik zal ik u vanavond vergezellen."
"Bedankt, mijn vriend. Laten we hier om ongeveer negen uur afspreken, en misschien kunnen we dan samen deze verrader vatten!"

Ik bracht de rest van de dag door bij de gewonden. Ik redde er meer dan ik had verwacht; dit gaf mij gelukkig enige opluchting. Mijn stemming was sinds ons weerzien duidelijk verbeterd en de gedachte om weer op criminelen te jagen met Holmes maakte zelfs de oorlog een tijdje dragelijker.

Om klokslag negen uur ontglipte ik de kerk en vond ik Holmes op dezelfde plaats waar ik hem een paar uur eerder had achtergelaten. Hij had zijn vermomming achterwege gelaten en leek nu veel meer op de Holmes uit mijn herinneringen.

We liepen muisstil door de schaduwen achteraan het dorp en kwamen steeds dichter bij de frontlinies. Uiteindelijk kwamen we tot stilstand langs de zijkant van een heuvel. Hier konden we het dorp en de loopgraven van een veilige afstand waarnemen.

We bleven daar een tijdje, verscholen achter enkele rotsen, uitkijkend over de dorre velden van de Somme. Ik herinner mij nog steeds de kreten van de jonge soldaten in de verte. Velen van hen zijn waarschijnlijk nooit naar huis teruggekeerd. Ondanks het geschreeuw hing er een griezelige, holle stilte in de lucht. De hemel en het gehavende landschap werden door de maan verlicht. De eens mooie velden waren onherkenbaar gemaakt door het artilleriegeschut: het was een waar niemandsland. Het leek alsof hier nooit meer iets zou bloeien.

Ik kon onmogelijk deze gruwelijke gedachten van me afschudden terwijl we daar op een teken van verraad zaten te wachten.

"Is dit het allemaal wel waard, Holmes? Kan zoveel dood en verderf werkelijk een doel hebben?"

"Er is waarschijnlijk een reden voor, Watson, maar die is niet aan ons om te begrijpen. Het sombere landschap voor ons, en de verschrikkingen die u hebt ervaren in het ziekenhuis, zullen dienst doen als een symbool. Een waarschuwing voor de volgende generaties, om hen te laten inzien dat oorlog geen middel mag zijn voor politici om hun doelen te bereiken. Uit de as van deze oorlog zal ongetwijfeld een vreedzame en meer gewetensvolle wereld voortkomen. Daarvoor wordt er gevochten, Watson. Niet voor de politici in Whitehall, maar wel voor het welzijn van iedereen en een betere toekomst."

"Laat het ons hopen…"

Holmes leunde plotseling naar voren en keek aandachtig naar de duistere hemel, de uitdrukking op zijn gezicht één van dodelijke ernst. Ik draaide me om in de hoop te ontdekken wat hij gezien had, maar ik kon niets vinden.

"Holmes?"

"Natuurlijk, hoe kon ik ooit zo blind zijn geweest!"

"Holmes? Wat heeft u gezien?" Het was duidelijk dat Holmes me niet kon horen. Zelfs in het donker merkte ik dat zijn brein op volle kracht werkte.

"Hoe kon ik toch zo blind zijn geweest? Kom op, Watson! We zijn bijna te laat!" We sprintten samen de heuvel af, nog voor Holmes zijn zin had afgemaakt.

Niet langer genoodzaakt om zich te verschuilen liep Holmes sneller dan ik zou verwachten van een man van zijn leeftijd. Op één of andere manier slaagde ik erin om hem op de voet te volgen. Met een sterke grip op de revolver die ik in de zak van mijn jas had meegebracht holde ik razendsnel door het donker achter hem aan.

We naderden het dorp slechts enkele minuten later en kwamen tot stilstand op het plein.

"Holmes, wat doen we hier? Vertel het me, alstublieft! Wat hebt u toch gezien?"

Holmes wenkte mij verder de schaduwen in tegenover de kerk om ons duidelijk zicht op de ingang te geven.

"Ik had er eerder aan moeten denken, en als de nacht niet zo helder was geweest had ik het misschien geheel gemist."

"Maar Holmes, ik was bij u en ik heb helemaal niets gezien!"

"Ik zag het maar heel even, dankzij het felle licht van de maan. Een vogel, Watson! Een postduif. Iemand moet het dier zwart hebben geverfd om het 's nachts minder zichtbaar te maken. En waar trekt het geluid van een duif weinig aandacht?"

"In de toren van een kerk! In hemelsnaam, Holmes, u bedoelt toch zeker niet dat de dader hier al de hele tijd rondloopt?"

"Ik vrees van wel, Watson. Maar gelukkig zijn we op tijd om hem te betrappen."

Daarop moesten we niet lang wachten. Na amper vijf minuten zwaaide de grote eiken deur van de kerk open.

"Holmes! Het is generaal –"

"Gebruik geen namen, Watson! Shhh… We gaan hem volgen."

We volgden de dader, door de duisternis heen, naar zijn slaapvertrek. Ik verloor hem geen moment uit het oog. Dit is de man die honderdduizenden soldaten de dood instuurde. De man die verantwoordelijk was voor onze veiligheid terwijl hij het beste met ons voor zou moeten hebben. Hij bleek echter niet meer dan een verrader te zijn.

Buiten was er een bewaker gestationeerd, maar Holmes leidde ons weg langs de achterkant van het gebouw. Daar konden we, aan de andere kant van de straat, door een gebarsten raam naar binnen kijken. We wisten allebei wat er nu moest gebeuren. Zelfs in de duisternis kon ik makkelijk de strijd op Holmes' gezicht uitmaken.

"Ik moet toegeven, Watson, dat ik onzeker ben hoe ik nu moet handelen."

"Waarom laten we hem niet gewoon arresteren? De naam Sherlock Holmes moet iedereen toch zeker van de noodzaak voor een onderzoek kunnen overtuigen!"

"Nee, Watson. Mycroft had gelijk. De gevolgen zouden rampzalig zijn als dit ooit aan het licht kwam."

De volgende paar momenten leken een eeuw te duren. Ik kon nauwelijks geloven wat ik hoorde: Sherlock Holmes, een moordenaar...

"Er moet een andere oplossing zijn." Holmes zuchtte en keek naar me op. "Laat mij het dan doen."

"Watson..."

"Het is mijn commandant! En wanneer een commandant verraad pleegt, krijgt hij de doodstraf. Vergeef me, Holmes, maar dit is mijn taak. Laat mij het doen."

We bleven elkaar een lange tijd in stilte aankijken. Uiteindelijk knikte Holmes zijn akkoord.

Twee dagen later verliet Holmes het front. Officieel werd de dood van de generaal bevestigd als een hartaanval.

Ik moet hem op een later tijdstip naar de motivatie van de generaal hebben gevraagd, want Holmes' antwoord heb ik specifiek genoteerd om het later in mijn verhalen te kunnen vermelden:

"We zullen het nooit zeker weten, Watson. Misschien zag hij uiteindelijk in hoeveel dood en verderf hijzelf in de hand had, en geloofde hij dat er sneller een einde zou komen aan de oorlog door de vijand te ondersteunen. Wanneer de zonde van één man de deugd is van een andere... kunnen we het ooit met zekerheid weten? Kunnen we dan ooit echt het onderscheid vinden tussen goed en kwaad?"

Een Treinrit Naar Londen
door C.M. Vale
Bronx, New York, Verenigde Staten

Tijdens het verlaten van de trein in Euston Station had ik had geen enkele reden om bij de zaak stil te staan, totdat ik een vreemd voorwerp aantrof in mijn zak...

Op het moment dat ik bericht kreeg van mijn vaders overlijden in december 1887, woonde ik al bijna zes jaar in een slaperig Schots dorpje. Daar had ik een plattelandspraktijk opgestart, ver weg van de vuile wegen en giftige lucht van de grote beerput bekend als Londen. Dus zo kwam het dat ik, als oudste familielid en laatste erfgenaam van ons te verwaarlozen fortuin, de sombere taak van het regelen van het nalatenschap uitsluitend op mijn schouders kreeg. Het karwei beloofde moeizaam te zijn, omdat vaders financiële papieren altijd in een staat van diepgaande desorganisatie gehouden werden. Het was niet zozeer het ongemak gedwongen te worden mijn lucratieve algemene praktijk te sluiten om enige logica te vinden in de verwarrende facturen en (in alle waarschijnlijkheid) onbetaalde rekeningen dat mij een netelig gevoel gaf. De bron van mijn irritatie vloeide voort uit het feit dat ik weg van mijn huis en haard werd gehouden tijdens Kerstmis, die ik overigens voor de eerste keer met mijn mooie jonge vrouw Violet zou vieren.

Ze is zo'n eigenzinnige vrouw, en ze was er zo op uit om mee te gaan, dat geen van mijn argumenten haar kon overtuigen. Het was mijn hoop dat één van ons beiden kon gespaard blijven van deze vervelende procedure en het seizoen met een fijn kerstdiner naast een hartverwarmende haard in het huis van onze naaste verwanten kon doorbrengen, maar het mocht niet zijn.

We vertrokken tijdig op onze vermoeiende reis, zodat we op kerstavond aankwamen op het station van Oxfordshire, met een rechtstreekse aansluiting naar Londen.

Het bleek vreselijk wachten op de verdomde trein, ondanks onze tijdige aankomst om vier minuten na zeven, zoals aangegeven door onze Bradshaw. Het was bitter koud, waardoor de geringste momenten die we nutteloos doorbrachten op het perron genoeg waren om het bloed in onze aderen te bevriezen.

Verder op het perron ontstond er enige commotie toen een eigenaardige – om maar niet te zeggen, duidelijk gestoorde – kerel het in zijn hoofd kreeg dat het nu het perfecte moment was om op het spoor te wandelen. Natuurlijk, wanneer de trein aankwam, werden we uitdrukkelijk opgehouden dankzij dit avontuurlijk individu. Elf minuten en dertien seconden aan oponthoud die we beter hadden kunnen besteden aan ontdooien binnen in de zalige warmte.

Op een of andere manier werd het allemaal weer rechtgezet, hoewel ik durf zeggen dat het meer in de doofpot werd gestoken. Ik kan niet met zekerheid zeggen hoe het voorval werd opgelost, want ondanks het late uur had zich een vrij grote menigte verzameld die mijn zicht blokkeerde. Waarschijnlijk allemaal met de bedoeling om zich voor de ochtend naar hun respectievelijke families te haasten.

Toen we eindelijk aan boord mochten maakte ik er een punt van om aan de treinconducteur te vragen wat er precies gaande was. "Het vreemdste dat ik ooit heb meegemaakt," merkte hij op. "Een kerel die niet goed in het hoofd was ziftte door het vuil, steeds maar mompelend over monsters die hij nodig had voor een monografie. Ik heb in al m'n dagen nog nooit zoiets gehoord!" "Wat vreemd," zei ik, toen hij ons bracht naar de laatste beschikbare wagon. "Waar hebben we gekkenhuizen voor als krankzinnigen vrij mogen ronddwalen?"

Hij wist ook niet wat hij ervan moest maken en verliet ons om verder na te denken over waar deze wereld naartoe ging.

Het is altijd al mijn voorkeur geweest om privé te reizen, hoe kort of uitgebreid deze reizen ook mogen zijn, want men kan nooit te voorzichtig zijn met al diegenen onder ons met een ongezonde gemoedsrust. Onze vriend die een ontspannen wandeling op de rails maakte bewees dat wel.

Ik was dan ook redelijk verontrust toen ik bij mijn binnenkomst met Violets omslachtige koffers en mijn eigen bescheiden valies (terwijl zij met één of andere dame kwetterde) een magere kerel van aanzienlijke lengte aantrof die al een zitplaats bezette. Wel, ik zeg een zitplaats, waaronder iedereen zou verstaan dat het over de alleenstaande variëteit gaat, maar deze onattente persoon zat languit op zo'n manier dat zijn voeten de tegenovergestelde zetel hadden ingenomen. Zijn lange benen waren een verschrikkelijke belemmering toen ik enkele dappere pogingen deed tot het deponeren van onze tassen in het bagagerek. Hoe zo'n magere persoon een ruimte kon overweldigen is buiten mijn begrip. Al die tijd kolkte er een wolk van onwelriekende rook onder de pet die zijn voorhoofd overschaduwde. "Dit is een niet-rokers coupé, mijn beste man," deelde ik hem mee na het innemen van mijn eigen zitplaats. Hij had op zijn minst *enige* noties van beleefdheid om toch zijn schoenen van mijn kant te verwijderen.

Echter, zijn antwoord op mijn klacht kwam in de vorm van een nieuwe rookwolk.

Het was op dat moment dat mijn vrouw, nu alle dreiging om mij te hoeven helpen met haar bagage was voorbijgegaan, ons uiteindelijk vergezelde. Mijn ergernis over onze reisgenoot verergerde echter enkel. De man, stel je zijn brutaliteit voor, gaf een luide kreun toen zij binnenkwam, mompelend over een of andere onaanvaardbare neiging van het vrouwelijk geslacht.

Ik opende net mijn mond om Violets eer te verdedigen toen de kerel plots zijn stilzwijgen brak.

"Mijn oprecht medeleven met het verlies van uw vader."

"Bedankt... lieve hemel! Hoe kon u dat weten?" Mijn rouwlintje was verborgen onder mijn overjas.

Alsof deze geheimzinnige kennis over mijn persoonlijke zaken niet genoeg was, brak hij tot mijn grote verbazing uit in een grinnik.

"Sherlock Holmes!" riep ik wanneer hij zijn hoofd omhoog tilde en zijn hoekige gelaatstrekken onmiddellijk herkenbaar werden. "Ik had nooit gedacht u ooit weer te zien!"

Ik had er in feite wel op gehoopt. Vanaf het moment dat ik me de volledige implicaties realiseerde van wat ik een arme, nietsvermoedende invalide, op zoek naar het herstellen van zijn gemoedsrust en normaliteit, had aangedaan. Het is allemaal heel begrijpelijk dat de arts een belangstelling zou hebben voor zo'n intrigerende man met een zeer fijn geslepen intelligentie, maar om ook zijn voortdurend gezelschap te verdragen is een volledig andere kwestie.

Ik wist ook wel dat de man het hard nodig had om de helft van de huur voor zijn woonst met iemand te delen, en ik had hem voldoende gewaarschuwd, maar hoe kon arme dokter Watson ooit de volledige omvang voorspellen van de complete waanzin waarin hij zou worden ondergedompeld wanneer de twee uiteindelijk samen zouden wonen?

Hij verdiende zeker niet geïsoleerd te worden met een man die lijken tot pulp slaat in naam de van de wetenschap en vaak spot met de meest elementaire menselijke emoties. Wanneer ik nadacht over de verschrikkingen die dokter Watson moet hebben ondergaan in het gezelschap van die man... ach, ik kon alleen maar innerlijk huiveren.

Ik neem aan dat, hoe wanhopig de dokter ook was, hij waarschijnlijk mijn naam nog jaren zou vervloeken.

"Ik had ook niet verwacht u nog te zien," zei Holmes, en was dat een hint van oprechtheid in zijn stem?

De volgende schok van de avond kwam in de vorm van meneer Sherlock Holmes' uitgestoken hand en een warme glimlach, een aanbod dat naar zijn normen een uitbundige begroeting was. Dergelijke hartelijkheid was het laatste wat ik verwachtte van zo een ijzig figuur. Waaraan had ik dit verdiend?

"Ik zie dat u nog steeds uw oude streken niet hebt afgeleerd, hoewel de duivel moge weten hoe u het doet," merkte ik op. "Maar ja, u hebt inderdaad gelijk. Mijn vader is gestorven. Mijn vrouw en ik reizen terug naar Londen om zijn nalatenschap te regelen."

"De duivel heeft er helemaal niets te maken, Stamford. Wat u ziet als hekserij is in feite simpelweg mijn waarneming van de manier waarop u de veters van uw linkerlaars hebt vastgeknoopt. En het zooitje dat u vanochtend heeft gemaakt van het scheren."

"Natuurlijk," zei ik, en liet hem maar al te graag geloven in zijn waanzinnige uitspraken.

Daarna stelde ik Violet voor aan mijn oude kennis. Ik zou kunnen zweren dat hij spottend grijnsde bij de loutere vermelding van mijn huwelijk.

Hij heeft het nooit zo op vrouwen gehad. Het was dan ook geen verrassing dat hij hier nu alleen was, geen trouwring aan zijn vinger en waarschijnlijk geen enkele vriend in de hele wereld. Niet dat de Sherlock Holmes uit mijn herinneringen een grote nood had aan vriendschap. Hij was gewoon het soort man dat u zou kunnen hebben bewonderd voor zijn verbazingwekkende hersenen, maar hij hield de mensheid op zodanige afstand en beschouwde zijn medemens met dergelijke enorme apathie, dat het onmogelijk was om het lang met hem uit te houden. Hij had geen enkel kenmerk van een goede vriend, dus wie kon ooit iets geven om zo'n koude en gevoelloze machine? "Vertel me eens, waar bent u al deze jaren met bezig geweest? Wij waren altijd benieuwd naar uw keuze van carrière, zeker met zulke... onconventionele interesses." Holmes gaf een zacht gezoem van amusement. "Mijn beroep is ongetwijfeld uniek. Sterker nog, ik ben de enige in de wereld." Ja, u bent zeker de enige van uw soort, Holmes, u arrogante, zelfvoldane...

"Oh, u mag ons niet nieuwsgierig houden," voegde mijn Violet toe, "wat is het precies dat u doet, meneer Holmes?"

Hij leunde naar voren en doofde zijn sigarettenpeuk op de vensterbank. Met meer dan een klein beetje trots verklaarde Holmes dat hij *een particuliere consulterend detective* was, met de nadruk op zijn onafhankelijkheid van alle *klungels* bij Scotland Yard. Ik haalde een wenkbrauw op bij deze zelfverheerlijkende toespraak. De man zag natuurlijk mijn gebaar en trok zijn neus op.

"Een detective? Kom nu, man. U maakt zeker een grapje!" Ik moet toegeven aan een beetje onbedoelde wreedheid, maar zijn bekende overmoed bleek door de tijd enkel aangescherpt te zijn.

"Dat doe ik helemaal niet," zei hij nukkig met gekruiste armen. "Ik heb mijn eigen beroep gecreëerd, waarin ik zeer getalenteerd ben, of daar zal mijn trouwe schrijver u van proberen te overtuigen. Hij heeft de neiging om mij meer eer toe te kennen dan ik verdien," zei hij, ogen vrijwel schitterend bij de vermelding van deze vermeende schrijver.

Eerlijk gezegd was ik door dit alles een beetje verbaasd. Wie zou in godsnaam ooit willen werken aan de biografie van Sherlock Holmes?

"Echt, man. U gaat te ver! Wat kan u dan hebben bereikt om zoiets te verdienen?"

Van elk mogelijk antwoord dat ik toen van hem verwachtte, was het zijn echte reactie die me het meest deed schrikken.

"Helemaal niets." Dan, met zijn gebruikelijke houding, ging hij verder. "Mijn succes berust uitsluitend op een elementaire klasse van educatie die jammer genoeg telkens ontbreekt bij de professionals. Ik heb niets groots gedaan, ik vertrouw enkel op een gezonde dosis logica en verbeelding. In feite, ik stel Scotland Yard regelmatig voor om mijn methodes toe te passen, maar dat blijkt een verschrikkelijk moeilijke taak voor die lui."

"Als het allemaal zo eenvoudig is als u het laat lijken, waarom zou iemand dan ooit uw prestaties te boekstellen?"

"Oh, zwijg stil, lieve schat. Mijn man is jammerlijk onbeleefd. Ik ben er zeker van dat u al enkele belangrijke zaken hebt opgelost, is het niet zo, meneer Holmes?"

"Sommige zijn inderdaad van groot belang, ja, hoewel ik een preferentie heb voor de uitdagingen die de meest duistere problemen met zich meebrengen, maar deze zijn vaak van weinig belang voor de Yard of de verslaggevers."

Ik was van mening dat dit niets meer dan een ingebeelde en diepgewortelde ijdelheid was. Ik was net van geest om dat te zeggen, toen een andere reiziger de wagon binnenbarstte en een explosie van hels koude lucht met zich meebracht.

Hij was een onstuimige kerel van gemiddelde lengte en gestalte, met lichtkleurige haren en snor, wiens gehele houding een beminnelijke dispositie suggereerde. Hij werd gehinderd door een kreupele gang terwijl hij met twee handen vol worstelde met overvolle koffers en een dokterstas, behield hij desondanks een aangename glimlach. De man kwam mij vaag bekend voor, maar ik had moeite om te zeggen wie hij zou kunnen zijn en waar ik hem misschien ooit was tegengekomen.

"Het spijt me zeer," verontschuldigde hij zich, terwijl hij met grote inspanning de koffers in het rek hees. Ik kon me voorstellen dat de taak moeilijker was voor hem dan dat het voor mij was geweest.

Hevig zuchtend zakte hij neer naast de detective, die druk bezig was een pijp uit de zak van zijn overjas te halen.

"Ik neem aan dat de ingenieur enigszins geïrriteerd was," zei Holmes terwijl hij knoeide met een lucifer.

"Mijn beste man, hij was razend!"

"Wat een onredelijke mens."

"Geen idee. Alles is uiteindelijk rechtgetrokken, hoewel ik denk dat het beste is om te vermelden dat hij heeft gedreigd om zijn driepotige hond op ons lost te laten als hij één van ons ooit nog op deze rails betrapt."

Etiquette dicteert dat ik de reactie van Holmes hierop niet herhaal.

"Ik geloof," zei Sherlock Holmes, toen hij zijn aandacht terug naar mij richtte, "dat u mijn vriend, collega, en sinds kort, schrijver, dokter John Watson, reeds hebt ontmoet. Dokter, herinnert u zich Stamford nog?" Een vonk van herkenning verscheen in zijn verrassend blauwe ogen zodra hij mij voor de eerste keer echt aankeek. Ze waren opmerkelijk dimmer die vorige keer dat we elkaar ontmoetten, maar dit was inderdaad de gepensioneerde legerchirurg die ik enkele jaren geleden aan Holmes had voorgesteld. Watson was aanzienlijk veranderd: weg was de zenuwachtige, magere schaduw; zijn eens vermoeide gezicht straalde weer van gezondheid. Hij was wat aangekomen en de sombere sfeer die rondom hem overheersend aanwezig was op die dag in The Criterion was nu vervangen door een tastbare vrolijkheid.

Hoe hij dit voor elkaar had gekregen in de aanwezigheid van 's werelds enige consulterend detective is in mijn ogen nog steeds een van de onoplosbare mysteries van het leven.

Ik kon mijn nieuwsgierigheid niet meer verbergen, hoe onbeleefd het dan ook mocht zijn. "Hebt u geen spijt dat ik u heb geïntroduceerd aan Holmes?" waagde ik en omklemde zijn hand. Hoe opmerkelijk! Watson schudde hierna enkel mijn hand met nog meer enthousiasme en lachte om wat ik als een zeer redelijke vraag beschouwde.

Hij gebaarde naar Violet. "Dit moet dan uw mooie echtgenote zijn." De dokter heeft altijd al goede manieren gehad. Dat is zeker meer dan ik kan zeggen van de andere passagier, die in stilte zijn pijp rookte. Hij was blijkbaar uitgeput van de eerdere inspanning zich te verlagen tot het converseren met gewone stervelingen zoals wij.

We wisselden de daaropvolgende uren aangenaam enkele verhalen uit, totdat het onderwerp van Holmes' carrière opnieuw opdook. Watson, moet ik toegeven, was een geboren verteller, en we luisterden met grote belangstelling naar zijn vertellingen over de bijzondere zaken van zijn metgezel. Hoe dan ook, Holmes kon amper de drang weerstaan om regelmatig met zijn ogen te draaien of met tussenpozen de fanfare en romantiek, die net zozeer onze interesse wekten, te bekritiseren. En toch beeldde ik me graag in dat er op sommige momenten een schijn van een glimlach van onder zijn afschuwelijke pijp verscheen − iets dat ik op het eerste gezicht had verward met arrogant plezier terwijl er met zijn genialiteit gepronkt werd voor een geëngageerd publiek.

Klokslag middernacht kwam de trein tot stilstand op het station van Euston.

"Vrolijk kerstfeest, Holmes," wenste de dokter zijn vriend toe met een hartelijk tikje op de knie.

"Bah!" was het enige dat hij kreeg te horen voor zijn inspanningen, hoewel deze kille reactie hem helemaal niet leek te storen.

"Wat is er mis met hem?" informeerde ik terwijl ik mijn koffers naar beneden trok. Watson was ondertussen opgestaan om te helpen bij dit karwei, ook al was het duidelijk dat zijn been hem fel tegenwerkte.

"Oh," zei hij, zo kalm als maar kon, "hij is gewoon boos omdat het seizoen het criminele aspect in hun wangedrag lijkt te beperken."

Zo blijkt maar weer dat waanzin besmettelijk is.

Zodra we op het perron kwamen, nam Watson me terzijde om me te bedanken voor de toevallige introductie. Hij beweerde sterker te zijn aangedaan door de missie in Afghanistan dan hij zich eerst realiseerde. Hij wist niet hoe hij die ontastbare wonden anders had overleefd.

Met deze onuitgesproken woorden zwaar in de lucht, moet ik bekennen dankbaar te zijn dat de heer Holmes dat moment koos om de trein te verlaten en ons te vergezellen op het perron. Watson maakte gelukkig nooit die sombere gedachte af. Holmes maakte enkele hatelijke opmerkingen over het ten einde brengen van onze bij uitstek stimulerende avond en voegde er voor de zekerheid een geeuw aan toe om zijn spectaculaire staat van verveling te onderlijnen. De dokter maakte zich hierdoor simpelweg druk over Holmes' ellendige slaapgewoonten, dus namen we kort daarna afscheid van elkaar. Ieder onder ons schudde elkaar de hand met ware genegenheid.

Zoals ik al zei aan het begin van dit langdradige verslag, overwoog ik, zodra we afscheid hadden genomen, niet lang stil te staan bij dit incident. Het was overwegend een aangename avond vol herinneringen en oude kennissen geweest; een fijne manier om de tijd te verdrijven tijdens een wat minder fijne reis. Maar toen ik mijn hand in mijn zak stak, vond ik een zeer vreemd voorwerp.

Het was een opgerolde editie van 'Beeton's Christmas Annual'. Op de voorpagina stond een krachtige promotie voor het verhaal binnenin, uitgegeven door A.C. Doyle, literair agent van dokter John H. Watson. Het verhaal zelf was gemarkeerd met een gekrabbelde opmerking in een scherp handschrift, de inhoud daarvan kort en nauwkeurig. Ik stond een tijdje aan de grond genageld, enigszins verbijsterd starend naar de woorden die ik zo vaak heb gelezen dat ik ze permanent heb gememoriseerd. Op dat moment zag ik slechts een fractie van wat de dokter al die jaren geleden moest hebben gezien: een eigenwijze jonge man, opscheppend over zijn hemoglobine experiment. Ik nam Violet bij de arm en las de opmerking nog één keer. Voordat we in een wachtend huurrijtuig stapten, fluisterde ik nog snel, "Vrolijk kerstfeest," naar niemand in het bijzonder.

Stamford,

Beschouw dit als een kerstcadeau. Als ik het niet bij het verkeerde eind heb, zal dit voor u in de toekomst een zeer waardevol aandenken blijken van onze wederzijdse waardering. Hartelijk bedankt voor het redden van deze twee verloren zielen.

- S.H.

Het Avontuur van de Exploderende Maan
door Scott Varnham
Slough, Verenigd Koninkrijk

Het was 1897 toen Sherlock Holmes en ik werden ingeroepen om de mysterieuze zaak van een schip met de simpele naam Maan op te lossen. Dit is een verhaal voor geïnteresseerden in de kunst van deductie. Na het afsluiten van het avontuur van Abbey Grange wiegde mijn vriend mij in slaap met een prachtige vioolcompositie van zijn eigen creatie. Net toen ik eindelijk begon in te dommelen, werd mijn rust verstoord door het geluid van daverende voetstappen op de zeventien treden tellende trap van onze kamers te Baker Street. Onze vriend, inspecteur Lestrade, haastte zich de zitkamer binnen.

"Neemt u toch plaats, Lestrade. U hebt een lange weg afgelegd van de haven, en het vroege uur suggereert dat er niet veel huurrijtuigen te vinden waren. Het zal wel vermoeiend zijn geweest," merkte Holmes op.

"In hemelsnaam, Holmes! Hoe weet u dat ik rechtstreeks van de pier kom?" vroeg Lestrade, zichtbaar verbaasd door de nonchalante opmerking van mijn vriend.

"Het was eenvoudig. Wanneer een man bezweet is op een koude ochtend in Londen, is het duidelijk dat hij met grote inspanning een hele afstand heeft afgelegd om mij te bereiken. En wanneer die man naar zeelucht ruikt, Lestrade, dan is het helemaal niet moeilijk om uit te werken waar u vandaan komt." Holmes leunde achterover en gaf Lestrade de tijd om dit alles te verwerken.

Lestrade keek me zelfvoldaan aan. "De eenvoud zelve!" We hadden dit gesprek met Lestrade al vaak gevoerd, op soortgelijke manier. Holmes rolde echter enkel met de ogen. Tenslotte nam Lestrade plaats en begon zijn verhaal.

"Een dag of twee geleden ontving Scotland Yard een telegram met betrekking tot enkele merkwaardige gebeurtenissen aan boord van het stoomschip Maan, dat onlangs vanuit Newfoundland richting de Docklands was vertrokken. Schijnbaar werd de ingenieur ziek nadat hij op een ochtend een vreemde witte substantie had aangetroffen op de muren van zijn machinekamer. Telkens wanneer de bemanning het spul trachtte te verwijderen, verscheen het de volgende ochtend gewoon opnieuw en elke nacht leek het zich enkel uit te breiden. Ook gebeurden er 's nachts talrijke kleine diefstallen aan boord. Op de dag van de boodschap, legden ze tevergeefs een val om de ellendeling te vangen." Hier onderbrak Holmes hem: "Hebt u dit telegram bij u?" Lestrade tastte even in zijn zak voordat hij een verfrommeld stukje papier overhandigde. Holmes bekeek het even en wreef zijn vingers licht over het papier voordat hij het op zijn bureau plaatste om het later te onderzoeken. "Ga alstublieft verder."

"Wel, afgezien van de vreemde stof in de machinekamer leek het allemaal vrij alledaags. Vanochtend nam ik een paar agenten mee naar de pier om te wachten op de aankomst van het schip. We wilden enkele bemanningsleden een verklaring laten afleggen en misschien één of twee van hen nader onderzoeken."

"Ik neem aan dat het schip nooit is aangekomen?" Holmes wendde zich op dat moment af van de trouwe politieagent om op zoek te gaan naar zijn Perzische pantoffel. De pantoffel waar ik toevallig op zat, dus het leek mij wijs om er op dat moment niets van te zeggen.

"Oh, het is wel aangekomen. We zagen het schip de haven binnenkomen. Ik bedoel, voordat het ontplofte."

Holmes draaide zich razendsnel om. "Het ontplofte?"

"Ja, mijnheer, het ontplofte. Het ploeterde langzaam de haven binnen, vrolijk als maar kan, toen het plotseling in vuur en vlam barstte en kapseisde." Holmes leek nogal verontrust te zijn door deze onverwachte wending, dus ik werkte zijn pantoffel los en liet hem op de vloer vallen. Zijn ogen vingen dit onmiddellijk op en hij gebaarde naar de pantoffel. Ik gaf het een duwtje in zijn richting terwijl hij Lestrade een aantal vragen stelde.

"Wat een vreselijke kwestie. Heeft iemand het overleefd?"

"Niemand. Er waren niet veel mensen aan boord; amper een basisbezetting en één of twee passagiers op zoek naar een goedkope doorgang naar de koloniën. Verbijsterend. Wie kon daar baat bij hebben?"

"Het moet eenvoudig genoeg zijn om dit te controleren; misschien zijn er documenten die de explosie hebben overleefd. Heeft u de kans gehad om het schip nauwkeurig te onderzoeken?"

Lestrade glimlachte, een gebaar dat vrij zeldzaam was voor hem.

"Nee, ik kwam rechtstreeks naar u. Ik weet hoe graag u met verse aanwijzingen werkt."

"Inderdaad. Het is een merkwaardige zaak, Lestrade, maar u hebt mij wellicht het raadsel en de oplossing al gegeven." Holmes leunde achterover met een glimlach en liet dat even bezinken.

"Kom op, beste man, geen raadsels! Er zijn mensen omgekomen!"

Holmes' stemming veranderde in een handomdraai. Hij droeg een oprechte blik van verdriet op zijn gezicht, dat de laatste jaren langzaam verouderd was.

"Ik verzeker u dat ik de waarheid spreek. Ik heb in feite al een werkhypothese, maar het zal even duren om die te verifiëren. Ik zal het schip eerst van dichtbij moeten bekijken."

"Uitstekend!" riep Lestrade. "Dat ging ik net voorstellen! Zullen we meteen vertrekken?"

Holmes wierp mij een bijna onmerkbare blik toe. Ik knikte instemmend.

"Als mijn afwezigheid het onderzoek ophoudt, laten we dan niet voor verdere vertraging zorgen. Watson, haal uw revolver! Hopelijk hebben we die niet nodig, maar het is beter om voorbereid te zijn, nietwaar?" Daarna riep hij naar onze huishoudster, met zijn luide, maar melodieuze stem waaraan zij waarschijnlijk al lang gewend was: "Mevrouw Hudson! Laat een huurrijtuig komen en zet er vaart achter!"

Dus kwamen we een tijdje later aan bij de pier, waar het nieuws over deze verschrikkelijke zaak zich duidelijk al snel had verspreid. Om in de buurt te komen van het schip, moesten we ons eerst een weg weten banen door een massa toeschouwers. Zodra we aan de menigte ontsnapt waren, leidde Lestrade ons naar de overblijfselen van het schip. Het grootste deel van het schip was in wezen intact, omdat de brandweer snel had kunnen handelen dankzij het feit dat de explosie beperkt was gebleven tot op het ene vaartuig. Hierdoor was Holmes in staat om een snelle blik rond de boot te werpen, hoewel hij op sommige plaatsen zeer voorzichtig te werk moest gaan. We passeerden enkele officiers die met behulp van brancards de lichamen van het schip verwijderden. Ik stopte om hen vragen te stellen over de aard van de verwondingen terwijl Holmes en Lestrade verder gingen met de rest van het onderzoek. Ik kon vaststellen dat de meeste van de lichamen grote brandwonden vertoonden, maar een van de slachtoffers had een wonde op de achterkant van zijn hoofd die wellicht was veroorzaakt door een loden pijp. Ik beloofde om deze informatie over te brengen naar Lestrade, bleef een moment in stilte staan om mijn eerbied te betuigen aan de man op de brancard, en ging daarna op zoek naar de inspecteur en zijn consulterend detective.

Ik vond hen in de machinekamer, de plaats die het zwaarst getroffen was door de explosie. Het was een echte puinhoop: de motor was totaal verwoest, de muren volledig verkoold, en van de meubels was niet bepaald veel overgebleven. Holmes stond in het midden van de kamer naast Lestrade en een andere politieagent. Hij zag mij aankomen vanuit zijn ooghoek.

"Ah, Watson. Kom toch verder. Officier Harrison vertelde ons net dat er een overlevende is gevonden. Ze behandelen hem momenteel voor schok, maar hij maakt het goed. Heeft u iets interessants ontdekt?"

"Volgens een aantal van de mannen waarmee ik zojuist sprak werd een van de slachtoffers gevonden met een hoofdwond die ongetwijfeld vóór zijn brandwonden is toegebracht."

"Dat is inderdaad een logische veronderstelling, Watson. Er is immers geen enkele reden om iemands hoofd in te slaan, nadat die persoon al bezweken is aan zijn brandwonden. Het is echter een grove vergissing om te theoretiseren zonder alle gegevens te bezitten. We zullen wachten op het verslag van de lijkschouwer alvorens een definitieve uitspraak te doen."

Lestrade gaf de officier enkele bevelen en stuurde hem de machinekamer uit, zodat Holmes zijn onderzoek in stilte kon voortzetten.

"Heeft u al een paar aanwijzingen gevonden, Holmes?" vroeg ik hem terwijl ik mijn notitieboekje en een pen bovenhaalde.

"Niets belangrijks, Watson. We werden afgeleid door officier Harrison. Deze kamer is duidelijk de kern van de ontploffing, dus laten we eens kijken wat we hier allemaal kunnen ontdekken."

We begonnen onze speurtocht naar aanwijzingen met één vraag in ons achterhoofd: *waarom* had deze verschrikkelijke ramp plaatsgevonden? Ik had het gevoel dat Lestrade en ik waarschijnlijk niets van belang zouden vinden. Holmes was de enige onder ons die wist waarnaar we op zoek waren. Ik deed mijn uiterste best om iets nuttigs te ontdekken, maar de kamer was volledig kaal en er was

163

nauwelijks iets intact gebleven. Het was dus geen verassing toen Holmes als eerste een triomfantelijke kreet sloeg. We haasten ons naar hem toe om te zien wat hij ontdekt had.

"Wat hebt u gevonden, Holmes?" vroeg ik, met een tikkeltje ergernis, maar vooral met genegenheid in mijn stem. Het was immers niet de eerste keer dat Holmes me overdonderde met zijn genie.

"Ah, heren. Kijk, hier op deze muur kunt u overblijfselen waarnemen van het vreemde witte spul waarover het telegram sprak. Het vuur heeft niet al het bewijs vernietigd. Tijd om uw overlevende te ondervragen, Lestrade!"

We verlieten het schip om een huurrijtuig te zoeken dat ons naar het plaatselijk ziekenhuis kon brengen, waar de enige overlevende van de ramp was opgenomen. De hele tocht duurde niet langer dan een half uur. Zodra we daar arriveerden, werden we begeleid naar de kamer waar het jonge slachtoffer aan het herstellen was. Hij bleek een sterk gebouwde jongeman te zijn, ongeveer in de twintig, en ongetwijfeld de jongste aanwinst van de bemanning.

"Jack, is het niet? Ondanks alles dat u heeft meegemaakt, ziet u er goed uit. Kunt u ons vertellen hoe u deze ramp heeft overleefd?" Waagde Holmes in een poging om zijn verhaal te vervolledigen.

"Goed, mijnheer. Het is als volgt: ik heb altijd veel ongeluk gehad in mijn leven, dus wilde ik er alles aan doen om daar verandering in te brengen. Ik heb me in Newfoundland aangemeld voor de reis naar Londen, in de hoop bij mijn aankomst werk te vinden. Ik was niet kieskeurig over hoe ik hier naartoe zou komen, dus nam ik een laagbetaalde baan aan als schoonmaker. Tijdens mijn tweede nacht aan boord hoorde ik een schreeuw uit de machinekamer. Ik rende met enkele anderen naar beneden en daar zagen we hoe de hoofdingenieur de deur in paniek achter zich sloot. Hij bleef maar kakelen over spoken en ectoplasma op de muren. Wij namen snel een kijkje naar binnen, maar de ingenieur was een dominante kerel en wanneer hij ons vertelde om niet te lang te blijven hangen, luisterden wij natuurlijk naar hem. Kort daarna gedroeg hij zich weer zoals gewoonlijk en verwijderde het spul van de muren met de hulp van zijn assistent. Maar de volgende dag was het er weer... en in een grotere hoeveelheid dan de nacht daarvoor!"

"Eén momentje!" onderbrak Holmes hem om te vragen: "Wie heeft toegang tot de machinekamer wanneer de ingenieur en zijn assistent niet aanwezig zijn?"

"Wel, in theorie, niemand. Maar de kamer is nooit op slot omdat de motor onmiddellijk bereikbaar moet zijn tijdens een noodsituatie. Eigenlijk kan iedereen de machinekamer betreden wanneer de ingenieur er niet is." Hij keek Holmes aan in afwachting van de volgende vraag. Holmes stelde hem niet teleur.

"Ik heb de indruk dat we de werkelijke inhoud van deze zaak uit het oog dreigen te verliezen. Laat ons niet te hard concentreren op geesten en dergelijke. Elke misdaad heeft een dader. Dit is geen uitzondering. Dus, ga verder met uw verhaal, maar probeer alstublieft de... meer sensationele details achterwege te laten."

"Ik zal het proberen, meneer Holmes." De jongen nam een slok water alvorens verder te gaan met zijn verhaal. "De rest van de tijd was alles vrij rustig. Er waren enkele kleine diefstallen, maar niets opmerkelijks. Alles ging goed totdat we de haven binnenvoeren. Ik stond op het dek om de eerste smaak te pakken te krijgen van de Engelse lucht toen ik twee mannen hoorde schreeuwen. Ik denk dat het uit de richting kwam van de machinekamer. Het volgende dat ik mij herinner is een grote explosie. Ik werd over de rand van het schip geslingerd en moet op de pier beland zijn. Toen werd ik hier wakker. Als ik het zo bekijk, heb ik eindelijk eens geluk gehad."

Holmes bedankte de jongen voor zijn tijd. We verlieten het ziekenhuis en gingen nogmaals op zoek naar een huurrijtuig. Lestrade kon zijn nieuwsgierigheid nauwelijks verbergen.

"Hoe zit het, Holmes? Komen we al wat dichter bij het vangen van onze dader?"

"Ik weet precies wie het gedaan heeft, Lestrade. Er ontbreken alleen nog een paar essentiële details. Laten we afspreken in Baker Street, tegen zeven uur vanavond. Watson, keert u vast terug naar huis? De locaties die ik moet bezoeken zijn niet geschikt voor beschaafde heren zoals uzelf en Lestrade."

Hij gaf ons een wrange glimlach en verliet ons bij het huurrijtuig. Lestrade had nog enkele andere dingen te doen, dus ik nam afscheid van hem en begon mijn eenzame reis terug naar Baker Street. Misschien kon ik nog een beetje slaap inhalen...

Tegen de middag was ik volledig hersteld, dus ik bracht de rest van de dag door met het noteren van onze avonturen en opgeloste zaken. Daarna vulde ik Holmes' kruiswoordraadsel in, een gewoonte die ik had ontwikkeld tijdens een periode waarin Holmes bijzonder moeilijk was

165

om mee te leven. Ik was geheel verdiept in deze laatste activiteit toen Holmes thuiskwam. Hij haastte zich triomfantelijk de trap op en riep: "Goed nieuws, Watson!" Hij kwam de zitkamer binnen met een klein stukje papier in de hand. "De politie heeft onze dader opgepakt. Ik was aanwezig bij zijn bekentenis... Uiteraard was er geen andere uitkomst mogelijk." Hij gaf me het telegram zodat ik het kon lezen.

HOLMES. INGENIEUR IS INDERDAAD DE DADER. GEVONDEN IN TAVERNE. BEDANKT VOOR DE TIP. LESTRADE.

"De ingenieur was de dader? Holmes, hoe kan dat nu?" Hij maakte het zich comfortabel in zijn favoriete fauteuil alvorens zijn uitleg te hervatten.

"Ik loog niet tegen Lestrade toen ik zei dat ik de hele affaire had opgelost vanaf het begin, afgezien van een paar kleine details. Dit was inderdaad een duister geval." Een vleugje melancholie kroop in zijn stem terwijl hij alles wat hij had vermoed begon samen te vatten. "Mijn eerste aanwijzing kwam voort uit de kennis dat de ingenieur de machinekamer reinigde ondanks zijn gekakel over een spook. Het was duidelijk dat hij iedereen, met de uitzondering van zijn assistent, uit de kamer trachtte te houden. Deze assistent bleek de jongeman te zijn die we eerder vandaag in het ziekenhuis ondervroegen. Zodra ik dat puzzelstukje had, viel de rest gemakkelijk op z'n plaats. Het witte spul dat we op de muur aantroffen was kaarsvet.

"De assistent haalde reservekaarsen uit het ruim, die de ingenieur liet smelten. Zodra het gesmolten kaarsvet klaar was, gebruikten ze het om de muren ermee te bekleden. Daarna lieten ze 's nachts het vet op de muren afkoelen door de hete motor uit te schakelen. Wanneer ze 's morgens het er allemaal weer afschraapten werden de vlokken kaarsvet verzameld in emmers en klaar gezet om de volgende avond de hele karwei te herhalen. Telkens voegde ze meer kaarsen toe, zodat meer van de kamer bedekt kon worden. Dit hielden ze vol tot op de laatste nacht, waarop ze de muren voor de laatste keer bekleedden met al het kaarsvet dat ze maar konden vinden. Toen plantten ze de bom om het schip op te blazen. De ingenieur had zich verborgen in een beveiligde ruimte van het schip terwijl hij wachtte op de ontploffing. Na afloop werd hij weggevoerd op een brancard en door een aantal van zijn vrienden aan wal gebracht. Het bewijs van hun misdaden smolt weg in de vuurzee. Ik vond echter enkele staaltjes van het kaarsvet aan de onderkant van de muur, en dit was genoeg om mijn vermoedens te bevestigen."

"Lieve hemel! De ellendeling werd onder mijn neus van het schip gedragen! Ik hield een moment stilte voor hem!" Ik bleef verontwaardigd sputteren over deze wandaden terwijl mijn vriend zijn verhaal verder vertelde.

"Een afschuwelijke affaire, Watson. Het ging allemaal om één man: de kapitein van het schip. Het lijkt erop dat de kapitein te vrijgevig is geweest met zijn genegenheid toen het schip in Amerika was. Eén van zijn doelen was de vrouw van de ingenieur. Toen hij dit hoorde, was de ingenieur razend en begon hij de ondergang van de kapitein te plotten. Hij is een wrede en koelbloedige moordenaar, iemand die de dood van onschuldige bijstanders aanvaardbaar acht. Helaas werkte zijn gemene plan perfect."

"Hij werd op z'n minst betrapt en hij zal worden veroordeeld voor zijn misdaden."

"Inderdaad, Watson. Inderdaad." Hij zuchtte zwaar, en met uiterste inspanning liet hij het hele voorval achter zich. "Het leven gaat verder. Kunt u mijn tabak aangeven? Ik wil graag een snel trekje nemen, en misschien kunnen we daarna ontspannen tijdens een uitvoering van William Tell in de Music Hall."

Dit lijkt me een goede plek om dit verhaal tot een einde brengen. En dat, mijn beste lezer, is hoe Holmes een van de meest verachtelijke moordenaars uit zijn hele carrière vatte op dezelfde dag dat het misdrijf was gepleegd.

Stof in de Wind
door Daphne Vertommen
Mechelen, België

Voor anderen zou het misschien lijken op een gemiddelde Engelse ochtend. Voor ons – de twee figuren marcherende door de groene, bedauwde grasvelden – droeg de vrijwel alpine mist de geur van een vers en intrigerend mysterie. We hadden sinds onze aankomst geen enkel woord gedeeld, maar hadden er ook geen behoefte aan gehad. De onuitgesproken opwinding waaraan ik door de jaren heen gewend was geraakt was voelbaar als een vibratie in de lucht en moedigde ons aan om verder te gaan.

Tijdens de wandeling nam ik een moment om mijn ogen te laten zwerven over de adembenemende omgeving. Er was niets anders dan groen gebladerte en ruime heide rondom ons, onze vreedzame eenzaamheid af en toe verstoord door een voorbijgaande haas. Mijn ademhaling vertraagde en ik kon het geluid horen van vogels die zich in de nabije dennenbomen verscholen. Het leek een vredige, rustieke plek...

Mijn gedachten werden onderbroken door een luide "Daarginds!" en ik botste op mijn tot dan toe stille metgezel, die kort grinnikte. "Gaat het, Watson?"

"Mijn excuses, ik lette niet op... Even de Londense mist uit mijn longen halen..."

"Kom kom, houd de moed erin, want het lijkt erop dat we onze bestemming bereikt hebben."

Holmes strekte zijn arm uit en vestigde zo mijn aandacht op een punt in de verte. Ik leunde naar voren, lichtjes loensend. "Maar daar is niets."

Dat bracht een glimlach op zijn gezicht.

"Precies."

Vervolgens schoot hij weg naar de mysterieuze locatie, geen aandacht schenkend aan de esthetisch aangename omgeving. Ik schudde mijn hoofd, glimlachend, en volgde hem een lage heuvel op, die schijnbaar nergens anders naartoe leidde dan een open plek in het bos, en acht stenen treden met een stevige leuning aan beide kanten die op een of andere manier de tand des tijds hadden doorstaan. Ik bereikte het terras, waar mijn vriend reeds de overblijfselen van het gebouw onderzocht dat hier lang geleden had gestaan. Hij zat neergehurkt bij de restanten van wat wellicht ooit een open haard was geweest.

Ik schopte per ongeluk tegen een vergeten, roestige deurklink, en hij draaide met een geïrriteerde blik naar mij om. Ik haalde halfslachtig mijn schouders op als verontschuldiging, en bedacht me dat het beter was om een tijdje te zwijgen.

Toen Holmes zijn onderzoek hervatte, draaide ik de andere kant op om een kijkje te nemen bij de rest van het puin. Ik zag verkruimelde stenen bedekt met stof, en weggegooide graffitiblikken, scherven van gekleurd glas dat ooit misschien een deel had uitgemaakt van een wapenschild en beschimmelde stukken hout met schilfers verf die verpulverden door mijn aanraking. Ik kon niet anders dan een respectvolle stilte te bewaren, bijna alsof we ons bevonden in een kerk. Dit verlaten en vergeten heiligdom leek een aura te hebben van een misdaadroman; vreemd genoeg voelde ik me ertoe aangetrokken. Enig geluid zou lijken op godslastering. Een blik over mijn schouder bevestigde dat mijn vriend in een vergelijkbare stilte werkte. Er was niet veel te zien, dus besloot ik om te gaan zitten en te wachten tot hij klaar was. Al snel vond ik een enigszins schone plek in wat ooit de entreehal van het huis was geweest, en ging zitten naast de drie treden die aangaven dat er ooit een stevige houten trap had gestaan.

"Ik begrijp het niet."

"Hm?"

Het leek alsof ik even was ingedommeld. Tijd verstreek: de zon was er nu eindelijk in geslaagd om door de wolken te breken. Het zachte licht versterkte de dromerige kleuren en maakte van onze huidige locatie een prachtig dystopisch schilderij. Toen ik opkeek zag ik Holmes op de stenen trap zitten, te midden van een groene landsmirage. Zijn donkere silhouet met licht gebogen schouders zag er even misplaatst uit als de langzaam verdwijnende bakstenen van het lang vergeten huis. Ik stond op en ging naar hem toe. Ik wierp een korte blik op de bezorgde frons van mijn vriend voordat ik uitkeek op de pittoreske groene massa die zich voor ons uitstrekte.

"Ik begrijp werkelijk niet waarom dit huis werd gesloopt. Het is een mysterie dat ik niet kan oplossen. Dit is gewoon gebeurd en ik kan niet bepalen waarom."

Ik haalde mijn schouders op, het enige teken van sympathie dat ik hem kon bieden. Zo nu en dan gebeurde dit nog steeds. Zelfs na al die jaren gewerkt te hebben als detective, kon de grote Sherlock Holmes af en toe worden verbaasd door lichtjes ingewikkeldere zaken.

"Ik bedoel... gaven mensen er niet om? Helemaal niemand?" Ik keek om en probeerde me in te beelden hoe dit huis er ooit had uitgezien. De veilige schuilplaats die het was geweest voor zijn bewoners en de aangename verhalen en herinneringen die nu net zo verloren waren als het huis waar ze gecreëerd waren.

"Ik weet zeker dat sommige mensen dat deden," mijmerde ik, "maar soms is ergens om geven simpelweg niet genoeg. Zonder voldoende steun kan men onmogelijk zijn doelen bereiken."

We zaten een tijdje in stilte terwijl hij erover na leek te denken. Toen begonnen de woorden te stromen, met alleen een kleine aarzeling na die eerste vraag. "Verliest een residentie zijn betekenis, het belang ervan, zodra de laatste bewoners zijn gestorven?"

Ik kon alleen blijven zitten en luisteren terwijl mijn vriend langzaam wegzonk in één van zijn meer filosofische stemmingen.

"Heeft niemand stilgestaan bij de mogelijkheden van dit landgoed? Zo vele wonderlijke gebeurtenissen zouden hier plaats hebben kunnen vinden; dit landgoed zou een plaats kunnen geweest zijn waar de tijd stil stond, met het oorspronkelijke ontwerp behouden als een eerbetoon aan de allereerste eigenaars. Een privéwoning, die dienst deed als een vredige ontsnapping aan degenen die het verlangden. Het had een museum of studiecentrum kunnen zijn, toegankelijk voor het publiek. Het had zelfs een hotel kunnen zijn, of worden opgesplitst in afzonderlijke eigendommen... om het even wat. Maar nu is er gewoon niets. Niemand geeft er nog om. Geen ontwikkelingsplannen, geen architectuurliefhebbers of avonturiers om dit huis te beschermen tegen de sloop, helemaal niemand. Enkel een dikke laag stof en stilte blijven over."

Zijn conclusie was niets meer dan een fluistering, nauwelijks hoorbaar en wellicht niet bedoeld voor mijn oren. De woorden waren waarschijnlijk per ongeluk ontsnapt uit zijn mond, maar ik ving ze toch op.

"Dit huis is nu zo dood als zijn eigenaar."

Ik kon alleen beamend knikken, want ik kon niets bedenken om daar aan toe te voegen. De briljante geest naast me ging verder in stilte, zichzelf bezighoudend met de rest van een ongetwijfeld zeer interessant discours. Ik gaf Holmes een paar minuten voor ik met een luide zucht opstond. "We kunnen misschien beter vertrekken," kondigde ik aan. Hij keek naar me op, aan het wankelen gebracht door mijn stem en daardoor niet langer opgesloten in zijn eigen geest. Ik kon zien hoe een langzame glimlach zich begon te verspreiden over zijn gezicht. "Ja... Ja, je hebt gelijk. Ik geloof dat dat het beste is." En zonder terug te kijken liepen we door de velden, totdat we allebei onder het bladerdak verdwenen, vervagend als twee spoken. Het was alsof hier helemaal niemand was geweest.

Het Avontuur van het Erfstuk
door Jo Lee
Leeds, Verenigd Koninkrijk

Ik heb reeds vele verslagen neergepend over de avonturen van mijn goede vriend, meneer Sherlock Holmes, en ik ben er van overtuigd dat iedereen zich het verschrikkelijke verhaal herinnert van de grote waterval te Reichenbach, waar mijn beste vriend om het leven kwam. Pas drie jaar na deze gebeurtenissen werd ik uiteindelijk met hem herenigd. In die periode heb ik veel bijgeleerd van de man, ook al was hij niet in de buurt om het mij aan te leren, want ik kreeg de kans om zijn vertrouwde methoden in de praktijk te beoefenen. Ik heb nooit eerder over deze periode in mijn leven geschreven. Deels uit bezorgdheid van mijn vrouw, die vreesde dat dergelijke activiteit onaangename herinneringen in mij naar boven zou brengen en dit mijn verdriet enkel zou verergeren, en deels als gevolg van een plotseling gevoel van zelfbewustzijn, telkens wanneer ik trachtte om iets op te schrijven. Het verhaal dat volgt toont me immers slimmer dan ik ooit had opgemerkt. Ik vreesde dan ook dat dit op papier misschien pompeus of eigenwijs zou overkomen. Maar om mijn aantekeningen over mijn tijd met meneer Holmes te vervolledigen, geloof ik dat het echter wel verteld moet worden.

Ik had niet verwacht dat er in Holmes' afwezigheid iemand ooit nog beroep zou doen op onze diensten. Ik was dus zeer verrast toen op een zomerochtend, enkele maanden na het vreselijke avontuur dat ik 'Het laatste probleem' had genoemd, mijn praktijk bezocht werd door een oudere heer. Niet als patiënt, zei hij, maar als cliënt. Het was een lange, kalende man met een grijze baard en grijs kostuum en een grote bril met dikke glazen. Hij stelde zich voor als de heer Herbert Morrissey. Hij zei dat hij een groot probleem had dat nodig moest worden opgelost. En, in de afwezigheid van meneer Sherlock Holmes, vroeg hij zich af of ik bereid was hem daarbij te helpen. Ik had later op die dag slechts één afspraak en het was niet moeilijk om die te verzetten, dus ik stemde ermee in hem zijn verhaal te laten vertellen en daarna de plaats van de misdaad te bezoeken. Al waarschuwde ik hem wel dat ik hem wellicht niet zou kunnen helpen.

De heer Morrissey was een boekbinder. Hij woonde alleen, maar kreeg regelmatig zijn nichtje over de vloer, op wie hij erg dol was. Zij was al een tijdje opzoek naar een of ander boek van Austen. Ze had al vele van de stapels boeken in zijn huis grondig doorzocht, toen zij enkele dagen geleden een aantal munten aantrof die netjes in de vorm van een vierkant waren gelegd. Ze lagen knus tussen een editie van Charles Dickens' 'A Christmas Carol' en Bram Stokers 'Dracula'.

Op dat moment kwam haar oom de leeskamer binnen, dus kon ze hem onmiddellijk vragen waarom het geld op zo'n eigenaardige plek werd gehouden. Al snel besefte hij zich dat de munten daar lagen in de plaats van 'De verzamelde werken van Shakespeare', een boek dat ongeveer evenveel waard moest geweest zijn. Het was een zeer zeldzame editie, maar jammer genoeg was het boek in verschrikkelijke staat. Het omslag hing amper vast aan de rug. Het was door de jaren heen herhaaldelijk opnieuw gebonden en gerepareerd geweest. Op pagina 312 was een kleine theekring zichtbaar en pagina's 394 tot 427 waren aan elkaar vastgekleefd door een onidentificeerbare zwarte substantie. Het goedje had de neiging om te blijven plakken aan de vingers van elke lezer die de pagina's trachtte uit elkaar te halen.

Mijnheer Morrissey, die zich natuurlijk de onbeduidendheid van zijn probleem realiseerde, had besloten om de politie er niet mee te storen. Er was immers voor het boek betaald en het was niet bijzonder waardevol. Hij herinnerde zich dat hij ooit mijn verslagen over Holmes' avonturen en tragisch einde had gelezen, en vroeg zich af of ik hem misschien kon helpen.

Ik dacht lang na alvorens hem een antwoord te geven. Mijnheer Morrissey wachtte geduldig mijn oordeel af terwijl hij beleefd zijn thee dronk. Ik vroeg me af wat Holmes ervan zou denken als ik deze man wegstuurde. Hij zou zeker teleurgesteld in mij zijn. "Hebt u dan niets geleerd over mijn methoden?!" zou hij me geërgerd vragen. Dat is de reden waarom ik besloot om mijn nieuwe cliënt naar zijn huis te vergezellen.

Tijdens onze rit door de kronkelende straten van Londen deed ik mijn best om me zoveel mogelijk te herinneren van alles dat Holmes mij geleerd had in onze tijd samen. Het eerste dat hij mij aanleerde op onze allereerste plaats delict, die ik later beschreef onder de titel 'Een studie in rood', was om goed op te letten dat er geen voetafdrukken of andere markeringen op de grond over het hoofd worden gezien. Met dit in gedachten vroeg ik de bestuurder van het huurrijtuig om op een korte afstand van het huis te stoppen. We benaderden de woning te voet. De straat was geplaveid, net zoals het pad dat naar de voordeur leidde. Het had al een tijdje niet meer geregend en er waren nergens sporen te bekennen, maar onder een van de onderste vensters aan de rechterkant van het huis merkte ik enkele ellendig uitziende viooltjes op. De rest van de tuin was vlekkeloos. De beschadigde bloemen groeiden op een vrij grote afstand van het pad, en het was onduidelijk hoe deze schade veroorzaakt was zonder de rest van het plantenbed in de buurt van de viooltjes te verstoren. Ik vroeg me af of de treurige staat van deze bloemen wel relevant was, maar de ongerepte toestand van de rest van de tuin bewees dat dit inderdaad geen toeval kon zijn. Holmes' woorden weerklonken in mijn gedachten: 'Het is zelden gunstig om de grootste aanwijzing in uw arsenaal als toeval af te schrijven'.

"Oh," riep mijn cliënt uit, toen ik bij hem naar een mogelijke oorzaak van de schade informeerde, "dat had ik nog niet opgemerkt. Juffrouw Jackson, mijn nichtje, is meestal zeer voorzichtig met de tuin. Deze eigenaardige situatie heeft haar wellicht meer van slag gebracht dan ze laat blijken."

Hij haastte zich naar binnen om zijn nicht te begroeten. Ik volgde op een iets rustiger tempo dan mijn gejaagde cliënt.

Juffrouw Jackson-Mortimer was het tweede kind van mijnheer Morrisseys oudere zuster, Irene. Ze was een kleine vrouw met lange, blonde, gevlochten haren die bijna tot aan haar taille reikten. Ze had een aangenaam en vriendelijk gezicht, maar op het moment dat haar oom en ik de kamer binnenkwamen, was het verwrongen in een mengeling van verdriet, woede en pijn. Ze leunde over een groot fotoalbum, duidelijk compleet gefascineerd door het object van haar razernij, want ze merkte onze aanwezigheid niet op tot mijnheer Morrissey haar aansprak.

Het meisje keek geschrokken op. Ze was echter snel in het herschikken van haar gelaatsuitdrukking. Als haar oom haar verwrongen blik had gezien, dan koos hij ervoor om dit te negeren.

Juffrouw Jackson had er blijkbaar voor gekozen om haar zinnen te verzetten door de familiealbums te bekijken. Ik besloot om er geen verdere vragen over te stellen.

Hierna toonde mijnheer Morrissey mij de leeskamer, waaruit het boek was verdwenen. Ik vroeg toestemming om er even ongestoord rond te kijken. Zodra hij mij alleen in de kamer had achtergelaten, leunde ik het raam uit om de beschadigde bloemen onder de vensterbank grondig te onderzoeken. Het duurde niet lang om mijn vermoeden te bevestigen: het ontbrekende boek lag gedeeltelijk verborgen onder de lange stengels onder het raam. Het zou wel heel toevallig zijn geweest als iemand van buitenaf deze plantengroei ontdekt had. Waren deze speciaal geplant met dit doel in het hoofd? Maar, nee. Een gewone dief zou het boek niet op zo'n plek achterlaten. Mijnheer Morrissey had mij eerder al verteld dat Juffrouw Jackson normaal gesproken voor zijn tuin zorgde, dus het was logisch om te veronderstellen dat zij in staat was om deze hele misdaad voor te bereiden. Echter, had zij wel een reden om het boek te stelen? Ik hoefde niet lang te wachten op een antwoord op mijn vraag. Ik hoorde iemand de deur zachtjes openen, draaide mij om, en daar stond juffrouw Jackson bevend naar het boek in mijn handen te staren.

"Ik heb de indruk dat u mij iets hebt te vertellen?" Ik probeerde kalm te blijven door terug te denken aan de koele, rustgevende tonen van mijn mentor.

"Geef mij alstublieft het boek en vierentwintig uur de tijd," smeekte ze. "Ik beloof dat u begrip zult hebben voor mijn moeilijke positie. Ik heb geen slechte bedoelingen... ik trachtte enkel de vrede te bewaren." Mijn oog viel op een gouden glans rond de nek van de jonge vrouw.

"Mag ik u vragen om daar eventjes te blijven staan?" vroeg ik, op een hopelijk onverschillige toon.

Juffrouw Jackson knikte en ik benaderde haar voorzichtig. Ik legde het boek terug waar ik het had gevonden en veegde mijn rechterhand af met mijn zakdoek. Met mijn linker raakte ik de gouden ketting rond de nek van de jongedame aan, net zichtbaar onder de kraag van haar jurk, en onthulde een klein rond medaillon.

In het medaillon zaten twee foto's. De oudste vrouw zat op het ene in een rieten stoel, met het boek dat nu tussen de bloemen onder het raam lag, op haar schoot. Op de foto zag het er gloednieuw uit – slechts een hint van geel en enkele kreuken toonde het gebruik. De jongere vrouw op de andere prent was vergezeld van een jongeman die zijn hand op haar schouder rustte. Ze hield een bundel lakentjes in haar armen, vermoedelijk rond een baby gewikkeld, en glimlachte vriendelijk naar de fotograaf.

"Bent u dit?" vroeg ik zachtjes, wijzend naar het bundeltje op de foto. Juffrouw Jackson knikte, sprakeloos door de spanning.

De vrouw met het kind in de armen was vermoedelijk haar moeder, ik kon duidelijk een gelijkenis waarnemen, en de man moet haar broer geweest zijn. Het ging niet om mijnheer Morrissey; daar was hij te jong voor. Ten tijde van juffrouw Jacksons geboorte zou hij ten minste twintig zijn geweest. Misschien zelfs iets ouder, het was moeilijk te beoordelen. Na verder onderzoek bleek dat de oudere dame met het boek juffrouw Jacksons grootmoeder was. Hierdoor begreep ik de waarde van het boek. Aangezien het een familiestuk was, was ik tevreden met de kennis dat de heer Morrissey en zijn kostbare boeken ongeschonden zouden blijven. Ik keerde terug naar het venster, haalde het boek weer tevoorschijn uit het plantenbed, en plaatste het in de handen van juffrouw Jackson. Ik verzekerde mijnheer Morrissey ervan dat ik de volgende avond zou terugkeren met meer nieuws en vertrok naar Baker Street. Onderweg naar huis probeerde ik de hele zaak even uit mijn hoofd te zetten. Ik wilde geen verdere conclusies trekken, enkel gebaseerd op vooroordeel en vermoedens, en ik was ervan overtuigd dat het relevante bewijsmateriaal de volgende dag aan het licht zou komen.

Ik had het bij het rechte eind. Rond twee uur de volgende dag ontving ik bezoek van juffrouw Jackson. Ze was zenuwachtig, maar in goede gezondheid, al had ze duidelijk niet veel geslapen. Ik hoopte dat ze zich niet te veel zorgen had gemaakt.

Ik had natuurlijk wel de voorzorg genomen om in het geval van eventuele problemen mijn revolver binnen handbereik te houden – mijn tijd met Sherlock Holmes had me geleerd hoe bedrieglijk schijn kon zijn – maar ik was voorzichtig genoeg om mijn wapen verborgen te houden voor juffrouw Jackson. Ik wilde haar niet onnodig alarmeren. Zonder enig oponthoud begon mijn gast angstig haar verhaal.

"Mijn vader was bij de marine. Hij stierf een maand of drie voordat ik geboren werd. Hij was goed bevriend met mijn oom. Ze gedroegen zich meer als echte broers dan schoonbroers, dat zei mijn oma altijd. Hoe dan ook, toen mijn vader overleed, liet hij alles na aan mijn moeder; oom Morrissey kreeg helemaal niet eens een set manchetknopen. Hij had daar in het begin geen enkel probleem mee.

"Maar in mijn tienerjaren begon zijn geld op te raken. Het ging niet goed met zijn boekbinderij en hij moest daarom noodgedwongen verhuizen... Hij was te trots om geld te vragen, maar hij liet vaak merken dat hij wel een lening zou accepteren als iemand die hem aanbood. "Mijn moeder is nooit goed geweest in het oppikken van subtiele hints. 'Zeg wat je bedoelt en bedoel wat je zegt', dat zei zij vaak. Ik denk dat oom Morriseys aanwijzingen haar nooit zijn opgevallen. Hij dacht dat ze hem negeerde, dus hij kwam steeds minder op bezoek en langzaam groeide de familie uiteen. "Shakespeare was oma's favoriete auteur. Het zit eigenlijk in de familie: mijn moeder en mijn broer Tom deelden beiden haar passie, al hebben oom Morrissey en ik nooit begrepen waarom. Mijn oma heeft nooit een testament geschreven en toen zij overleed, ging alles automatisch naar oom Morrissey. Mijn moeder smeekte hem om het boek, haar enige memento, te mogen houden; maar hij weigerde. Zij had hem immers ook nooit iets gegeven.

"Vijf jaar lang verbood zij ons om hem te bezoeken of over het voorval te spreken. Zij stierf zonder haar kostbare boek ooit terug te zien. Op haar begrafenis had ik eindelijk de kans om hem te spreken. Hij was het boek vergeten en was ontdaan dat mijn moeder geen contact met hem had onderhouden. Hij had aangenomen dat zij hiervoor een goede reden had, en had zich daardoor afstandelijk gehouden om zich niet op te dringen of ons lastig te vallen. Hij hoopte dat ze alles zou uitleggen wanneer zij er klaar voor was.

"Ik vertelde hem over het boek. Hij zei dat het allemaal heel flauw was en stormde razend weg. Ik liet het een week bezinken en ging hem toen thuis bezoeken. Zodra ik zijn vertrouwen had gewonnen, moedigde Tom mij aan om te trachten het boek terug te krijgen. De oude man leek het na een tijdje opnieuw te zijn vergeten.

"Maar... ik besteedde zo veel tijd met hem dat ik langzaam opnieuw aan hem gehecht raakte. Ik vermoedde immers dat hij het boek niet werkelijk vergeten was; dat kon gewoon niet. Hij miste mijn moeder daar te veel voor. Ik besloot om het boek mee te nemen; maar ik zou hem ervoor betalen. Ik had het allemaal gepland: de schuilplaats in de tuin, het geld... ik was er net mee bezig toen hij binnenkwam. Ik raakte in paniek en verzon snel een verhaal over Austen en het vinden van de munten. Uiteraard was hij het voorval met het boek helemaal niet vergeten. Hij wist onmiddellijk wat er ontbrak, verliet razend snel het huis, en keerde een paar uur later met u terug, dokter Watson."

Ik leunde achterover in mijn stoel en nam even de tijd om alles op een rijtje te zetten. Hoe kon ik dit probleem oplossen? "Vertel oom Morrissey alstublieft niet dat ik het was! Het zou hem zo van stuk brengen! Ik wil zijn vertrouwen niet verliezen..." Plotseling barstte de vrouw in tranen uit. Ik had geen idee hoe ik haar moest troosten. Ik kon de oude man niet vertellen dat zijn boek voorgoed verloren was, noch kon ik het overhandigen aan juffrouw Jackson als rechtmatige eigenaar.

"Ik vrees dat ik geen keuze heb, juffrouw Jackson," zei ik zo zachtaardig mogelijk. "Waar woont uw broer?"

Kort daarna liet ik juffrouw Jackson achter bij mevrouw Hudson en ging op weg om haar broer een bezoek te brengen. Tom Jackson was een lange man, jong, maar kalend. Ik vertelde hem het hele verhaal en vroeg of hij het boek zou kunnen missen voor de gemoedsrust van zijn zus. Maar hij weigerde; hij had betaald voor een boek waar hij sowieso recht op had en was niet van plan om het zonder slag of stoot aan zijn akelige oom te gunnen. Ik deed mijn best om te bedaren, maar hij vertikte het om naar mij te luisteren en ik werd gedwongen om met lege handen terug te keren naar mijn cliënt. Die moeilijke taak bleef mij echter bespaard, want tegen de tijd dat ik daar arriveerde had zijn nichtje hem alles al uitgelegd. Hij was niet kwaad, zoals juffrouw Jackson had gevreesd... nee, hij was woedend. Niet op haar; maar op haar broer.

Zodra mijnheer Morrissey weer gekalmeerd was, haalde ik het boek uit de tuin. Het had echter 's nachts geregend en het boek was helemaal nat geworden: de pagina's kleefden aan elkaar.

Eén blik op de nieuwe schade deed juffrouw Jackson opnieuw in tranen uitbarsten. Mijnheer Morrisseys deskundige oog verklaarde het boek onherstelbaar. Ik keek hem kort aan, wachtend op zijn bevestiging, en verplaatste het boek naar een andere kamer. Ik liet het daar op een tafel achter. Ik was van plan om het voor mijn vertrek terug te gaan halen, en het thuis van de hand te doen, maar daar was echter geen behoefte aan. Mijnheer Morrissey bedankte me en nam afscheid voordat ik die kans kreeg. Hij beloofde mij dat hij plannen had voor het zware boek.

Enkele weken later ontving ik een prachtige brief van juffrouw Jackson en mijnheer Morrissey. Hierin werd mij verteld dat ze het oorspronkelijke boek per post naar mijnheer Jackson hadden opgestuurd, en voor zichzelf een gloednieuw leesbaar exemplaar hadden aangeschaft. Mijnheer Morrissey beloofde mij dat ik altijd gratis bij hem terecht kon als ik ooit behoefte had aan zijn literaire hulp. Hij en zijn nicht werden goede vrienden van mij.

Ik veronderstel dat Holmes deze zaak nooit zou hebben aangenomen; hij had het waarschijnlijk te saai of vanzelfsprekend gevonden. Het blijft echter een van mijn favorieten.

De Eigenaar van de Groen Leren Handschoenen
door Michelle Erkers
Mora, Zweden

Het was bijna tien uur 's ochtends toen Holmes en ik naar London terugkeerden na ons bezoek aan Dulwich. Het weer was uitstekend voor een ochtend in april en ik zag een voldane glimlach op de gewelfde lippen van mijn vriend. Ondanks de nachtelijke arbeid verdween al mijn vermoeidheid toen ik hem zo tevreden aantrof.

"Ik twijfel er geen moment aan dat je iets hebt gezien dat mij is ontgaan," zei ik toen de trein het station binnenrolde. We verzamelden onze spullen en stapten uit de trein de zonneschijn tegemoet, die het stof in de Londense lucht deed glinsteren.

"Kom, kom, Watson, ik heb niets gezien dat jij niet ook hebt gezien. Ik bekijk de zaken echter op een geheel andere manier dan jij. De handschoenen, Watson!" Hij glimlachte terwijl hij twee handschoenen gemaakt van groen leer uit zijn jaszak tevoorschijn haalde. Hij keerde ze binnenstebuiten en hield de door elkaar heen geborduurde initialen R.M. voor mijn ogen.

"De naam van het slachtoffer was Gregory Barnes. En dat komt niet overeen met R.M. De eigenaar van deze handschoenen is een man met die initialen. Hij moet ze achter hebben gelaten in de zitkamer van Barnes. Een welgesteld persoon, oordelend naar het fijne leer en het volmaakte handwerk, en het lijkt me onwaarschijnlijk dat ze een geschenk zijn," zei ik.

"Bravo, ja, ik geloof dat je inderdaad gelijk hebt. Ze zijn geen geschenk. R.M. heeft ze minder dan een jaar geleden zelf gekocht en hij geniet van het bezit. Hij heeft geen kinderen, maar maakt ongetwijfeld een dame het hof, want de handschoenen dragen de geur van een damesparfum. Kijk, hier zitten lange grove bruine haren vast aan de knoop. Hij heeft ongetwijfeld een hond. Watson, ik moet je om een gunst vragen. Het is van het allergrootste belang."

Holmes draaide zich om, ging voor me staan en blokkeerde mijn weg met een intense blik in zijn ogen. Ik besefte meteen dat hij deze aanwijzing zo snel mogelijk wilde opvolgen. Zonder aarzeling vroeg ik hem wat hij van mij verlangde.

"Ik wil dat je een man volgt, terwijl ik ergens anders bezig ben. Hij zou hier ergens moeten zijn. Hij draagt een blauw rijjasje en ziet er nogal haveloos uit, zijn lange haar is grijzend en hij loopt flink door voor een man van zijn leeftijd. In Dulwich heb ik hem al een paar keer eerder gezien. Het zal waarschijnlijk nogal wat tijd kosten, misschien wel de hele dag. Ben je bereid om dat te doen?" vroeg Holmes, zijn tas stevig in zijn handen klemmend.

Ik had helemaal geen zin hem dit te weigeren; ik had tenslotte weinig anders te doen, en ik aanvaardde de taak. Holmes knikte en vertelde me dat hij redelijk lang weg zou blijven. Zonder een woord van afscheid draaide hij zich om en liep terug naar het treinstation.

Ik hield het door Holmes gegeven signalement stevig in mijn hoofd, ging op een bank zitten en liet mijn ogen dwalen over de gezichten van de mensen die voorbij liepen. Het duurde niet lang voordat ik een haveloze man in een blauw rijjasje mijn richting op zag komen. Zijn uiterlijk was precies zoals beschreven. Ik probeerde zo onopvallend mogelijk te blijven, terwijl ik toekeek hoe hij een plaats uitkoos op een bank, die gelukkig niet al te dicht bij mij stond.

Nadat hij geruime tijd een krant had gelezen, begon ik me te ontspannen in de warme zonneschijn. Mijn gedachten gingen terug naar de kamer waar de ongelukkige rechercheur Barnes gisteren vergiftigd was. Zijn kamers waren doorzocht, maar aangezien er niet al te veel overhoop was gehaald, moet de dader hetgeen dat hij zocht snel hebben gevonden.

De oude man stond onverwachts op en ik volgde hem met mijn ogen terwijl hij zich naar het telegraafkantoor spoedde. Ik ging hem, een gepaste afstand houdend, achterna, bang dat ik hem uit het oog zou verliezen. Tot mijn opluchting leek het er echter niet op dat hij me had opgemerkt of zich ervan bewust was dat ik hem volgde.

Nadat ik in het telegraafkantoor voorzichtig zijn kant was opgeschoven, ving ik een paar fragmenten van zijn gesprek met een employé van het kantoor op.

"Nogmaals bedankt voor uw hulp. Het is zeer belangrijk dat dit meteen naar hem wordt verzonden. Dank u," zei de man met een luide, krachtige stem.

Hij wachtte ongeduldig terwijl de bediende het telegram verstuurde, waarna hij betaalde en met mij op zijn hielen het gebouw verliet.

181

Ik zag hem een straat inslaan en, om wat afstand te creëren, besloot ik om een poosje om de hoek te wachten voordat ik achter hem aan ging. Het was echter niet gemakkelijk deze man te schaduwen. Zijn weg dwars door de stad zat vol met draaiingen en wendingen, van Westminster naar Camden, waardoor ik het gevoel kreeg dat hij bemerkt had dat hij werd gevolgd. Precies zoals Holmes had beschreven had hij een flink tempo voor een oude man. Op de hoek van Acacia Road liep hij een arbeidsbureau in. Ik vond het beter om niet te dichtbij te komen, dus besloot ik om bij het tweede gebouw dat hij in ging buiten te wachten.

Buiten, vastgebonden aan een lantaarnpaal, zat een grote bruine hond. Hij snuffelde vriendelijk aan mijn benen en ik aaide hem op mijn beurt tussen zijn oren. Het beest droeg een chique groene halsband en ik bukte me om hem van dichterbij te bekijken. Mijn hand verstilde toen ik de vertrouwde initialen zag: R.M.

Toen pas werd alles me echt duidelijk. De man die ik had geschaduwd was natuurlijk R.M., de eigenaar van de groene handschoenen die gevonden waren op de plaats van de moord in Dulwich; de schijnbaar motiefloze vergiftiging van een rechercheur van Scotland Yard. Tevens begreep ik het dringende belang van het uitvoeren van mijn opdracht.

Het luiden van de klokken kondigden het middaguur aan en niet veel later liep een jonge man het kantoor uit. Hij maakte de hond los en liep de straat uit. Ik voelde me enigszins teleurgesteld dat mijn theorie niet bleek te kloppen. Een aantal seconden later kwam ook de oude man het kantoor uit, rekte zich uit als een kat die wakker wordt uit een dutje in de zonneschijn en liep kordaat dezelfde richting uit als de man met de hond.

Het derde gebouw dat hij die ochtend betrad was een aantrekkelijk Italiaans restaurant, niet ver van het zuidelijke deel van Primeneerose Hill. Ook daar werd de hond weer buiten vastgemaakt om te wachten op zijn meester. Inmiddels had ik honger gekregen en besloot een hapje te eten.

Een uur verstreek, en nog één. Plotseling zwaaide de oude man met zijn hand naar de jonge man die alleen aan een tafel naast hem had gezeten. De andere man kwam bij hem zitten en ze converseerden een tijdje zachtjes als onbekenden totdat ze zich meer leken te ontspannen in elkaars aanwezigheid. Inmiddels had ik mijn maaltijd verorberd, en bedacht mij dat het slim zou zijn om een pint te bestellen om mijn bedoelingen te maskeren.

Ik begon het gevoel te krijgen dat er iets gaande was dat ik niet helemaal begreep. Wellicht behoorde de hond werkelijk toe aan de oude man en maakte de jonge man er gewoonweg een wandeling mee. Maar waarom zaten ze dan niet bij elkaar tijdens het eten? Voordat ik klaar was met drinken stonden de twee mannen op en liepen arm in arm weg. Ik werd nog nieuwsgieriger. Deze zaak bleek intrigerender te zijn dan ik aanvankelijk had gedacht.

De twee mannen liepen op hun gemak, dicht naast elkaar, door Regent's Park en praatten. Ik begon me onnozel te voelen en liet de afstand tussen mij en de beide heren groeien, aangezien ik bang was om ontdekt te worden in het open landschap. Het grootste gedeelte van de dag was nu voorbij;het was bijna vier uur 's middags en ik had nog steeds geen waardevolle aanwijzingen die konden bewijzen dat R.M. een crimineel was.

We stopten bij een club ergens ten oosten van Regent's Park. Ik had weinig geld over en kon nog net de entree betalen. Eenmaal binnen vond ik de twee mannen tamelijk dichtbij een versierd podium, waarop een groep fantastische jongedames hevig aan het dansen was, gekleed in felgekleurde jurken die elegant om hen heen zwaaiden op het ritme de muziek, die de ronduit weerzinwekkende vioolspeler ten gehore bracht.

Ik bekeek de eigenaar van de hond die zijn wandelstok stevig vasthield. De oude man grijnsde toen hij naar voren leunde en iets in het oor van de jongere man fluisterde. De opmerking zorgde ervoor dat beiden begonnen te grinniken.

Op dat moment vroeg ik me af wat Holmes aan het doen zou zijn en waarom hij er op stond dat ik deze man door heel Londen zou volgen. Hij had tot nu toe helemaal geen crimineel gedrag vertoond; eigenlijk leek hij me een absoluut doodgewone heer.

Nadat ik wat dichterbij was gaan zitten, lukte het me om fragmenten uit hun conversatie op te vangen, maar er werd niets bijzonders gezegd. De oude man maakte af en toe droge opmerkingen over de beminnelijkheid van de dames op het podium, maar het ontbrak zijn opmerkingen aan gevoel en hij bleef wat afstandelijk, terwijl de jongere man juist opgewonden leek. Dit was op zich niet eigenaardig en trok alleen maar tijdelijk mijn aandacht.

Het was bijna zes uur toen we uiteindelijk vertrokken. Ik begon me moe te voelen. Mijn slaaptekort en de nogal intensieve wandeling kwelden mijn been en ik dacht al snel aan de heerlijk comfortabele zitkamer in Baker Street. Een glas cognac en wat slaap waren zeer welkom.

Met enige moeite ging ik staan en draaide mij om teneinde de mannen te volgen. Toen ik om mij heen keek waren ze echter nergens te zien. Ik snelde me naar buiten en speurde de straat af. De eigenaar van de hond liep de verder verlaten straat af, maar ik was mijn doelwit uit het oog verloren. Oh, Holmes zou mij nooit vergeven voor mijn onoplettendheid!

Net toen ik terug naar Baker Street begon te lopen, ving ik plots een glimp op van een blauw rijjasje. Ik sprong net op tijd in de duisternis achter een stapel kratten, zodat de oude man mij niet zou zien terwijl hij passeerde.

De man liep nogal gehaast en ik volgde hem op zijn hielen. Ik wist dat hij had ontdekt dat ik hem achterna zat, maar ik had mezelf voorgenomen hem niet nogmaals uit het oog te verliezen. De rijjas die achter hem aan wapperde vormde een sterk contrast met de troebele bruine en grijze tinten van de stad en was daarom, ook in de schemering, makkelijk te herkennen. Tot mijn grote teleurstelling was de man zeer lenig en behendig, en leidde hij me door zo veel verlaten steegjes dat ik uiteindelijk niet meer wist waar ik was.

Met veel moeite wist ik hem over een hoog hek te volgen. Toen ik er overheen was geklommen vond ik niet ver bij me vandaan een papiertje op de grond. Ik pakte het op en keek aandachtig het steegje in, maar de oude man was al verdwenen.

'Goed gedaan, Watson. Je zult beloond worden wanneer je bij ons appartement bent aangekomen. S' Ik herkende het handschrift van Holmes.

Opgelucht dat de jacht voorbij was, pakte ik mijn tas en liep terug via een ander steegje. Na enig dwalen kwam ik weer in bekend gebied.

Na een zeer lange wandeling opende ik uiteindelijk de zwarte deur van 221B Baker Street en beklom de trappen naar onze vertrekken. Holmes was er nog niet. Hij was vast nog bezig met het achtervolgen van de man. Mijn been deed pijn en ik rekte mezelf eens goed uit op de sofa, zonder mijn stoffige jas uit te doen. Ik deed wel mijn hoed af en trok mijn vingers door mijn smerige haar, terwijl ik nadacht over wat er gebeurd zou zijn met de oude man wiens identiteit misschien toch niet R.M. was.

Ik had me net een glas cognac ingeschonken toen de deur openvloog en de haveloze man in het rijjasje over de drempel struikelde. "Jij!" riep ik, terwijl ik naar mijn pistool greep. De man verstijfde en begon te grinniken. Ik staarde hem aan, terwijl hij zich eerst ontdeed van zijn hoed, daarna zijn haar, en vervolgens zijn baard....

"Holmes! Was jij het al die tijd?" zei ik, zo verrast dat ik terugviel op de sofa. "Heb ik jou de hele dag achterna gezeten? Waarom?"

Holmes ontdeed zich snel van zijn vermomming en ik was verheugd de man die ik kende onder de gedaante van de oude man tevoorschijn te zien komen. "Ik zal het je uitleggen, ik ga alleen eerst even mijn gezicht wassen."

Ik hielp Holmes het vuil en de lijm van zijn gezicht af te spoelen en onthulde zo zijn vermoeide zelf. We zaten neer op de sofa, elk met een glas cognac in de hand, en Holmes begon zijn ongelofelijke verhaal te vertellen.

"Geloof me, ik heb het niet uit wrok gedaan. Ik had slechts het idee dat je wel wat oefening in het achtervolgen van mensen kon gebruiken. Je vaardigheden zijn de laatste tijd enigszins achteruit gegaan. Terwijl jij een oude man volgde, volgde die oude man R.M. Zijn naam is Richard Moss, een boekhouder met een villa in Camden Town, een hond waarmee je vriendschap hebt gesloten en een dame die niet hetzelfde voelt voor hem als hij voor haar, ondanks alle moeite die hij zich getroost om haar hart te kopen met sieraden, pracht en praal."

Hij pauzeerde en slokte tot mijn verbazing de helft van zijn cognac naar binnen.

"De heer Moss is degene die wij zoeken. Lestrade volgt een vals spoor in de stad; hij lijkt te denken dat Dawsons brief van belang is. Moss heeft in twee jaar drie mensen vermoord. In het telegraafkantoor vroeg ik wat ze van hem af wisten en blijkbaar was hij twee jaar geleden een arme sloeber. Hij had een neiging tot drinken en het houden van duur gezelschap."

Holmes legde verder uit dat Moss die arme rechercheur Barnes had overgehaald diens testament aan te passen. De trieste ziel had geen idee dat hij al zijn wereldse bezittingen zou nalaten aan zijn boekhouder Moss.

"En dit had hij al twee keer daarvoor gedaan, vóór Barnes bedoel ik? Dat is verschrikkelijk. Hoe ben je daar achter gekomen?" vroeg ik, mijn mond open van verbazing.

"Herinner je je die oude vrouw uit Hampstead die negen maanden geleden vergiftigd werd? Zij had recentelijk haar testament aangepast, maar het was nergens te vinden. Hetzelfde met die gepensioneerde kapitein van de marine, bijna achttien maanden geleden. Dat is de manier waarop hij aan zijn geld en aan zijn villa in Camden is gekomen. Ik heb Moss hier vannacht uitgenodigd, om zijn handschoen op te halen. En dat zal hij inderdaad –"

Het geluid van de deurbel deed me schrikken. "Haal de handboeien, haast je! Hier komt hij!" Holmes beende naar het raam en tuurde naar buiten.

Ik haastte me naar de slaapkamer van Holmes en pakte de handboeien. Bij mijn terugkeer in de zitkamer zat Holmes op de sofa en lag onze gast buiten westen op de grond. De man was onmiskenbaar de eigenaar van de grote, bruine hond. Richard Moss, de boekhouder.

"Wacht hier op me, terwijl ik Lestrade laat komen. Moss zal er alles aan doen om te ontsnappen, dus houd hem in bedwang," zei Holmes. Hij trok zijn jas aan en ging weg.

Het Avontuur van het Verscheurde Boek

door Pamela R. Bodziock

Monroeville, Pennsylvania, Verenigde Staten

Nooit heb ik mijn vriend Sherlock Holmes gekend als iemand die wrok koesterde of zijn boosheid toonde tegenover diegenen die hem onrecht hadden aangedaan. Zijn positie als de belangrijkste raadplegend detective van zijn tijd leidde door zijn aard vanzelf tot een almaar groeiend aantal vijanden en rivalen die wraak zwoeren te nemen. Daarom zou het niet verwonderlijk zijn, en misschien wel begrijpelijk, als zelfs een koel en logisch brein als dat van Holmes zich zo nu en dan liet verleiden tot verbolgenheid jegens een van zijn talloze vijanden. En toch, tijdens onze vele jaren van samenwerking, leek dit niet het geval te zijn.

Daarom was ik op een ochtend in mei nogal verrast toen ik Holmes vergezelde naar een klein dorpje in Surrey voor een ontmoeting met een nieuwe klant. Het was heel ongebruikelijk voor ons om een klant op te zoeken buiten Londen, zonder hem eerst voor een consult te hebben ontvangen in onze kamers in Baker Street. Uit Holmes' stille en sombere houding tijdens onze reis leidde ik af dat dit in vele opzichten een ongewone zaak zou worden.

Onze bestemming was Undershaw: een privéwoning, uniek en prachtig ontworpen, zoals we later zouden zien. Eenmaal aangekomen werden we een indrukwekkende, twee verdiepingen hoge hal ingeleid om op onze gastheer te wachten. De hal was voorzien van een grote openhaard. De duistere blik in de ogen van mijn vriend, die al aanwezig was geweest vanaf het moment dat we uit Londen waren vertrokken, negerend, zei ik tenslotte: "Holmes, op wie wachten w…"

Maar voordat ik de gelegenheid had gekregen om mijn vraag af te maken, kwam onze klant de hal binnen. Er volgde een korte stilte, en met enige verbazing aanschouwde ik een reeks snel veranderende emoties op het gezicht van mijn vriend – herkenning, aarzeling, iets dat leek op onzekerheid – totdat zijn gelaatstrekken verstilden in een uitdrukking van merkwaardig koude woede.

"Goedendag, meneer Holmes," zei de heer, een knik in mijn richting werpend.

"Het is lang geleden, is het niet?"

"Acht jaar," zei Holmes. Uit verbazing trok ik een van mijn wenkbrauwen omhoog. "Of drie, afhankelijk van de berekening."

"Inderdaad," antwoordde de ander, met een merkwaardig verdrietige stem.

Onze klant was een reus van een kerel, zo lang als Holmes zelf. Hij was daarentegen echter veel steviger in omvang en had grote, sterke ledematen.

Hij was keurig gekleed in een fraai maatpak. Het meest in het oog springend aan zijn verschijning was zeker de grote, goedverzorgde walrussnor, die als een soort feestelijk erevaandel van zijn gezicht hing. Of, zo zou het eruit hebben gezien als zijn gelaat niet zo'n volslagen troosteloosheid uitstraalde.

"Ik moet bekennen dat uw sommatie mij danig verraste. En van alle mensen moet juist ú dat niet verbazen," zei Holmes.

"En ik moet toegeven dat ik zelf wel enigszins verrast ben dat ik u hierheen heb gevraagd te komen," was het rustige antwoord van de man.

"Holmes, ken je deze heer?" vroeg ik, in verwarring een blik werpend op beide personen.

"'Kende' zou het juiste woord zijn, mijn beste Watson," antwoordde Holmes. Zijn ogen bleven gefixeerd op onze klant en er was een huiveringwekkende woede zichtbaar op het gezicht van mijn vriend, een woede die ik nooit eerder bij hem had gezien. "Het contact is in de afgelopen jaren sterk verminderd."

"Wellicht zou het beter zijn mijzelf te introduceren," zei de heer terwijl hij naar ons toe stapte met een uitgestoken hand. "Mijn naam is…"

"Wees zo goed om dergelijke beleefdheden over te slaan," zei Holmes koeltjes. "Vertel ons waarom we hier zijn."

Onze gastheer aarzelde geen ogenblik. "Goed dan, meneer Holmes. Ik heb uw aanwezigheid hier verlangd omdat ik… uw hulp nodig heb."

Een lange stilte volgde op deze woorden.

"U bent toch zeker niet serieus," zei Holmes uiteindelijk.

"Zou ik u hier vragen te komen, na al die jaren, uit joligheid?" repliceerde de ander. "Dat is niet het geval, dat verzeker ik u."

"Dan moet ik u helaas meedelen dat mijn collega en ik geen nieuwe klanten aannemen op dit moment." Holmes was al op weg naar de deur. "Het was mij een genoegen om uw mooie huis te bewonderen..."

"Mijn beste Holmes." Onze gastheer legde zijn hand op diens arm, en hoewel de uitdrukking van mijn vriend niet veranderende, kon ik, omdat ik hem zo goed kende, diep in zijn ogen een flikkering van emotie zien. "Misschien heb ik het recht niet om uw hulp te vragen, maar ik weet gewoon niet wie ik anders zou kunnen raadplegen."

"En ik zeg u dat ik u niet kan helpen!" riep Holmes, met een felheid die mij zou hebben verbaasd als ik de toenemende woede in zijn ogen niet had opgemerkt. "De band tussen ons is verbroken door uw eigen toedoen, dokter, en hoelang u ook praat, niets zal die breuk kunnen herstellen."

"Holmes, *wie* is deze man?" vroeg ik, niet in staat om de woede van mijn vriend te kunnen verdragen zonder de oorzaak te begrijpen. "Hoe komt het dat jullie elkaar kennen?"

"Hoe ik hem heb leren kennen, en wie hij ooit voor mij was, is nu van geen belang meer," zei Holmes, terwijl hij de greep van de andere man van zich afschudde. "Jij zal hem kennen als degene die hij nu voor mij is – de man die samen met professor James Moriarty gepland heeft mij in de diepten van de Reichenbach Waterval te werpen!"

Mijn mond viel open van verbazing door deze bekendmaking. "Deze man had een verbond met Moriarty?"

"Hij was het die Moriarty in het centrum van zijn criminele web heeft geplaatst, die hem het gereedschap en de middelen die nodig waren om over zijn imperium te blijven heersen heeft gegeven. En hij is het die Moriarty heeft aangespoord mij te vinden. De man die je voor je ziet, Watson, is het genie achter het genie. Ik zou niet overdrijven als ik deze man de schepper van een krankzinnige zou noemen!"

De reden voor Holmes' voorheen onverklaarbaar sombere stemming was mij nu duidelijk geworden. Ze hadden ooit een relatie, die van kennis of collega of misschien zelfs vriend. Onze nieuwe opdrachtgever was niet alleen een misdadiger, maar ook een verrader.

"En nu vraagt u, een metgezel van de grootste vijand van mijn vriend, meneer Sherlock Holmes, ons om hier te komen en u te helpen?" vroeg ik streng.

"Ik kan geen andere uitweg bedenken," zei de heer die door mijn vriend een dokter was genoemd, en hij keerde zich weer tot Holmes: "We hebben geschillen gehad in het verleden, maar u heeft toch ongetwijfeld wel gemerkt dat ik heb getracht het goed te maken? Om, als ik zo vrij mag zijn, u te laten herrijzen uit het kille lot dat ik voor u in petto had?" "Vast," zei Holmes, maar zijn stem klonk ijzig. "U zult wellicht suggereren dat naar uw verzoek luisteren wel het minste is dat ik kan doen voor de man aan wie ik mijn leven en loopbaan te danken heb. Zelfs al bent u nog steeds diezelfde man die ooit probeerde het 'laatste probleem' van beiden op te lossen?"

Ik begreep niet wat Holmes met deze woorden probeerde te zeggen. Onze gastheer leek zich echter iets meer te ontspannen en het duurde niet lang eer we in zijn studeerkamer zaten. Het was een ruime kamer, van alle kanten omgeven door eindeloze rijen boekenplanken.

"U weet wellicht al dat ik een aantal jaar geleden opdracht heb gegeven voor de bouw van Undershaw," zo begon de dokter te vertellen, terwijl hij zijn snor gladstreek. "Het is uitgegroeid tot een waar thuis voor mijzelf en mijn familie, ook al is datgene wat ons echt hecht aan de plek het landschap van Surrey. Het droge weer en zijn gezonde klimaat zijn een vereiste gezien onze huidige situatie." Zijn snor ging iets meer hangen bij deze woorden. Het leek erop dat de man werd geplaagd door onprettige gedachten. "Ik moet er niet te lang bij stilstaan; ik wil alleen dat u beseft dat mijn familie tegen elke prijs op Undershaw dient te blijven."

"Ik verzeker u dat ik dat snap. Gaat u alstublieft verder, dokter," zei mijn vriend op een ondoorgrondbare toon.

"Natuurlijk, meneer Holmes." Onze klant schraapte zijn keel en veranderde ietwat van positie op zijn stoel. "De problemen begonnen enkele weken geleden. Ik had alleen in mijn kamer gezeten, toen ik besloot mijn pijp, die ik in de salon had gelaten, te gaan halen. Dat kon niet langer dan drie minuten hebben geduurd en toch lagen toen ik terugkeerde naar mijn kamer een dozijn van deze boeken, de voorkanten kapot gesneden en de pagina's eruit getrokken, over de grond verspreid.

"Op zich zou dat alleen maar een raadselachtig voorval kunnen zijn geweest, misschien wel een wrede grap van iemand. Maar wat me echt stoorde was de complete onmogelijkheid van het voorval. Zoals ik al heb gezegd was ik maar even weg en was ik de enige in het huis."

Nu was het Holmes die anders ging zitten. Hij was geen onrustig mens van nature, dus ik beschouwde de beweging als een teken dat, ongetwijfeld tegen zijn zin, zijn interesse in de zaak vanwege deze ongewone gebeurtenis groeide.

"Aangezien de beschadigde boeken edities waren van uw eigen werk, neem ik aan dat u ze ondanks de schade heeft bewaard."

"Ja, ik dacht dat…" Hier brak onze opdrachtgever langzaam zijn zin af en een flauwe glimlach tekende zich af op het gezicht van mijn metgezel. "En toch heb ik niet vermeld dat de boeken in kwestie mijn eigen werken waren. Hoewel ik niet zover zou gaan om te zeggen dat een dergelijke deductie van jou mij zou kunnen verrassen."

Ik keek naar onze klant, verrast door het feit dat hij zowel dokter als auteur leek te zijn.

"Het is de meest elementaire deductie. Als de werken van iemand anders waren geweest, zou u de vernieling vandalisme hebben genoemd en niet een grap," zei Holmes, met een nonchalance waarvan ik wist dat deze niet volstrekt oprecht was. "Daar u had gezegd dat uw problemen een aantal weken geleden zijn begonnen, neem ik aan dat dit niet de enige opzienbarende gebeurtenis van de afgelopen twee weken was?"

"Inderdaad niet," zei onze klant grimmig. "Twee dagen later bleek de openhaard te zijn volgestopt met verschrikkelijke rotzooi en het rookkanaal was afgesloten zodat de rook terug de kamer in kwam. Het was bijna onmogelijk het huis van de stank te ontdoen. En daar bleef het niet bij. De deuren en de hoofdtrap werden besmeurd, maar gelukkig konden de vlekken worden verwijderd. De salon heeft waarschijnlijk de grootste schade opgelopen. De jachttrofeeën zijn vernield en de walrusslagtanden zijn gebroken. Een aantal ramen in dit huis, die bijzonder veel voor mij en mijn familie betekenen omdat onze familiewapens erop staan, zijn ingeslagen –"

"Heeft u al enige heldere theorieën kunnen vormen over verdachten of een motief?"

"Er is niemand om te verdenken," zei onze gastheer en spreidde zijn handen. "De bedienden waren ofwel buiten ofwel met andere zaken bezig op de tijdstippen van de incidenten, en in geen enkel geval waren er tekenen van inbraak."

"U overweegt geen – het spijt me het te moeten vragen – bovennatuurlijke oorzaak?" vroeg Holmes scherp.

Onze gastheer slaagde erin een kleine glimlach op zijn gezicht te toveren. "Ik sluit niets uit, mijn beste man. Was u niet diegene die altijd opmerkte dat als alle mogelijke verklaringen niet van toepassing zijn, alleen de overgebleven onmogelijkheid waar moet zijn?" Holmes trok een wenkbrauw op, maar zei niets. Na een moment zuchtte onze klant. "Ik snap er niets van, meneer Holmes. Ik weet alleen dat het erop lijkt dat de schade door iemand in dit huis wordt toegebracht, terwijl er geen enkele aanleiding is iemand te verdenken."

Een glans verscheen in Holmes' ogen, een uitdrukking die ik heel goed kende. "Sta me toe het huis nader te onderzoeken."

Op aandringen van Holmes begonnen we met de salon, en werkten ons daarna een weg door de rest van het huis. Holmes onderzocht alles met zijn gebruikelijke aandacht, zijn hand gleed over de vlekken op de deuropeningen en hij onderzocht de meshalen in de jachttrofeeën. Hij sprak geen woord totdat we terug waren in de werkkamer en toen slechts om een nadere inspectie van de beschadigde boeken te verzoeken.

Ik sloeg een door onze klant aangeboden sigaar niet af en stak deze net aan, toen Holmes een kreet van triomf uitte. Onze gastheer en ik draaiden ons snel om en zagen Holmes voor een boekenplank staan met een boek in zijn hand.

"Ik had vanaf het begin mijn vermoedens, maar dit maakt van mijn vermoeden een feit," zei Holmes. Hij hield een overblijfsel van een boek omhoog, en ik kon alleen het woord 'Terugkeer' op het omslag lezen, voordat hij het op de plank terugschoof. "Laten we verder gaan naar de onderste verdieping. Dat is de enige ruimte van het huis die we nog niet hebben doorzocht. Ik geloof dat we ons antwoord daar zullen vinden. We zullen waarschijnlijk een kaars nodig hebben. En, Watson, zorg dat je je revolver bij de hand hebt."

We liepen naar beneden en Holmes hield een vinger tegen zijn lippen om ons tot stilte te manen. Toen we de onderkant van de smalle trap bereikten, kwam er uit de stilte plotseling een doffe dreun. We draaiden ons tegelijk om en zagen een onheilspellende figuur gehurkt in de hoek. Voordat de indringer onze richting op kon komen, stapte ik naar voren met de revolver op hem gericht.

Onze prooi bevroor in het halfduister, en met de revolver gaf ik hem te kennen dat hij tegen de muur moest gaan staan. Onze gastheer stak zijn kaars hoger in de lucht terwijl onze gevangene wijselijk gehoor gaf aan mijn aanwijzing. Mijn hart ging sneller slaan toen ik de wrede blauwe ogen onder het diepgelijnde voorhoofd aanschouwde. Het was een gezicht dat ik mij maar al te goed herinnerde.

"Zoals ik al had verwacht," zei Holmes sereen. "Mag ik u voorstellen aan kolonel Sebastian Moran, de rechterhand van wijlen professor Moriarty?" Morans ogen schoten vuur; hij keek echter niet naar Holmes, maar naar onze klant.

"Hoe wist je dat, Holmes?" vroeg onze gastheer, terwijl hij verbijsterd naar de kolonel keek.

"En hoe is het mogelijk?" vroeg ik, met mijn revolver nog steeds op Moran gericht. "De dokter – vergeef me, mijnheer – werkte ooit samen met Moriarty. Hoe wist je dat ook de vandaal een bendelid van Moriarty was?"

Holmes hield zijn blik intens gericht op de grommende schurk.

"Omdat onze opdrachtgever alleen maar oppervlakkige trouw toonde aan Moriarty en zijn loyaliteit niet zo ver strekte als bij een bendelid zoals Moran."

"Maar de schurk kon iedereen geweest zijn", zei onze klant met een uitdrukking van volslagen verbijstering. "Wat deed u vermoeden dat …?"

"U zei het zelf," zei Holmes, over zijn schouders onze gastheer toesprekend. "De misdaden konden alleen zijn gepleegd door iemand in het huis. Omdat de bedienden niet als schuldigen in aanmerking kwamen, bleef er maar één mogelijkheid voor deze 'inside job' over. Een personage dat u zelf heeft gecreëerd sprong van de pagina's van juist dat boek dat hij zo graag wilde vernietigen."

Ik keek Holmes vragend aan, maar onze gastheer leek mijn vriend perfect te begrijpen.

"Maar, om te weten dat het Moran was?" vroeg de dokter.

"Ik had al mijn vermoedens vanaf het moment dat ik de toestand van de jachttrofeeën in uw salon zag," zei Holmes. "Moran ziet zichzelf in de eerste plaats als een jager. Een man die het genot van de jacht zo waardeert ziet het verwoesten van de trofeeën van een ander als de ultieme belediging. Maar mijn theorie werd pas bevestigd toen ik de boeken onderzocht. Ze waren allemaal beschadigd, maar slechts één was er in tweeën gescheurd: 'De Terugkeer'. Het boek waarin het lot van Moran werd beslecht – en waarin mijn eigen lot aan mij werd teruggegeven."

"Moriarty vertrouwde je!" Moran spuugde de woorden naar de dokter. "Je had het perfecte plan uitgebroed om de wereld voor altijd van Holmes te bevrijden. En toen moest je plotsklaps alles aflasten! Je liet de doorn in het oog van iedere crimineel in de wereld herleven!" "Maar waarom heb je het huis aangevallen?" zei onze gastheer, en er was meer verwarring dan woede of angst in zijn ogen te zien. "Als een jager van jouw kaliber mij zou willen doden, dan zou dat toch al zeker..." De woedende grom van Moran kapte zijn zin af. "Ik wil u niet doden, dokter Doyle, ik wil u alleen maar ruïneren – zoals u mij geruïneerd heeft!"

"U was van plan de rust van Undershaw te vernietigen; om de gemoedsrust en de inspiratie die onze vriend Doyle als auteur op deze plaats heeft gevonden te saboteren," zei Holmes, en ik realiseerde me met een schok dat dit de eerste keer was dat Holmes onze klant bij zijn naam genoemd had.

"Ik was van plan die inspiratie te vernietigen voordat hij nog meer dood en verderf onder eerlijke criminelen zou veroorzaken, meneer Holmes," aldus Moran. "Had ik nu maar sneller gehandeld."

"Als dat u nu eens was gelukt, hè? En nu, kameraad Watson, zou je me misschien kunnen helpen de kolonel naar boven te leiden terwijl we wachten op de komst van de lokale politie?"

Later die avond, toen we ons klaarmaakten voor onze terugreis naar Baker Street, richtte Holmes zich nogmaals tot onze gastheer en keek hem direct in de ogen. "Ik vroeg me af, mijnheer Doyle, of u teleurgesteld bent dat uw mysterie toch niet het werk was van een ooit bekende, heengegane geest?" En door die woorden heen hoorde ik een onuitgesproken uitdaging klinken.

"Je spot met mijn overtuigingen, Holmes," antwoordde onze klant hierop, maar er kwam een soort genegenheid in zijn blik. "U oordeelt te hard over mij. We willen toch eigenlijk nooit accepteren dat... dat we een vriend voorgoed hebben verloren."

Holmes keek de schrijver nadenkend aan en ik zag ze een blik van wederzijds begrip uitwisselen.

"Ik vroeg me af of u en uw metgezel beschikbaar zijn voor andere opdrachten?" Doyle praatte verder, terwijl er, net zichtbaar onder zijn snor, een kleine glimlach rond zijn mond speelde. "Er is een andere merkwaardige zaak waarvan ik gehoord heb. Het betreft een serie ongewone gebeurtenissen in Norwood..."

"Ik zou u daar heel graag een handje mee helpen, dokter Doyle."

Hoewel we toen afscheid namen, kan ik verheugd meedelen dat mijn vriend Sherlock Holmes en ik vanaf die dag niet zelden te gast waren in het huis met de naam Undershaw.

Een Moordzaak
door Carla Coupe
Silver Spring, Maryland, Verenigde Staten

Fel zonlicht drong door de ramen en verlichtte de kamer waarin Holmes en ik zaten te lezen en te genieten van onze after-lunch sigaretten. We keken op toen we iemand flink hard op onze voordeur hoorden kloppen.

"Verwacht je iemand?" vroeg ik en legde mijn krant opzij. Holmes keek op. "Nee."

Even later kondigde mevrouw Hudson onze klant aan. Een dame van middelbare leeftijd, met een intelligent en capabel voorkomen.

"Meneer Holmes?" vroeg ze, terwijl wij opstonden.

Holmes boog. "Dit is dokter Watson, mijn Boswell en collega. Gaat u alstublieft zitten en vertel ons over de tragedie die zich gisteravond heeft afgespeeld ."

Ze drukte haar hand ferm tegen haar borst, verbleekte en wankelde. "U heeft het al gehoord?"

Ik ging bezorgd naast haar staan. "Alstublieft mevrouw, gaat u toch zitten. Ik laat mevrouw Hudson wel thee halen."

"Dank u, dokter," zei ze, en met een diepe zucht ging ze op een stoel zitten.

Ook Holmes ging zitten en kruiste zijn benen. "Ik weet helemaal niets over u, behalve dat u een weduwe bent, dat u gisteravond een gewonde man heeft bijgestaan, en dat u vanmorgen een vroege trein naar Londen heeft genomen."

Ze knikte. "U heeft vrijwel alles juist, meneer Holmes. Uw reputatie is mij bekend en daarom ben ik niet verbaasd over uw scherpzinnigheid. Maar belangrijkere zaken hebben nu prioriteit. Ik ben mevrouw John Maurice. Ik moet bekennen dat ik niet veel geld heb. Ik zal echter een manier vinden om u te betalen…"

Terwijl Holmes haar verzekerde dat een betaling niet nodig zou zijn, belde ik voor mevrouw Hudson en vroeg haar om thee te zetten. Daarna kwam ik terug om het verhaal verder te horen.

"Ik ben de huishoudster van dokter Henry Undershaw. Hij is een fatsoenlijk man en toegewijd arts. Enige tijd geleden heeft de heer Dennis Velope, een oude vriend van de dokter, hem een bod gedaan op zijn huis en het bijhorende land. De dokter weigerde echter zijn bezit te verkopen en daarop volgde er een periode waarin de twee elkaar weinig spraken. "Tot gisteren heeft meneer Velope de zaak niet laten rusten. Hij uitte voortdurend bedreigingen aan het adres van dokter Undershaw."

"Hoe reageerde de dokter hierop?" vroeg Holmes.

"Het greep hem zeer aan, aangezien zij altijd zulke goede vrienden waren geweest."

Mevrouw Hudson kwam met een dienblad binnen en mevrouw Maurice pakte met een dankbare knik een kopje thee. Ik zag haar gezicht weer wat kleur krijgen en ik gaf Holmes een signaal dat hij verder kon gaan met het stellen van zijn vragen.

"Wat is er gisteren gebeurd?" vroeg hij onomwonden.

"De dokter ontving een korte brief en hij informeerde mij dat Velope die avond langs zou komen om hun vriendschap te herstellen."

"Was dokter Undershaw verrast door dit nieuws?"

"Hij was zeer verbaasd, geloof ik. Velope stond er niet om bekend snel van gedachten te veranderen. Eigenlijk…" Ze twijfelde.

"Ja?" vroeg ik en glimlachte bemoedigend.

"Nou, hij is, om het maar kort door de bocht te zeggen, een koppige vent met een nogal wraakzuchtig karakter."

Holmes grinnikte tevreden. "Mijn onderzoeken zouden een stuk makkelijker zijn als al mijn klanten zo open en eerlijk waren. Vertelt u verder.

"Gisteravond heb ik de deur opengedaan voor Velope. Ik herkende hem nauwelijks, zo erg was hij veranderd. Zijn gezicht was bleek en vertrokken en hij had grote wallen onder zijn ogen. Ik heb hem naar de studeerkamer gebracht en toen ik wegliep hoorde ik dat achter me de deur op slot werd gedaan."

"Wat deed u toen?" vroeg Holmes.

"Ik keerde terug naar de zitkamer. Het was laat, maar ik was er niet gerust op om naar bed te gaan. Tenminste niet zolang Velope nog steeds in het huis was." Ze perste haar lippen op elkaar. "Gelukkig maar. Nog geen kwartier later hoorde ik een verschrikkelijk gekletter en een aantal dreunen uit de studeerkamer van de dokter komen.

"Ik rende naar de deur, maar deze was nog steeds op slot. Ik hoorde verheven stemmen, toen plotseling een gil. Ik probeerde met mijn eigen sleutels de deur te openen, maar mijn handen trilden en het duurde even voordat het me lukte de sleutel in het slot te steken. Uiteindelijk kreeg ik hem open."

Ik leunde naar voren. "Mijn God! Wat was er allemaal in die kamer gebeurd?"

"De kamer was een janboel. Het mahoniehouten leestafeltje was omgevallen, stoelen waren omgegooid, papieren lagen over het gehele tapijt verspreid." Ze huiverde. "Voor de haard zag ik de dokter zo stil als de dood op de grond liggen. Uit wanhoop sloeg mijn hart een paar slagen over. Toen pas zag ik Velope in de vensterbank liggen met zijn gezicht naar beneden, met een mes in zijn rug en overal bloed." Ze werd stil en ik zag dat ze haar handen stevig vouwde en op haar schoot legde.

"Die aanblik verlamde mij van angst, zo griezelig!"

"Dat verbaast mij niets!" zei ik. "Het moet afschuwelijk zijn geweest. Wat deed u vervolgens?"

"Ik rende naar de dokter. Ik was zo opgelucht toen ik merkte dat hij nog ademde!"

Holmes stak even zijn hand op. "Ik zou het erg op prijs stellen als u de toestand van zijn kleding zou kunnen omschrijven."

Zij antwoordde verbaasd, "Zijn kleding was gekreukeld, maar verder was er niets bijzonders aan te zien."

"En zijn handen?"

"Er is mij niets aan zijn handen opgevallen."

"Dank u. Gaat u verder."

"Ik riep de kokkin, die nog in de keuken botten aan het afkoken was. Zij heeft op haar beurt de schoenenjongen wakker gemaakt en hem opdracht gegeven een politieagent te halen. Ik controleerde Velopes hartslag en constateerde dat hij wijlen Velope was geworden."

Ze trok haar neus op. "Ik heb de dood eerder gezien, heren, en ik weet dat het geen mooie zaak is, maar u had hem moeten zien! Zijn gezicht was helemaal verwrongen en hij stonk verschrikkelijk."

"Verschrikkelijk, waarnaar?" vroeg ik.

"Het was een zoete, misselijkmakende geur."

Holmes stond op en liep naar de haard. "Was u de geur ook al opgevallen toen hij die avond binnenkwam?"

"Ja, ik ben er zeker van."

"Ja, ja." Hij knikte langzaam. "Hoe lang duurde het voordat de agent kwam?"

"Hij kwam binnen een half uur. Terwijl wij wachtten, had ik de tuinman de dokter naar de voorkamer laten brengen." Zij keek me aan. "Ik kon hem niet laten liggen, dokter Watson. Niet met het lichaam van Velope in de buurt." Ik knikte. "Ik ben ervan overtuigd dat u heel voorzichtig bent geweest. Was hij inmiddels weer bij bewustzijn gekomen?" "Nou, niet bepaald. Hij was erg moe en mompelde iets. Toen ik tegen hem sprak gaf hij geen antwoord. Hier had hij een zwelling." Met haar vinger raakte zij haar slaap aan. "En hij had meerdere blauwe plekken op zijn gezicht."

"Ik zat bij de dokter toen de agent kwam. Mijn hemel, wat een drukte was het ineens! Er werden telegrammen verstuurd en binnengebracht. Er kwam steeds meer politie. Ze kwamen binnen, gingen naar buiten en kwamen weer naar binnen.

"Het morgenrood was bijna zichtbaar, toen er iemand op de deur klopte. Zijn naam was Athelney Jones en hij vertelde me dat hij van Scotland Yard kwam." Ze maakte een afkerend geluidje. "Hij mag dan wel van Scotland Yard zijn, maar een heer is hij zeker niet. Hij liep langs me heen en schudde de dokter bij zijn schouders.

"'Wakker worden,' zei hij bruusk. 'Ik heb een aantal vragen voor jou, kerel.' Ik wist al snel wat voor een man hij was! Er hing meteen een vervelende sfeer in de kamer. Stel je eens voor, een gewonde man op zo'n manier behandelen, of je nou een politieagent bent of niet!"

"Inderdaad, mevrouw Maurice." Holmes' lippen trilden alsof hij een glimlach probeerde in te houden.

"Als we allemaal nou zo'n geweldige beschermer als u zouden hebben," zei ik.

Ze bloosde. "Toen de dokter eenmaal fatsoenlijk kon spreken, liet ik Jones natuurlijk wel komen. Hij wenste echter niet dat ik bij de dokter zou blijven tijdens de ondervraging. Dokter Undershaw, die zelf wel een echte heer is, wat zeg ik, een engel, zei tegen me dat alles goed zou komen."

Haar ogen traanden en ze haalde een zakdoekje uit haar handtas.

"Maar niets kwam goed, meneer Holmes! Ik was nog geen vijf minuten uit de kamer, voordat Jones naar buiten kwam met de dokter bij

199

zich. De dokter vertelde me dat hij gearresteerd werd op verdenking van doodslag. "Als je de blauwe plekken van de dokter zou wegdenken, was zijn gezicht spierwit. Hij zei dat hij zich niets herinnerde van de afgelopen nacht, maar dat hij het volste vertrouwen had in het onderzoek van Scotland Yard. Hij vroeg mij ook een berichtje te sturen naar de familieadvocaat. En toen nam Jones hem mee, ook al was hij nog steeds niet in staat om fatsoenlijk op zijn benen te staan en ik ben er zeker van dat hij ook nog eens een verschrikkelijke hoofdpijn had."

"Waarom bent u naar mij toegekomen?" vroeg Holmes.

"Ik heb gehoord van uw bekwaamheid op het gebied van dit soort onderzoek. Ik zei tegen het dienstmeisje dat ze, nadat de politie in de studeerkamer klaar was, niets mocht opruimen. Ik heb vervolgens de eerste de beste trein naar Londen genomen, vastberaden u om hulp te vragen. Als iemand de onschuld van de dokter kan bewijzen, dan bent u dat toch zeker! En nu," zei ze, knikkend, "vertrouw ik de gehele zaak aan u toe, meneer Holmes."

Gedrieën namen wij de middagtrein vanaf Waterloo. De reis met de koets was zo kort dat we gemakkelijk naar het huis van dokter Undershaw hadden kunnen lopen. Holmes liet zijn blik gaan over het prachtige Gregoriaanse gebouw en de goed onderhouden tuin alvorens zich naar binnen te haasten. Ik bood mevrouw Maurice mijn arm aan, maar zij gaf aan dat ik Holmes diende te volgen.

Ik vond Holmes in de studeerkamer, gehurkt naast de open haard waar hij een koperen spatbord bestudeerde. Ik keek naar de kamer, die nog steeds een puinhoop was, en liep naar de bloederige vensterbank waar zonder twijfel het lichaam van Velope gelegen had. Roestbruin bloed besmeurde de kussens en lag in grote poelen op de grond. Het raam was goed gesloten en voorzien van zware blinden.

Toen mevrouw Maurice naast me kwam staan liet Holmes zijn scherpe blik de kamer rondgaan. Hij ging naar de buffetkast en boog zich over twee wijnglazen, waarin nog steeds bezinksel zat. Na het likeurstel te hebben bestudeerd liep hij naar het raam en begon aan een nauwkeurig onderzoek van de kussens en luiken. Na afloop sloeg hij zijn handen in elkaar en een glimlach verscheen op zijn gezicht.

"Mevrouw Maurice, u heeft het juist gezien: de beste dokter is geen moordenaar, en omdat u mij prompt heeft geraadpleegd kan ik het ook bewijzen." Hij negeerde haar kreten van verrassing en genoegen en praatte verder. "Verschuif geen een enkel molecuultje stof in deze kamer." Hij draaide zich naar mij toe. "Watson, we moeten de laatste trein halen. Morgen komen we samen met inspecteur Athelney Jones terug en zullen we de ware toedracht duidelijk maken."

Die avond weigerde Holmes de zaak verder te bespreken, zelfs niet op de meest indirecte wijze. Daarom dwong ik mijzelf er niet over na te denken en genoot van het voortreffelijke eten en drinken van Simpsons. De volgende ochtend trof ik Holmes en de inspecteur op Waterloo. Ik ben er nooit achter gekomen welk overtuigingsmiddel Holmes had gebruikt om Athelney Jones te bewegen met om ons mee te komen, maar het had duidelijk gewerkt.

We gingen in onze coupé zitten en Athelney Jones keek Holmes aan en fronste. Holmes keek naar buiten en rookte zijn pijp. Toen richtte de inspecteur zijn blik op mij.

"Welnu dokter! De man is nagenoeg betrapt toen hij het mes in de vermoorde kerel stak. Hij is duidelijk schuldig. Je geeft me toch wel een hint van wat jullie hebben gevonden? Meneer Holmes zwijgt als het graf, maar ik weet dat u een fatsoenlijk man bent en me graag uit mijn onwetendheid zou willen verlossen."

Ik glimlachte. "Ik ben bang dat ik u niet kan helpen, inspecteur, ik weet net zoveel als u. U weet dat Holmes ervan geniet mensen te verrassen."

Ondanks het bijna voortdurende gemopper van de inspecteur was het een fijne tocht en ik genoot ook nog van een fijne wandeling van het station naar het huis.

Mevrouw Maurice groette ons bij de deur. Holmes weigerde de aangeboden koffie, hoewel Jones er uit zag alsof hij geen nee zou hebben gezegd. Holmes leidde ons naar de studeerkamer waar hij een centrale positie innam.

"Nu, mijn beste inspecteur," zei hij met veel plezier in zijn stem, "zou u mij de door u gemaakte reconstructie van de reeks gebeurtenissen van de afgelopen nacht kunnen uitleggen, gebaseerd op het bewijs dat u heeft gevonden en het ondervragen van de dokter?"

"U heeft me helemaal hierheen gebracht, alleen maar om u te vertellen wat ik reeds weet?" proestte hij. "Goed dan, Holmes. Ik zal de gebeurtenissen uiteenzetten, ondanks het feit dat de dokter zogenaamd aan geheugenverlies lijdt. Het slachtoffer kwam hier rond tien uur aan en werd deze kamer in geleid. Zoals in zijn brief te lezen is, kwam hij om hun ruzie weer bij te leggen en de twee mannen genoten van een vriendschappelijk glaasje wijn. Kijk maar naar de lege glazen op het buffet." Hij wees naar de kelken. "Ze praatten, maar de dokter was niet bereid de excuses van Velope te accepteren. Hun gesprek werd langzamerhand een twistgesprek, dat ontaardde in een gevecht. Tijdens hun strijd werden de meubels omvergegooid en vielen er papieren op de grond. De dokter was buiten zinnen: hij pakte het mes dat als briefopener werd gebruikt en stak het in Velopes rug. Diens arm raakte daarbij de dokter zo hard dat de dokter tegen de haardrand viel, waardoor hij zijn hoofd verwondde en zijn bewustzijn verloor. Velope stierf vrijwel onmiddellijk."

Jones eindigde zijn betoog met een krachtige knik. "Dit, mijn heren, zijn de feiten."

"Uitstekend, inspecteur! Waarachtig een opmerkelijke reconstructie," zei Holmes.

"Dat is de soort deskundigheid die ervaring met zich meebrengt," zei de inspecteur met een tevreden glimlach.

"Vanzelfsprekend zijn je conclusies bijna geheel foutief. Ze zijn tenslotte gebaseerd op vooroordelen en oppervlakkige waarnemingen."

Holmes negeerde de verontwaardigde reactie van de inspecteur en ging verder.

"Eén feit had je juist: Velope kwam zeker aan om tien uur. Maar hij kwam niet om de relatie tussen de twee heren te verbeteren; hij kwam om zijn oude vriend in diezelfde staat te brengen waar hij nu zelf in verkeert. Denk na, inspecteur! Mevrouw Maurice zegt dat Velope helemaal veranderd was: mager, met een slechte kleur. Watson, zou je het wagen een schatting te doen naar zijn toestand?"

Ik schrok van zijn vraag en dacht na. "Niet zonder meer data; hoewel het klinkt alsof hij leed aan een chronische, slopende ziekte."

"De precieze aard van zijn ziekte is nu van geen belang. Het volstaat om te zeggen dat Velope geen gezonde man was en behoorlijk veel pijn leed. Dit weten we omdat hij een kleine hoeveelheid opium had gerookt voordat hij hier aankwam."

"Opium?" Athelney Jones schudde zijn hoofd. "Dat kan je onmogelijk bewijzen."

"De geur, inspecteur! Het is absoluut onmiskenbaar. Mevrouw Maurice had het over de misselijkmakend zoete geur die Velope met zich meebracht en inderdaad, de geur is nog steeds waarneembaar op de kussens waarop zijn lichaam heeft gelegen. Hij had echter niet genoeg opium genomen om die bijwerking te hebben die zo kenmerkend is voor zware opiumrokers: lusteloosheid. Hij gebruikte daarentegen een hoeveelheid die zijn pijn zou verminderen en het voor hem mogelijk zou maken zijn plannen door te zetten."

"En wat voor plannen dan wel?" De inspecteur sloeg zijn armen over elkaar en staarde naar Holmes.

"Om dokter Undershaw onterecht beschuldigd te krijgen van moord."

De verwarde gezichtsuitdrukking van Athelney Jones was bijna komisch, hoewel ik moet bekennen zijn verbazing te hebben gedeeld.

"Maar Holmes," zei ik, "er was een gevecht, het bewijs is duidelijk. En er is ook nog het feit dat Velope in zijn rug is gestoken, dat kan hij natuurlijk niet zelf hebben gedaan."

"Inderdaad!" riep de inspecteur, "de feiten ondersteunen mijn theorie!"

"Ah, maar hij *heeft* zichzelf wel degelijk neergestoken," zei Holmes. "Dennis Velope was een kille moordenaar die wilde dat dokter Undershaw zou hangen voor een moord die hij nooit heeft gepleegd."

"Maar wat is er dan gebeurd?" vroeg ik.

"Het bewijsmateriaal verklaart het gehele verhaal, heren. Velope komt binnen en wordt begroet door dokter Undershaw. Velope wil liever niet gestoord worden tijdens hun conversatie en daarom doet de dokter de deur op slot. Bijna onmiddellijk slaat Velope hem buiten westen. De dokter valt neer bij de haard en Velope kan nu doorgaan met zijn sluwe plan."

"Waarom heeft Velope hem dan niet gewoon vermoord toen hij machteloos was?" vroeg ik.

"Dat zou een te rechtstreekse wraak zijn. Nee, Velope was een zeer wraakzuchtig man. Ik vermoed dat hij er achter kwam dat hij snel zou sterven, en hij wenste dat de dokter zou lijden. Hij wachtte totdat

203

het huis doodstil was en hield zichzelf bezig met het lezen van privécorrespondentie van de dokter en het drinken van wijn."

"Maar er waren twee glazen gebruikt," zei de inspecteur.

"Één man kan uit twee glazen drinken," zei Holmes. "Onthoud, inspecteur, dat het zijn bedoeling was dat de politie zou denken dat zij beiden een vriendschappelijk gesprekje aan het houden waren. Toen er eenmaal geen geluid meer uit het huis kwam pakte hij de briefopener en bevestigde deze, met het blad van het mes naar buiten gericht, aan het haakje van de luiken. Toen begon hij al het meubilair om te gooien en te schreeuwen, alsof er een gevecht was ontstaan."

"En dat was het moment dat de man zijn ware aard toonde," ging Holmes verder op een ernstige toon. "Want toen stond hij met zijn rug naar het raam, de punt van het mes tegen zijn jasje, en gooide zichzelf naar achteren op het lemmet. Met zijn laatste krachten rees hij op en trok met zijn lichaam het handvat uit de bevestiging, waarna hij neerstortte inde vensterbank. Als u het vensterblind zou bestuderen, inspecteur, zouden de gedroogde druppels bloed die door de wanhopige stoot uit het lichaam zijn gespoten, u niet ontgaan."

Athelney Jones liep naar de vensterbank. Hij keek fronsend naar het vensterblind en keerde zich vervolgens weer om. "Dit is allemaal mooi en wel, meneer Holmes, maar ik heb meer bewijs nodig om de dokter onschuldig te verklaren."

"Dat is niet moeilijk," zei Holmes. "Als eerste zal een nauwkeurige inspectie van het ivoren handvat van de briefopenerkrassen onthullen die overeenstemmen met de krassen die gemaakt zijn op het haakje van de luiken."

"Hoe wist je van het ivoren handvat? Heeft de huishoudster het je verteld?"

"Dat was niet nodig," zei Holmes. "Er zijn resten ivoor achtergebleven op het haakje van het vensterblind. Hij heeft de briefopener nauwkeurig bevestigd voor het uitvoeren van zijn taak. Ten tweede, je hebt dokter Undershaw gisteravond gezien. Was er enig spoor van bloed te vinden op zijn handen of kleding?"

De inspecteur fronste diep. "Nee."

"Als men kijkt naar het patroon van het op de luiken gespoten bloed en de positie van de briefopener in zijn rug, zou het nooit voor de dokter mogelijk zijn geweest om Velope neer te steken en geen bloed op zich te krijgen. Velope pleegde zelfmoord op een manier die ervoor had moeten zorgen dat zijn voormalige vriend tot de doodstraf veroordeeld zou worden."

"Mijn hemel," fluisterde ik. "De man was geschift."

De inspecteur staarde lange tijd naar de vensterbank en zuchtte diep. "Geschift of niet, dokter, hij kreeg wat hij verdiende. Ik geef het niet graag toe, maar u heeft mij overtuigd, meneer Holmes. Ik zal de eerstvolgende trein naar Londen nemen en ervoor zorgen dat de aanklachten tegen dokter Undershaw worden ingetrokken."

"Meneer Holmes, dokter Watson!" Mevrouw Maurice schudde mijn hand opnieuw toen we bij de deur stonden. "Ik kan u niet genoeg bedanken voor alles dat u voor ons heeft gedaan."
Holmes boog en liep de oprit af.

"Het was werkelijk een genoegen," antwoordde ik, terwijl het mij enige inspanning kostte om mijn hand te bevrijden. "En ik zal u voor altijd dankbaar zijn dat u Holmes de mogelijkheid heeft gegeven Undershaw te redden."

De Pop en de Poppenmaker
door Patrick Kincaid
Coventry, Verenigd Koninkrijk

Onthoud, en hier kan je niet omheen;
de pop en zijn maker zijn nimmer één.
- ARTHUR CONAN DOYLE

Toen Herbert mij ten huwelijk vroeg, vond ik het noodzakelijk enige verbazing te veinzen. Daarom deed ik het hoge meisjesachtig gilletje na dat ik ooit in een theater had gehoord. Dat maakte hem aan het lachen, waardoor ik het zilver in zijn kiezen kon zien. Wie had hem zo'n zoetekauw gemaakt vroeg ik me af: de medische vader of de dode moeder? Nee, het was waarschijnlijker dat het een of andere bediende was die met zijn opvoeding opgezadeld was geweest. Hoe dan ook, het was dat wat hij erna zei dat mij echt deed gillen.

"Rustig aan, meisje," zei hij. "Ik zal niet zo opgewonden reageren als jij me meeneemt naar je moeder."

"Maar zij is geen beroemd schrijver."

"Beroemd of niet, mijn ouwe heer is nauwelijks interessant. Daar staat hij nogal bekend om."

De vrijdag daarop reden we over de South Downs, een late zomerzon najagend. Ik lachte plichtsgetrouw om Herberts grappen, die hij moest brullen om de motor te overstemmen.

Aangezien Herbert onvoorstelbaar hard over landweggetjes scheurde, hield ik mijn stoel stevig vast. Na Rotherfield was de weg recht. Een tijdlang sneden we een lijn door het weidse landschap totdat we in een bos van nieuw aangeplante dennenbomen kwamen. Op de top van een heuvel kwamen we oog in oog te staan met een indrukwekkend landhuis in quasi-Schotse stijl; onze eindbestemming. Het was een artistieke en ambachtelijke creatie van karmozijnrode bakstenen met een familiewapen boven de dubbele, eikenhouten deuren.

"Het huis is ontworpen door een bovennatuurlijke hond," zei Herbert toen hij uit de auto sprong. "Helemaal niet iets waar wij, de eerstgeborenen in het gezin, aan gewend waren."

"Je woonde hier nog niet als kind?"

"Oh nee. Ik ben opgegroeid in een huis met erkerramen en puntgevels, niet in een waanzinnig kasteel!"

Een donkergetinte man, Herbert noemde hem Billy, kwam uit het huis om de koffers te dragen, Ik probeerde in zijn verschijning trekken van de onschuldige page die hij ooit moet zijn geweest terug te vinden, maar vond slechts de sporen van een buitensporig leven. Achter de dubbele deuren, in de hoge hal, werden we begroet door een dertienjarige jongen, gekleed in pofbroek en een sportieve trui. "Het zijn Bertie en zijn vriendinnetje," riep hij en stormde door een andere eikenhouten deur nog dieper de burcht in. We volgden hem naar een grote ontvangstkamer, ruim voorzien van ligbanken. De openhaard alleen al zou een heel familiehuis uit een achterbuurt van Londen kunnen huisvesten.

"Deze schobbejak heet Edward," zei Herbert, en trok aan het oor van de jongen, die ineenkromp en met zijn vuist in de buik van Herbert stompte.

"Wat is dat op je wang, jij boef?"

Er was een blauwe plek in de vorm van een platte hand te zien.

"Papa heeft dat gedaan."

"En wat had jij gedaan?" Herbert probeerde aan het andere oor van de jongen te trekken.

De jongen dook weg. "We waren buiten de pastorie in de auto op Mama aan het wachten, en toen zag ik een vrouw, die precies op een varken leek, uit een winkel komen. Ik spreek de waarheid, Bertie. Ze had een snoet en alles! Dus ik zei tegen Alexa, 'Kijk dat lelijke mens eens.' En papa draaide zich om en haalde naar mij uit. 'Een vrouw is nooit lelijk,' zei hij."

"Hij is echt enorm Victoriaans," vertelde Herbert mij. "Niet dat je het niet verdiende, schobbejakje. Trouwens, dit is…"

"Ik weet wie zij is!" gilde hij en snelde weg door een andere deur.

Herbert schudde zijn hoofd. "De genen van zijn moeder, ben ik bang. Nu, ik veronderstel dat je je wenst op te frissen, meisje. Ik moet een telefoontje plegen, maar Billy brengt je naar je kamer. Ik zie je hier weer over, laten we zeggen, een half uurtje?"

En met een kus vertrouwde hij me toe aan de overjarige jongen in livrei.

Terwijl ik de met rood tapijt bedekte trappen naar boven liep en door van donkere houten panelen voorziene gangen werd geleid, luisterde ik goed of ik iets kon horen dat zou verklappen of de heer des huizes thuis was. Het enige dat ik hoorde was het hijgen van mijn gids. Hij bracht mij tot de deur van een kamer, die net zo licht en vrolijk was als de rest van het huis somber: de hele kamer en elk meubelstuk erin was bekleed met bloemen in schakeringen van crèmewit en roze. Ik stapte naar binnen en telde tot twintig; toen stapte ik weer naar buiten, de duistere gang in. Ik hield mijn hoofd scheef zoals een spaniël soms doet. Het was dom van me: ik wist dat mijn prooi nog steeds de voorkeur gaf aan pen en inkt, en er zou dus geen getik en gerinkel van een Remington zijn om me naar hem toe te leiden. Er verstreek echter nog geen minuut of ik hoorde ergens een kuch. Ik volgde het geluid tot een vertakking in de gang en zag daar een kamer waarvan de deur op een kier stond. Binnen was nog meer donker hout te zien, gestoffeerd met rood leer, kasten met netjes geordende boeken en een rijkversierd bureau met een lamp met groenen kap erop: het deed me denken aan een praktijkkamer in Harley Street. Mijn gastheer zat met zijn brede rug naar mij toegekeerd en ik keek toe hoe hij zijn pen in een inktpot doopte en de laatste lijnen aan de onderkant van een folio blad schreef. Zijn haar was wit, bij de nek zo kort als dat van een soldaat en op de kruin werd het wat dunner. Toen legde hij de pen neer en opende een lade. Ik nam aan dat hij meer papier nodig had, maar in plaats daarvan haalde hij er een revolver uit en wees hem rustig mijn kant op.

"Mijn kinderen leren van jongs af aan niet in mijn studeerkamer te komen," zei hij. "Mijn bedienden kloppen altijd eerst, en mijn vrouw is tot vijf uur niet thuis. Doe de deur voorzichtig open en stap naar binnen, jongedame."

Ik deed wat hij zei, en toen ik binnenkwam, zag ik aan de rechterkant van zijn bureau mijn schaduw voortbewegen. "Ik wilde u niet storen."

Hij stond op, met het wapen nog steeds stevig in de hand, alsof het aan een statief bevestigd was. "Daar bent u dan niet in geslaagd."

"Ik had mezelf uiteraard moeten introduceren."

"Integendeel, u had moeten wachtten om aan mij geïntroduceerd te worden."

Hij was precies zoals ik had verwacht: een voortzetting van die afbeeldingen in The Strand Magazine, die ik als meisje vroeger aandachtig bestudeerd had. Hij was lang, had een snor naar de mode van een ander tijdperk, en was van knie tot hals gekleed in op maat gemaakte tweed. Hoewel ouderdom hem een grotere omgang had gegeven en zijn lichaam zwaarder had gemaakt, was hij op een statige manier nog steeds aantrekkelijk.

"Maar ik merk dat formaliteiten minder in zwang zijn," zei hij.

"En daarnaast weet ik wie u bent."

Ik knikte naar de revolver. "In dat geval, is dat museumstuk echt nodig?"

Een glimlach passeerde als een schaduw over zijn lippen.

"Vergeef me. Ik heb mijn redenen mensen te wantrouwen die me ongezien proberen te naderen." Hij legde de revolver terug in de la.

"Een Beaumont-Adams point 442," zei ik. "De literaire commentatoren noemen het een Webley, wist u dat?"

"Nee, zo modern is het niet. Ga alstublieft zitten, dan kan ik dat ook doen."

Ik ging in de fauteuil zitten die hij had aangewezen en hij keerde terug naar zijn bureaustoel.

"Dus, wanneer was u van plan mijn zoon te vertellen dat jullie verloving een schijnvertoning is?"

Ik had natuurlijk wel verwacht dat hij slimmer zou zijn dan zijn schrijven deed vermoeden.

"Ik ben tot de conclusie gekomen dat het waarschijnlijk het beste is om simpelweg te verdwijnen" zei ik.

"Nu?"

"Morgenochtend, om zes uur. Een taxi uit Rotherfield zal me bij de poort opwachten."

Gedurende een minuut onderzocht hij me van onder zware oogleden. "Een vast inkomen, maar niet zo hoog."

"Kunt u wat preciezer zijn?"

De schaduw van een glimlach gleed weer over zijn gezicht.

"Uw spatelachtige vingertoppen," zei hij, "wijzen op het regelmatig gebruik van een typemachine, maar u gebruikt net zo vaak een pen. Het eelt op de middelvinger van uw rechterhand wijst daarop. De rode plekken aan weerszijden van uw neus vertellen me dat u een bril draagt, en aangezien u uw ogen op dit moment niet half dicht knijpt is het duidelijk dat u deze alleen voor kortere afstanden nodig heeft, zoals bij lezen en schrijven. Uw bleekheid suggereert dat u zelfs op zonnige dagen als deze binnen blijft. Uit dit alles concludeer ik dat u een student bent, en dat u uw inkomen krijgt door het typen voor oudere collegae."

Ook ik onderdrukte de impuls om te lachen. "Spatelachtige vingertoppen kunnen ook erfelijke eigenschappen zijn," zei ik. "Tekenen met een potlood kan een vinger net zo goed misvormen als schrijven met een pen. Mijn zicht kan achteruit zijn gegaan door naaldwerk. En ik kan aan bloedarmoede lijden."

Hij trok zijn wenkbrauwen op. "Had ik het dan verkeerd?

Ik glimlachte vrij. "Niet echt. Mag ik de truc bij u uitproberen?"

Hij haalde zijn schouders op. "Daarvoor ben ik te bekend."

"Dat kan betwist worden. Maar ik zal alleen maar de dingen vertellen die u probeert te verbergen."

Hij knikte zonder te glimlachen. "Het staat u vrij om het te proberen."

"Uw echte naam," zei ik, "is James, niet John."

Hij haalde zijn schouders nogmaals op. "Een schrijffout, gemaakt aan het begin van mijn carrière. U bent niet de eerste die erover begint. Ga verder."

"In Afghanistan raakte u gewond, maar noch in de schouders, noch in een been, maar in de lies."

"Beter," zei hij. "Mijn literair agent stelde de eerste leugen voor uit fijngevoeligheid en ik kwam met de tweede omdat ik de eerste vergeten was. Nog iets?"

"U bent rooms-katholiek opgevoed."

Dat verraste hem. "Is dat zo?"

Ik knikte. "Wanneer u aliassen verzint, gebruikt u meestal christelijke namen uit katholieke vertalingen van de bijbel – Elias en Isa – en achternamen uit katholiek Ierland: Moran en Moriarty."

"Bravo," zei hij. "Alhoewel de laatste geen alias was. Iets anders?"

"Ja," zei ik. "Uw eerste huwelijk was niet gelukkig."

Er was een lange stilte, waarin hij zijn handen bestudeerde. Ze waren opgezet door reuma en wanneer hij ze in elkaar vouwde, leken ze op een grote, tropische noot. Toen stond hij op om naar de deur te gaan. Ik had het verknald – het gesprek was voorbij! Maar toen hij bij de deur aankwam, deed hij hem op slot.

"U bent vrijpostig," zei hij, "maar u heeft het bij het juiste eind. Toen mijn eerste vrouw en ik elkaar ontmoetten, waren we zo vrij als vogels en bevonden ons al snel in meest romantische omstandigheden." "Ik heb erover gelezen," zei ik. "Zoals miljoenen anderen." Zijn ogen, tot dat moment in de schaduw van zijn oogleden, klaarden even op. "Maar alleen u las en begreep het ook. Alleen u, en één ander." Die implicatie emotioneerde mij. "Haar saaiheid zie ik terug in Herbert. Het is een zegen dat hij door zijn gesteldheid niet voor de militaire dienst geschikt was. Hij zou het niet overleefd hebben, zelfs niet als hij gezond zou zijn geweest. Inderdaad, ik vraag me af hoe hij een gebroken hart zal overleven." Hij probeerde me af te leiden. "Waarom heeft u niet gereageerd op mijn brief?" Hij staarde naar zijn vingers, en hij vouwde zijn handen. "Waarom wel? Ik heb dit jaar wel honderd van zulke brieven gekregen." "Maar u wist dat die van mij anders was." Hij schudde zijn hoofd. "Er was niets substantieels om het te onderscheiden van andere." "En toch wist u het." Hij rechtte zijn rug en keek me aan. "Wat u vroeg was onmogelijk en dat zal zo blijven. Uw gevoelens in deze zaak zijn niet mijn eerste zorg. U…" Hij stopte en probeerde het nogmaals. "De heer over wie u schreef…" Maar hij stopte nu definitief. "Ik begrijp het," zei ik. "Zulke mishandelingen van geest en lichaam hebben zeer zeker hun consequenties. Maar ik weet ook dat u hem beschermde: dat u een vriend was, zelfs wanneer hij er geen leek te willen hebben. Dat heb ik ook tussen de regels door gelezen. En ik heb uw recente artikel gelezen, over zijn hulp in het huidige conflict…" Nu was hij diegene die zich tegen afleiding verzette. "U haalt James en John door elkaar. Delicate perikelen voor welke ik aandacht moest hebben aan het begin van mijn loopbaan hebben hun plaats ingeruild voor nieuwe. Het is nu onmogelijk om zeden te beschrijven die niet meer legaal zijn. Overdenkt u alstublieft de reden waarom ik het artikel waar u naar verwijst heb geschreven: alhoewel er niet echt sprake is van een leugen, voelde ik mij wel genoodzaakt de onverminderde krachten te benadrukken…" hij struikelde nogmaals over zijn woorden, maar vervolgde al snel, "van mijn collega, en zijn tegenwoordige gebreken niet te noemen."

Ik probeerde iets te zeggen, maar hij hief zijn hand op.

"Oh, ik wens dat ik hem zo goed had kunnen beschermen als ik nu impliceer. Maar om de waarheid te zeggen, de realiteit en mijn verslagen begonnen al jaren geleden van elkaar af te wijken. Ik vrees dat het altijd al zo geweest is: de pop en zijn maker zijn nooit identiek."

"Dus dat is alles wat hij voor u is?" zei ik, woedend. "Een pop?"

Die opmerking was zo overduidelijk onrechtvaardig dat hij wist dat een antwoord overbodig was. In plaats daarvan keerde hij terug naar zijn stoel. Het lukte hem zelfs om een glimlach op zijn gezicht te toveren.

"Je lijkt op je moeder," zei hij.

"Zij zei dat ik op hem leek."

Hij bekeek mij nogmaals aandachtig. "Je haar is donker genoeg, dat is waar. Mag ik je om je leeftijd vragen?"

"Tweeëntwintig," zei ik.

Hij schudde zijn hoofd. "Ik had geen idee dat de...de verhouding zo lang heeft voortgeduurd."

"Met tussenpozen."

Na enige seconden zei hij, "Ik ben nooit gestopt met het volgen van de carrière van je moeder. Het lijkt erop dat ze nog steeds velen naar de concertzaal kan lokken, of in ieder geval kon zij dat voor de oorlog. Zie je haar vaak?"

"Bijna nooit."

Het duurde even alvorens hij weer sprak: "Welke achternaam heb je aangenomen? Het kan niet de naam zijn die je in de brief naar mij hebt gebruikt. Herbert zou het dan allang hebben begrepen. Toen hij jong was, las hij mijn werk zo enthousiast als geen ander."

"Ik gebruik meestal de echte naam van mijn moeder," zei ik. "Maar vaak ook de alias die u heeft verzonnen. En soms de naam van mijn vader."

De stilte die volgde was langer. Hij keek uit het raam en het zonlicht bescheen de rimpels en kuiltjes op zijn voorhoofd zodanig dat ik zijn leeftijd waarschijnlijk tot op de seconde had kunnen uitrekenen.

Uiteindelijk zei hij, "Ik twijfel er niet aan dat je zijn dochter bent. Je bent intelligent en ad rem. Daarnaast behandel je jezelf zo strikt, dat het niet meer gezond is. Je hecht ook, als ik zo vrij mag zijn, weinig waarde aan de bezittingen en gevoelens van anderen."

Ik glimlachte. Het was zijn beste deductie tot nu toe.

"Maar ook ik behoor hem toe," zei hij. "Ik was ooit medeplichtig aan zijn schijnverloving, onder een alias, met een huishoudster. Ik heb hem geholpen in te breken in huizen, meer dan één keer. En ik heb hem rechter en jury zien spelen, mannen vergevend die anders aan de galg waren geëindigd. "Zoals ik zei, u bent een ware vriend voor hem."

Hij glimlachte toen ik dat zei, waarna hij uiterst somber werd. "Ik ben nu iets anders dan een vriend voor hem. Ook niet zijn broer – je zou me zijn cipier kunnen noemen. Zijn lichaam is een kooi voor hem geworden en soms is zijn geest dat ook. Oh, hij schrijft zijn monografieën over bijen, en soms praat hij wijs over actuele gebeurtenissen. Maar hij is te vaak in zichzelf gekeerd. Vroeger zou hij immer onveranderd uit zulke fasen terugkomen, maar nu betaalt hij er een zware tol voor. We worden ten slotte allen oud." Hij bestudeerde me nogmaals grondig. "Je hebt de houding van een atleet. Scherm je?"

Ik knikte. "Mijn moeder zou het leuk hebben gevonden als ik zou zingen, maar ik heb andere talenten geërfd."

"Je bespeelt geen instrument?"

Ik schudde mijn hoofd.

"Wel, dat is in ieder geval een opluchting."

We waren van ons onderwerp afgedwaald, maar ik had geen zin meer om opdringerig te zijn. Trouwens, mijn grootste vordering was in stilte gemaakt. "Uw huis is werkelijk prachtig," zei ik, "maar erg afgelegen".

"Ik heb mijn familie."

"En vrienden?"

Hij dacht een poosje na. "Mijn literair agent woont hier niet zo ver vandaan. Maar je zal erachter komen, wanneer je ouder wordt, dat familie veel belang...." Hij stopte weer en ik probeerde mijn glimlach in te houden. En toen stond hij zichzelf toe ongeremd te lachen. "Jij hebt inderdaad andere talenten geërfd!" riep hij door zijn eigen gelach heen.

"Maar ik heb de gedachte niet in uw hoofd gestopt, dat heeft u zelf gedaan. En ik weet dat u er zelf van overtuigd bent."

213

Zijn hele uiterlijk was nu veranderd, de zware ogen stonden nu wijd open en helder.

"Natuurlijk ben ik dat," zei hij. "Familie, camaraderie, en hoffelijkheid: we verwaarlozen deze zaken met alle risico's van dien. En gastvrijheid; je zult het hele weekend blijven"

"U nodigt me uit?"

"We kunnen je niet weg laten kruipen bij het aanbreken van de dag. Maandagochtend zal ik een paar telefoontjes plegen en kijken wat ik voor je kan doen. Ik geef je mijn woord dat ik je op alle mogelijke manieren in deze zaak zal helpen. Mijn pogingen om je te belemmeren waren gemotiveerd door zorg, maar ik zie nu in dat ik misleid was."

Ik wist niet wat te zeggen: 'dank u' zou niet genoeg zijn. Maar het geluid van voetstappen in de gang en het geluid van een stem die mijn naam riep, redden mij van schaamte.

Mijn gastheer stond weer op en opende de deur: "Herbert, we zitten hier." Mijn verloofde verscheen bij de deur en stopte daar, doodstil: ik begreep toen de kracht van een al lang bestaande regel, en welke eer mij ten deel was gevallen.

Herbert – een nietszeggend figuur naast zijn stierachtige vader – keek ons aandachtig aan. "Elkaar aan het leren kennen?"

"Inderdaad," zei zijn vader, die hem bij de elleboog vastgreep en hem over de drempel haalde. "Wist je, Herbert, dat een van mijn vrienden mij eens vertelde dat hij dacht dat het leven veel eigenaardiger is dan wat we ooit zouden kunnen bedenken."

"Een van uw vrienden?" Herbert kon zijn minachting amper verbergen. "U bedoelt uw enige vriend."

Zijn vader merkte de toon wel op, maar reageerde niet. In plaats daarvan verschoof hij zijn hand van Herberts elleboog naar zijn schouder, en omhelsde hem. Herberts gezicht maakte duidelijk hoe verrast hij was. Ik kon er verbazing en een beetje angst op lezen.

"Herbert, ik moet je nu meteen vertellen dat ik het huwelijk onmogelijk door kan laten gaan. Ik zal mijn redenen later geven, maar ik beveel je deze jongedame echter wel aan als een vriend. En eentje voor het leven. Ze heeft er de afkomst voor. Nee, er mogen geen vragen zijn, Herbert. Na het diner praten we verder."

Herbert keek naar mij voor een verklaring. Hij was nu zo verbaasd dat de angst was verdwenen. "Ik ben bang dat het waar is," zei ik. "We kunnen niet trouwen. Er is een... hoe noemen ze het? Er is een verwantschap tussen ons." Mijn gastheer knikte. "Ja," zei hij, "dat is het precies. Deze jongedame is al familie. Nu, laten we naar de tuin toe gaan nu de zon nog schijnt. Geen pruimgezicht, Herbert. We mogen geen minuut van de dag die we nog hebben missen!"

Gedrieën verlieten we de kamer − en ten minste twee van ons dachten aan iemand anders.

De Geest in de Militaire Machine
door Graham Cookson
Kent, Verenigd Koninkrijk

11 September 2011: Verenigde Staten, Departement van Defensie 'Het Pentagon', Virginia.

De voorbereidingen voor de herdenking van de aanslagen op 11 september waren zo goed als afgerond. Generaal Patrick Mendoza zat in zijn kantoor aan een van de zijden van de binnenplaats. Hij keek uit het raam naar en zag hoe enige tientallen personen, slechts een klein deel van de 23.000 werknemers van het Pentagon, van de ene door de zon belichte kant van de vijfhoekige binnenplaats naar de andere kant wandelden. Sommigen van hen stopten om met anderen te praten, terwijl anderen compleet in beslag werden genomen door hun eigen dromerijen.

Generaal Mendoza zag op tegen het afhandelen van de almaar in omvang toenemende rij nog te lezen en te beantwoorden e-mailberichten.

"Shit!" mompelde hij in zichzelf bij het lezen van een bericht waarin stond dat een belangrijke weg op de route die de president zou nemen was verlegd en dat hij er voor diende te zorgen dat al het betrokken militair personeel van de verandering op de hoogte werd gebracht. "Die vervloekte geheime dienst," bromde hij. "Een beetje eerder had geen kwaad gekund."

Hij drukte op de knop van de intercom op zijn telefoon en kreeg contact met zijn secretaresse. "Jamie, houd alle inkomende telefoontjes vast en bel mijn vrouw, ik ben…" De verbinding werd verbroken.

De lichten in het kantoor begonnen chaotisch te knipperen en zijn computerscherm begon te flikkeren; nieuwe vensters openden en sloten zich lukraak. Het lichtje van het stille alarm in de hoek van zijn kantoor begon indringend rood te knipperen.

"Wat de…?" De generaal keek om zich heen, totaal verbijsterd door de elektronische chaos.

"Wat is er aan de hand?" vroeg Jamie aan de andere kant van de intercom.

Generaal Mendoza beantwoordde haar vraag niet. Zijn blik was gericht op een nieuw venster op zijn computer dat open bleef en waarop een aflopende digitale klok zichtbaar was geworden.

Vijf, vier... De generaal kon zijn blik niet van de opflitsende cijfers houden.... drie, twee....één. De teller stond op nul.

Jamie luisterde gespannen naar wat er aan de andere kant van de intercom gebeurde en hoorde een luide klik en vervolgens een schurend geluid.

"Hallo? Wie is daar?" hoorde ze de generaal roepen.

Ze hoorde enige onduidelijke geluiden, waarschijnlijk een stoel die werd verplaatst, en voetstappen. Daarna niets. Een minuut lang wachtte ze geduldig. Toen was er een harde knal en een klik aan de andere kant van de lijn.

Dat was het moment dat Jamie opstond en zich naar het aangrenzende kantoor spoedde. "Generaal?" vroeg ze, verbaasd de kamer afspeurend.

Majoor Powell probeerde zijn medewerkers te kalmeren. Hij stond tenslotte aan het hoofd van de beveiliging. Het moest wel een computervirus zijn. Hij wist niet hoe, maar op een of andere manier had het zich door de firewall heen gewerkt en bracht een ware ravage aan in het beveiligingssysteem van het gebouw. Schijnbaar willekeurig gingen deuren plotseling open of dicht en een aantal alarmcircuits in het gebouw werd uitgeschakeld.

Gevolg was dat het gehele gebouw werd vergrendeld en het niemand werd toegestaan het gebouw binnen te komen of te verlaten alvorens het probleem was opgelost. Iedereen in het gebouw diende te worden gecontroleerd, sectie na sectie.

Om 2.00 uur was slechts één persoon nog niet gecontroleerd. Het was Patrick Mendoza; generaal Patrick Mendoza.

12 September 2011: 221B Baker Street, Londen.

"Wel, het ziet er naar uit dat de herdenking van de Twin Towers is geslaagd," merkte Watson op. Hij vouwde zijn krant op en keek naar Sherlock, die op zijn beurt een opgezette bever op de schoorsteenmantel bekeek.

Dat had hij overigens al gedaan vanaf het moment dat hij het pak had geopend dat door mevrouw Hudson op de drempel van hun voordeur was aangetroffen. Er was noch een aantekening, noch een adres bij. Daaruit viel op zijn minst uit af te leiden dat, zoals Sherlock uiteengezet had, het pak uiteraard door een persoon was bezorgd en dat het zonder enige twijfel bedoeld was voor een van de inwoners van 221B. Maar de bever zelf was de echte verrassing. Het dier was zodanig geprepareerd dat het op zijn achterpoten stond en de klauwen van zijn rechtervoorpootje innig een pijp bij zijn mond hielden. Hij had een monocle voor zijn linkeroog en een kleine, op maat voor een bever gemaakte jachthoed versierde zijn kop. Sherlock was compleet verbijsterd en dat vond Watson amusant.

"Ik zei dat de 9/11 herdenking een succes was," drong Watson aan. Hij trachtte enige reactie uit Sherlock te krijgen.

"Hmmm?" mompelde Sherlock.

"Vergeet het maar. Ja, vergeet het gewoon," Watson wierp zijn krant naast zijn stoel. Op de voorkant van de krant viel in grote kapitalen te lezen 'Amerika herdenkt'.

Het geluid van de deurbel schelde door het huis. Watson keek naar Sherlock om te zien of dit enig teken van leven zou terugbrengen in de 'grote detective'.

Er werd een tweede maal aangebeld.

"Oh, ik zal wel opendoen, hè?" suggereerde Watson met een flair van sarcasme.

"Hmm?"

Watson liep hoofdschuddend naar de voordeur. En weer werd er aangebeld.

"Ja, ja. Ik kom er al aan" zei Watson ongeduldig.

Hij opende de deur en keek in de gezichten van vier mannen. Ze droegen donkere pakken, witte overhemden en donkere stropdassen.

"Sherlock Holmes?" vroeg een van de kerels, met een zwaar Amerikaans accent.

"Laat ze binnen, John," klonk de stem van Sherlock uit het huis.

Watson stapte opzij en keek hoe de mannen hem voorbij liepen en de woonkamer binnenstapten.

Sherlock, die al die tijd op zijn plaats bij de haard en mysterieuze bever was blijven staan, richtte zijn blik nu op de gasten. Watson keek hoe hij iedere man nauwgezet bestudeerde.

Voordat één van de mannen de kans kreeg het gesprek te beginnen, was Sherlock al van wal gestoken. "Jullie werken voor de Amerikaanse overheid. Niet de FBI, nee, nee, zeker niet, de CIA, dat is duidelijk. Jullie manieren en die kleine speldjes op jullie revers duiden op de geheime dienst. Maar wat doen jullie in Engeland? De president vereert ons op dit moment niet met een bezoek, dus jullie aanwezigheid zou eigenlijk geheel overbodig moeten zijn."

Zijn blik daalde neer op de door Watson weggegooide krant. "Ah, het heeft wellicht iets te maken met de herdenking van 9/11. Maar wat?"

"Sir!" begon een van de mannen, "We hebben weinig tijd, onze vlucht terug is al over een uur."

"O.k., goed dan," snauwde Sherlock, "Ik neem aan dat jullie willen dat ik meekom?"

"Ja, uw aanwezigheid is gewenst. We kunnen u beiden inlichten tijdens de vlucht."

En zo geschiedde het. Tijdens de acht uur durende vlucht naar Amerika werden Sherlock en Watson in het kort ingelicht over de situatie. De mannen waren inderdaad van de geheime dienst, zoals Sherlock reeds had geconstateerd, en op deze speciale missie gestuurd door het Departement Binnenlandse Veiligheid voor een National Special Security Event.

Alhoewel er in de pers met geen woord over was gerept, was het Pentagon in de aanloop naar de tiende herdenking van 9/11 vermoedelijk blootgesteld geweest aan een terroristische aanslag. Na die aanslag werd een lid van het personeel vermist en ontvoering werd vermoed.

Een van de agenten vertelde dat de vermiste generaal via de intercom met zijn secretaresse aan het praten was. Dat het leek alsof hij plotseling tegen iemand anders begon te praten. Vervolgens waren er eigenaardige geluiden gehoord. Mogelijk van een worsteling. Onbegrijpelijk was het dat tijdens dit incident niemand het kantoor was in- of uitgegaan, maar dat de generaal was verdwenen.

Sherlock en Watson arriveerden bij het Pentagon in een stereotype zwarte sedan zonder aanduidingen. Ze werden naar een ingang geëscorteerd en naar binnen geleid. Bij binnenkomst in het gebouw bevond zich een controlepost. Die zag er niet veel anders uit dan eentje die je op een vliegveld zou tegenkomen, ofschoon hier de beveiligingsagenten wel zwaarder bewapend waren. Medewerkers en bezoekers konden slechts binnenkomen via een detectorpoortje, terwijl tassen en koffertjes door een röntgenapparaat werden gescand.

Achter de controlepost werden Watson en Holmes opgewacht door majoor Powell en twee andere officieren, die hen vervolgens door een niet zo ver van de controlepost gelegen veiligheidscontrolekamer heen hielpen.

Na een korte introductie werden Holmes en Watson nader geïnformeerd en kregen nu aanzienlijk meer informatie dan was gegeven tijdens de vlucht.

Een hoge overheidsfunctionaris, van wie de identiteit niet werd meegedeeld, had opdracht gegeven Sherlock bij de zaak te betrekken. De specifieke vraag aan hen was hoe de aanvallers het Pentagon binnen waren gekomen en hoe zij generaal Mendoza hadden kunnen ontvoeren zonder door enige beveiligingscamera gespot te worden.

Een van de officieren uit de controlekamer legde uit dat het systeem op alle alarmen, camera's en elektromagnetische veiligheidsdeuren toezicht had en deze ook controleerde.

"Wat gebeurde er tijdens de aanval?" wilde Sherlock weten.

"Nou, we verloren de controle over alarmsystemen en veiligheidsdeuren" zei de officier.

"En de camera's waren in het geheel niet beschadigd of tijdelijk uitgeschakeld?" ondervroeg Sherlock hem. "Er is geen kans dat er een tijdelijke black-out was? En nu moet je heel specifiek zijn."

"Voor al het beeldmateriaal kan verantwoording worden genomen. Er zijn geen haperingen, black-outs of iets anders dat afwijkt van de normale kwaliteit gevonden" antwoordde Powell.

"Uitstekend!" antwoordde Sherlock, met welk antwoord hij de militairen nogal verraste. "En hoe zit het met de oorsprong van het virus?"

"Die hebben we achterhaald. Het is een gefrustreerde voormalige werknemer. Hij werkte ooit bij de sectie Veiligheidsprogrammeringen hij kende ons systeem. Hij is vastgezet, maar weigert te vertellen wat er met generaal Mendoza is gebeurd, of voor wie hij werkt," beantwoordde Majoor Powell, om met een vraag te vervolgen: "Zouden jullie hem willen ondervragen?"

"Nee, ik hoef hem niet te ondervragen" zei Sherlock, maar voegde daar aan toe: "Maar het is wel nodig dat ik het kantoor van de generaal zie."

Watson en Holmes werden door majoor Powell, wederom vergezeld door twee officieren, rondgeleid door een aantal gangen in het Pentagon. Elke galerij en gang leek een thema te hebben. Soms hingen er herdenkingstekens voor conflicten, humanitaire operaties of takken van de dienst. Ze waren een gang ingegaan waarvan de muren vrijwel geheel bestonden uit quilts en memorabilia.

De majoor vertelde dat dit een van de gangen was die getroffen was tijdens 9/11 en dat al de voorwerpen in die gang geschonken waren door de families van slachtoffers, door scholen en gemeenschappen. Ze bleven daar hangen als een permanente herinnering aan de tragische dag.

Ze liepen naar een hal net voorbij de 9/11 herdenkingsgang en stapten een werkkamer in. Powell lichtte toe dat dit het kantoor van de secretaresse van Mendoza was. Haar bureau was leeg, omdat haar verlof was gegund na het incident.

Het kantoor van Mendoza was een kantoor zoals dat in gedachten komt als je denkt aan het kantoor van een hoge militaire officier. De muren hadden eiken panelen en aan één van die muren, de muur direct aan de rechterkant, was een boekenplank bevestigd. Door een lang raam tegenover de ingang had je een goed uitzicht op de centrale binnenplaats.

Langs het linker gedeelte van het kantoor stond het oude, doch robuuste, houten bureau van generaal Mendoza. Aan de muur achter het bureau hing een luchtfoto van het Pentagon.

"Niets is verplaatst, alles staat op dezelfde plek als net na de aanval. Zelfs de computer is aangelaten, zoals die aangetroffen werd," vertelde Powell.

Sherlock bleef stil terwijl hij, zoals hij vele keren daarvoor had gedaan, in zijn gedachten de scène reconstrueerde. Hij liep door de kamer, onderzocht de boekenplanken, het gebied rond het bureau en het uitzicht vanuit het raam.

"Ziet er behoorlijk ouderwets uit," merkte Watson op in een poging de stilte te verbreken. "Niet echt wat ik had verwacht van een Amerikaanse militair."

De bedoeling van de opmerking was om luchthartig over te komen en om het moment te vergemakkelijken.

"Ik kan u verzekeren dat alles wat hier oud is door de persoon zelf is gekozen," reageerde Powell kortaf.

"Het Pentagon onderging tussen 1998 en 2011 een ingrijpende renovatie," verklaarde Holmes nog steeds druk bezig met zijn inspectie. "Alles werd aangepast aan moderne normen, inclusief de veiligheid, de ornamenten en zelfs de ramen. Aangezien je zelf een militair man bent had ik verwacht dat je dat zou weten, mijn beste Watson."

Sherlock duwde tegen de sterke ramen met dubbele beglazing. Alle ramen waren vervangen tijdens de renovatie en zaten potdicht, niet alleen voor de veiligheid maar ook vanwege energie efficiëntie.

"Prachtig," was het commentaar van Sherlock. "Ik moet nog één keer de controlekamer bekijken."

Sherlock stopte buiten een van de vele wc-groepen van het Pentagon en slaakte een kleine kreet. "Wist je dat het Pentagon meer wc's heeft dan nodig zijn?"

Watson, majoor Powell en de twee officieren keken Sherlock verbijsterd aan.

Sherlock praatte door, "Ja, oorspronkelijk had de architect het gebouw zo ontworpen dat er gescheiden voorziening zouden zijn, met aparte wc's voor 'zwarten'. Maar toen Roosevelt voor de opening het gebouw inspecteerde, eiste hij het verwijderen van de borden waarop stond 'alleen blanken'. Het Pentagon was het eerste gebouw in Virginia waar segregatie verboden was." Sherlock liep vervolgens onverwijld de wc-ruimte binnen.

Watson keek aarzelend naar de Amerikaanse officieren en volgde Sherlock schouderophalend de mannen wc's in.

"Met die accenten weet je nooit aan welke kant ze staan," schertste één van de officieren.

"Sherlock! Ben je gek geworden?" zei Watson kortaf. "Wat doen we op een toilet?"

Sherlock begon snel, doch met gedempte toon, te spreken. "Ik blijf hier en jij gaat terug naar het kantoor van generaal Mendoza. Eenmaal daar, wacht en kijk of er iets eigenaardigs gebeurt."

"Waarom?"

"Omdat ik het gevoel heb dat ik door wat ik nu ga doen mogelijk achter slot en grendel kan geraken, en zonder jou in het kantoor kan ik deze zaak niet oplossen."

"Je maakt het ook nooit makkelijk, of wel?" zei Watson wanhopig.

Sherlock liep bedaard de ruimte uit en legde uit dat Watson 'anderszins bezet' was. De majoor liet één van de officieren bij de wc om te wachten op Watson, en leidde Sherlock terug naar de controlekamer.

Eenmaal daar aangekomen, keerde Sherlock zich tot majoor Powell: "Goed, we moeten de gebeurtenissen van de dag reconstrueren."

"Sorry?" zei Powell vol ongeloof.

"Ik wil dat je de alarmsystemen af laat gaan en de veiligheidsdeuren laat ontgrendelen" eiste Sherlock.

"Geen denken aan!" brulde Powell.

"Wil je uitvinden wat er is gebeurd of niet?"

"Meneer Holmes, ik ben geduldig genoeg met u geweest en u gaat mij nu onmiddellijk vertellen wat er gaande is, of ik laat u van het terrein af zetten," eiste Powell op zijn beurt.

"Tja, het is evident dat er van ontvoering geen sprake is," reageerde Sherlock geërgerd.

223

"Hoe bedoelt u?"

"Noch het Pentagon, noch generaal Mendoza is bedreigd. Ook zijn er geen eisen gesteld. Uw veiligheidscamera's waren niet uitgeschakeld, de kantoorramen zijn niet geschonden. Het is niet mogelijk dat iemand dat kantoor in of uit is gegaan zonder dat u het door zou hebben gehad," zei Sherlock, terwijl hij nonchalant door de controlekamer slenterde, "wat ons vertelt dat generaal Mendoza nog steeds in zijn kantoor aanwezig is."

Sherlock stopte met praten en zonder een ander woord uit te spreken, wierp hij zich ineens op een controlebureau en drukte meerdere knoppen in die hij eerder had bestudeerd.

Watson was aan het wachten op een van de toiletten, toen het alarm in de gang afging. "Daar gaan we dan," dacht hij bij zich zelf.

Hij deed de wc-deur open en gluurde naar buiten. De officier die buiten had staan wachten rende nu richting de controlekamer.

Watson ging op weg naar het kantoor van Generaal Mendoza. Het was doodstil in het kantoor, de dikke houten deur dempte het geluid van het alarm. Niets leek ongewoon. Het zag er precies zo uit als daarvoor.

Hij liep door het kantoor en ging uiteindelijk naar het bureau. Hij ging zitten en wachtte op Sherlock of op ongetwijfeld slechtgehumeurde militairen. Opeens flikkerde de computer monitor uit de slaapmodus. Een nieuw venster opende en een aftellende timer verscheen op het scherm. Watson staarde naar de nummers die steeds dichterbij de nul kwamen. Er was een harde klik, waarna er een malend geluid viel te horen.

Watson keerde zich om en zag dat een deel van de muur, dichtbij het raam, opzij schoof. Nieuwsgierig naderde hij de voorheen verborgen deuropening en werd onmiddellijk misselijk door een vreselijke geur. Terwijl hij zijn neus bedekte realiseerde hij zich dat hij voor een zijkamer stond. Hij stapte over de drempel.

De kamer bevond zich langs de achterwand van het kantoor, namelijk achter de wand waar het schilderij hing. Het leek erop dat dit een soort schuilkamer was. Nadat hij de schakelaar had gevonden en ingedrukt flikkerde de lichten aan met een zoemend geluid, alsof ze een lange tijd niet waren gebruikt.

Nu kon hij de kamer goed zien. Hij deinsde aanvankelijk snel terug toen hij het lichaam van een man van middelbare leeftijd in militair uniform zag liggen. Toen hij dichterbij kwam zag Watson een badge met daarop 'Generaal P. Mendoza'. Nadat hij snel het lichaam had gecontroleerd, concludeerde hij dat verstikking de meest waarschijnlijke overlijdensoorzaak was.

Net toen Watson van plan was de ruimte te verlaten, sloeg de schuifdeur met een knal dicht.

Watson trachtte kalm te blijven en pakte zijn mobiele telefoon. Er was geen ontvangst. Ofwel werd het signaal in deze schuilkamer geblokkeerd, ofwel had het te maken met de veiligheidsmaatregelen van het Pentagon. Watson wist dat bepaalde vooraanstaande militaire gebouwen signaalblokkers gebruikten om ongecontroleerde communicatie te verhinderen

"Verdomd!" riep hij uit.

Toen hij om zich heen keek ontdekte hij een klein paneeltje met gekleurde knoppen op de muur boven het lichaam van Mendoza. Hij voelde opluchting en drukte de knoppen in, de ene na de andere. Er gebeurde niets; ze waren losgekoppeld of ze waren kapot.

"Wat?! Nee!" gilde hij.

Watson beperkte zijn activiteiten tot gebons op de deur. Een luid, metaalachtig geluid echode door de kamer. Hopelijk zou iemand het horen. Maar toen keek Watson naar het lichaam van generaal Mendoza. Hij was gestikt en dat betekende dat deze kamer luchtdicht en zeer waarschijnlijk geluidsdicht was.

Het werd steeds lastiger om de lucht, reeds verziekt door de geur van Mendoza's rottende lichaam, in te ademen. Watson viel op zijn knieën. Hij besefte dat hij elk moment kon stikken. Eerst zou hij duizelig worden, waarna een black-out zou volgen. Er was niets dat hij kon doen.

Hij ademde steeds moeizamer, voelde zich duizelig worden en sloot zijn ogen...

De deuren van de schuilkamer gleden open. De silhouetten van twee mannen kwamen dichterbij en hij werd de kamer uitgedragen.

Watson opende zijn ogen en zag dat hij in het kantoor van generaal Mendoza lag. Majoor Powell en vier officieren keken op hem neer. Sherlock stond bij de deur naar de schuilkamer, in handboeien.

"U hebt geluk dat u nog leeft," zei Powell, terwijl hij hem overeind hielp.

"We zouden er sneller zijn geweest als u me niet had gestopt," mompelde Sherlock nors.

"Erger me niet, Holmes," snauwde Powell. "Jij hebt geluk dat we je alleen handboeien om hebben gedaan. Verklaar jullie gedrag, anders zal ik een aanklacht tegen jullie indienen."

Sherlock zuchtte, "Ik ben er geheel van overtuigd dat u zich er van bewust bent dat het Pentagon tijdens de Tweede Wereldoorlog is gebouwd. Het is daarom waarschijnlijk dat er in bepaalde kantoren voor personeel van hoge rang, zoals deze, extra beveiligingsfuncties waren ingebouwd, zoals schuilkamers als deze," zei Sherlock, wijzend naar de verscholen kamer.

"Toen het incident zich afspeelde, gingen de alarmsystemen af en bepaalde beveiligingsdeuren werden ontgrendeld. Inclusief de toegang tot deze schuilkamer. Toen generaal Mendoza met zijn secretaresse aan het praten was opende de deur zich automatisch.

"Net zoals u had de generaal vast geen benul van het bestaan van deze kamer en dacht wellicht dat iemand de deur van binnen uithad geopend. Dus ging hij dat uitzoeken," legde Sherlock uit, om zich heen kijkend of iedereen zijn redenering kon volgen. "Als je de procedures correct volgt, vergrendel je het gehele gebouw. Dit houdt volgens mij in dat de schuilkamer ook werd vergrendeld en dat de noodvoorraad aan lucht werd afgesloten. Dit was er de oorzaak van dat de generaal niet in staat was de deur te openen en uiteindelijk stikte."

"Het lijkt absurd dat iets zoals dit over het hoofd zou kunnen worden gezien," zei de majoor.

"Is dat zo?" vroeg Sherlock spottend. "Het is heel goed mogelijk dat tijdens het renoveren van het gebouw en het bijwerken van de veiligheidssoftware iets over het hoofd is gezien.

"Ik nam aan dat de oorspronkelijke blauwdrukken van het Pentagon een aantal zwarte gaten hebben. Vergeet niet dat het werd gebouwd tijdens de grootste oorlog uit de gehele geschiedenis; de overheid van de V.S. wilde natuurlijk niet dat door exacte tekeningen van de nieuwste en grootste militaire gebouwen details zouden kunnen lekken naar de Asmogendheden."

"De dood van de generaal...?" begon Powell.

"...was een ongelukkig incident," zei Sherlock. "Uw voormalige werknemer is schuldig aan het virus, maar het was niet zijn bedoeling de generaal iets aan te doen. En ik vermoed dat hij in zijn eentje te werk ging.

"Deze onbekende schuilkamer zou eigenlijk niets te maken kunnen hebben gehad met de vergrendeling: het is een abnormaliteit in het systeem; een geest in de machine, als je het zo zou willen stellen," eindigde Sherlock met een wrange glimlach.

18 September 2011: 221B Baker Street, London.

"Sherlock, lieverd, het is je broer," klonk de aardige stem van mevrouw Hudson vanuit de gang.

Sherlock maakte een onbeleefd geluid en pakte de opgezette bever van de schoorsteenmantel en ging vervolgens in zijn fauteuil zitten. Hij deed alsof hij zich helemaal in het voorwerp had verdiept.

Mycroft Holmes liep de woonkamer in, knikte en glimlachte naar Watson, die beleefd terugknikte.

"Het spijt me dat ik je stoor, Sherlock," begon Mycroft. "Ik ging naar huis en werd gevraagd een bericht aan je door te geven. De Amerikaanse overheid dankt je nogmaals voor je hulp."

Sherlock bewoog in zijn stoel en gaf een kinderachtig knorretje, maar zijn gezicht bleef gericht op de bever.

"Nou dan." Mycroft glimlachte nog een keer op zijn eigen, aparte manier. "Ik zal je niet langer storen." Mycroft draaide zich om, klaar om weg te gaan, maar stopte. Hij keek nog een keer naar Sherlock. "Oh, ik ben blij te zien dat je veel plezier hebt van je cadeautje."

Sherlock keek zijn broer onderzoekend aan.

"Ik was er al van overtuigd dat het jou zou fascineren." Mycroft glimlachte nog een keer en knipoogde naar Watson, waarna hij vertrok.

Sherlock keek naar het dier dat zo lang voor raadsels had gesteld. "Verdikkeme!" riep hij en met de razernij van een kind smeet hij het dier op de grond.

Het Avontuur van de Tweede Mantel
door Jack Foley
Sunderland, Verenigd Koninkrijk

Wanneer ik terugdenk aan de meer dan 120 zaken waarvan ik het genoegen heb gehad ze te documenteren tijdens de 23 jaren waarin ik heb samengewerkt met de onnavolgbare detective Sherlock Holmes, herinner ik me er eigenlijk niet één die zo'n ongewone aaneenschakeling van gebeurtenissen bood als het 'Avontuur van de tweede mantel'. Het zou zijn laatste zaak zijn, en tevens de zaak waarin zijn eigen methodes tegen hem werden gebruikt.

Het speelde zich af in de winter van het jaar 1904, toen mijn tweede echtgenote Violet en ik op het platteland woonden. Nadat ik mijn vertrekken in Baker Street had ontruimd zou ik eindelijk eens goed gaan verdienen met mijn praktijk. Ik had Holmes al een aantal maanden niet gezien en bij mijn terugkeer was ik ongerust over de toestand waarin ik hem zou kunnen aantreffen.

Toen ik zijn kamer binnentrad was Holmes echter zijn normale zelf. Hij zat in zijn fauteuil, met zijn gezicht richting de open haard en zijn blik gericht op een grote stapel documenten.

"Ah!" riep hij uit, amper opkijkend van zijn werk, "Mijn beste Watson, ga toch zitten. Ik neem aan dat je een goede reis gehad hebt?"

"Holmes, je bent geen haar veranderd! Wat heb je tot nu toe allemaal uitgespookt?"

Holmes informeerde me dat hij op het punt stond de gevaarlijkste criminele bende van Europa voor de rechter te slepen. Een organisatie die het afgelopen jaar verantwoordelijk was geweest voor niet minder dan zeven wrede moorden. Die vrijdag waren ze van plan een rijke, Schotse, in Londen wonende arts en schrijver te vermoorden. Het was Holmes' bedoeling om ze op te wachten.

Holmes en ik spraken enkele minuten voordat we werden onderbroken door mevrouw Hudson, die inspecteur Lestrade met zich meebracht. Sherlock was zoals altijd ongeïnteresseerd in de aankomst van de inspecteur en vroeg hooghartig, "Welke onbeduidende zaak wilt u nu weer onder mijn aandacht brengen?"

"De moord op Lord Ashdown," antwoordde de inspecteur, terwijl hij het appartement verder instapte. "En waarom acht je het nodig om mij in deze zaak te betrekken?" berispte Holmes hem. "Hij had een brief bij zich die aan jou geadresseerd is."

"Watson," begon Holmes, van zijn stoel springend, duidelijk geïnteresseerd geraakt, "aangezien je toch in Londen bent vandaag, ben je vast bereid mij bij te staan in deze zaak."

Ik was al geruime tijd niet meer in Baker Street geweest en wenste maar al te graag weer een zaak met Holmes op te lossen. Ik vergezelde mijn vriend en de inspecteur in het rijtuig dat buiten op ons wachtte. Tijdens de rit vertelde ik hoe ik het slachtoffer een week eerder had ontmoet tijdens een diner. Een vriend van mij, een voormalige hoge officier genaamd Charles Harding, was de gastheer. Harding was een opgewekte heer die veel interesse toonde in mij en mijn verhalen over mijn werk met Holmes.

Lestrade informeerde ons dat het lichaam in het midden van de kamer lag en dat er bloedvlekken op het overhemd zichtbaar waren, die waren veroorzaakt door een schotwond. De kamer was geheel ontruimd; er stond alleen nog wat meubilair. Holmes zei dat het een verschrikkelijk wanhopige poging was om de motieven van de groep te verbergen.

We kwamen aan in het lege huis in Noord Londen en vonden het lichaam precies zoals beschreven, inclusief de aan mijn vriend geadresseerde brief. Hij las deze en gaf hem al snel aan mij.

Geachte Heer Holmes,

We vertrouwen erop dat u deze brief zal vinden. Het was uw bemoeienis met onze zaken die er voor heeft gezorgd dat we de plannen vooruit hebben moeten schuiven. Gedurende de voorbije maanden hebben we veel van uw methodes kunnen opsteken en derhalve danken we u ten zeerste voor uw hulp in het regelen van deze kwestie.

"Waar hebben ze het over, Holmes?" vroeg ik en legde de brief op de tafel.

"Afgelopen november kwam ik, in het kader van een afgrijselijke moord, in aanraking met een criminele bende die Londen als werkterrein heeft: De Tweede Mantel, een van de gevaarlijkste organisaties die ik ben tegengekomen in mijn carrière. Ik had redenen om aan te nemen dat ze van plan waren een van de meest spectaculaire overvallen te plegen die dit land ooit had meegemaakt. Om ze voor justitie te kunnen brengen had ik bepaalde informatie nodig en daarom deed ik me tijdens de daaropvolgende weken voor als een dakloze man op zoek naar werk. Ik won hun vertrouwen, voerde kleine klusjes voor hen uit en maakte uiteindelijk deel uit van hun organisatie. Ik ontmoette de andere leden regelmatig in een ongebruikte tunnel onder de Theems. "Ze namen mij in vertrouwen." Hij hurkte naast het lichaam. "Ze vertelden me alles wat ik wenste te weten en ze informeerden mij over hun plannen. Zo ook dat ze deze vrijdag Lord Ashdown, een rijke Schotse auteur hier in Londen, zouden vermoorden. Het was mijn bedoeling deze criminelen tegen te houden. Ze leken echter op de hoogte van mijn banden met Justitie en besloten hun plannen vooruit te schuiven. Al mijn moeite blijkt vergeefs. Ik ben misleid: ik kan de van hen gekregen informatie niet meer vertrouwen. Ik ben er niets wijzer van geworden, terwijl zij nu alles over mij weten."

"Wat wil je nu doen?" vroeg ik, terwijl ik toekeek hoe Holmes door de kamer ijsbeerde, nadenkend of hij nog enige informatie kon achterhalen.

"Ze kennen al mijn methodes, ik kan niets van het bewijs dat ik hier vind vertrouwen. Ze weten precies waarnaar ik zal zoeken."

Holmes legde uit dat hij uit het geringe aantal beschikbare aanwijzingen slechts kon afleiden dat er de voorafgaande avond vijf mensen aanwezig waren geweest. Ze waren allemaal uit verschillende richtingen gekomen en hadden allen verschillende spullen meegenomen. Bij het doorzoeken van de kamer vond hij water bij de openhaard. Het vuur was met haast gedoofd. Dit gegeven, samen met het feit dat Lord Ashdown zijn moordenaar niet had kunnen zien en de plaats waar de kogel in het lichaam zat, wezen er op dat hij door het raam neergeschoten was terwijl hij bij de haard zat.

Holmes schreef een korte brief geadresseerd aan mijn vriend Harding en vroeg mij terug te gaan naar Baker Street om een aantal documenten op te halen om die samen met de brief aan Harding te geven. Holmes en de inspecteur gingen naar Scotland Yard. Holmes vroeg de inspecteur met klem om de politieaanwezigheid rondom het huis van Harding te garanderen. Holmes gaf me te kennen dat we elkaar, nadat ik de brief had afgeleverd, in het British Museum zouden treffen.

Het was net na zessen toen ik in het museum aankwam. Holmes stond binnen op me te wachten en toen ik eenmaal daar was toonde hij mij een opslagkamer achter in het museum. Hij vroeg mij of ik door iemand gevolgd was.

In de opslagkamer werden we opgewacht door inspecteur Lestrade met zo'n twaalf agenten. Holmes gaf hun onmiddellijk instructies.

"Ik verwacht ze rond acht uur hier," begon Holmes, "het is een riskant misdaadspelletje dat ze vanavond gaan spelen en daarom betwijfel ik ten zeerste dat hun leider er vanavond bij zal zijn. Niettemin denk ik dat ik de bewegingen van de andere vier leden met redelijke nauwkeurigheid kan voorspellen. Twee leden zullen binnenkomen door verschillende ramen aan de westelijke kant van het gebouw op de begane grond. Het is hun bedoeling om de bewaking en politie naar die kant van het gebouw te krijgen. Zij zullen hier slechts korte tijd zijn en waarschijnlijk zullen ze niets stelen. Lestrade, als je ze wenst te vangen moet je ervoor zorgen dat je mannen verstopt blijven, totdat de bendeleden binnenkomen. Wanneer ze dat doen, moet je snel reageren.

"Een ander lid van de bende zal via de opslagkamer binnenkomen, door de deur waar wij net doorheen zijn gegaan. Ik heb het gevoel dat hij hier werkt en daardoor goed zijn weg zal kunnen vinden. Hij zal proberen zo snel mogelijk het object dat hij zoekt te bemachtigen en daarna het raam openen; het laatste lid van de bende wacht beneden op het voorwerp. Hij is een jonge, atletische man en hij zal het naar hun schuilplaats brengen.

"Enfin, inspecteur," Holmes keek streng naar Lestrade, "ik stel voor dat je jouw mannen nu organiseert. Zo kunnen ze straks de bendeleden al in de boeien slaan voordat ze ook maar doorhebben dat ze in een val gelopen zijn."

"Ik zal zeker mijn best doen, Holmes," antwoordde hij.

Mijn vriend en ik bleven in de opslagruimte achter en toen het acht uur in de avond was kwamen de bendeleden precies op de manier zoals Holmes beschreven had binnen. Lestrade kon hen allemaal arresteren en in het rijtuig, dat daarvoor gereed stond, zetten. We wensten de inspecteur een goede nacht, waarna hij wegreed naar de Yard. Toen de inspecteur eenmaal weg was, vertelde Holmes me alle details van de zaak.

"Alhoewel het de allerhoogste prioriteit had voor de Tweede Mantel om foute informatie aan mij door te spelen en mij zo op het verkeerde been te zetten, is het mij gelukt om de essentie van de zaak te begrijpen door de weinige correcte informatie die mij was toevertrouwd. Allereerst, mijn beste Watson, meldde je dat je slechts een week geleden een diner met Lord Ashdown en je vriend Harding had. Ik weet dat Harding er plezier in heeft jouw verslagen van ons werk te lezen en dat je hem vaak ongepubliceerde manuscripten brengt; documenten waarin veel details van mijn methodes en zaken staan. Vorige week toonde je hem een aantal verslagen, en ook één waarin staat hoe wij een Egyptisch kunstvoorwerp van onschatbare waarde terugvinden. Je herinnert je waarschijnlijk nog dat dit artefact, de zogenaamde Mantelstaf, gedurende het transport van het British Museum naar een museum in Cairo gestolen werd. We vonden de scepter terug en retourneerden hem aan het museum. In jouw verslag staat welke veiligheidsmaatregelen er vervolgens werden genomen om de scepter te behoeden voor een andere diefstal.

"Vorige week gaf je dit verslag aan je vriend. Vermoedelijk heeft hij na je vertrek een aantal van de verslagen aan Lord Ashdown gegeven, omdat ook hij interesse toonde in jouw verhalen. Ashdown nam ze mee naar huis, omdat hij van plan was ze nog een keer te lezen. De leden van de Tweede Mantel wisten dat hij je manuscript bij zich had en wilden deze papieren bemachtigen om meer te weten te komen over mijn methodes. De groep bestudeerde ze aandachtig en gebruikte de kennis die zij daardoor over mij verkregen voor het planten van vals bewijsmateriaal. Op die wijze zetten ze mij op het verkeerde been. We weten dat Ashdown door het raam is neergeschoten en dat het erop lijkt dat hij op dat moment het manuscript aan het lezen was. Het lichaam was op de vloer neergelegd om dit te verbergen. Ze namen andere objecten uit de kamer mee om zo hun feitelijk doel te verdoezelen. Dit maakte het voor mij echter juist duidelijk dat ze iets hadden weggehaald dat ik interessant zou vinden.

"Het feit dat hij door het raam doodgeschoten is vertelt ons ook iets over de plannen van de groep. De persoon die Lord Ashdown neer heeft geschoten moet wel een van de belangrijkste leden van deze organisatie zijn; diegene die ook het meenemen van de kostbare goederen, de papieren, toevertrouwd was. Hij moet de snelste route terug hebben genomen, richting het zuidwesten, en dat impliceert dat hun schuilplaats in de buurt van Tavistock Square te vinden moet zijn, dichtbij het museum. Het werd mij duidelijk dat ze het manuscript wilden hebben om achter de details te komen betreffende de veiligheidsmaatregelen rond het kunstvoorwerp. Het viel te betwijfelen dat ze zoveel moeite hadden gedaan om alleen maar achter mijn methodes te komen, vooral omdat ze me elke week al hadden gezien. Ik had het gevoel dat hun tweede stap het vermoorden van Harding zou zijn, maar ze hadden geanticipeerd dat ik dit al uitgewerkt zou hebben. Ik stuurde je met enkele documenten naar Harding. Ik dacht dat ze die wel graag zouden willen zien en ik had er ook voor gezorgd dat er veel politiebewaking was, om ze te laten denken dat ik verwachtte dat ze Harding zouden proberen te vermoorden, terwijl ik ze eigenlijk een stap voor was.

"In feite verwachtte ik dat ze hun plannen naar voren zouden schuiven toen ze de nadrukkelijke aanwezigheid van politie rondom het huis van je vriend zagen. Ik zorgde ervoor dat ik samen met Lestrade en de politie ongemerkt het museum inkwam. Ik wist ook hoe de groep binnen zou komen, aangezien in jouw verslagen mijn bezorgdheid over een aantal gebreken in de beveiliging werden genoemd. Door jouw geschriften te lezen konden ze de beste manier bedenken om de staf te stelen."

"Fantastisch, Holmes!" riep ik. "Het enige wat ons nog rest is de leider van deze organisatie te vinden." We gingen naar de opslagkamer op de tweede verdieping, waar zich het kunstvoorwerp bevond. De scepter werd bewaard in een kleine houten krat. Holmes tilde het deksel op. Onze monden vielen open van verrassing: de Mantelstaf was weg. Het kistje was echter niet helemaal leeg, want er lag een brief in. Holmes las de brief en gooide hem daarna op de vloer en verliet het museum zonder iets te zeggen. Ik riep hem achterna, en pakte de brief op.

Geachte Heer Holmes,

Ik heb het idee dat dit de perfecte gelegenheid is om u te feliciteren. In de afgelopen jaren heeft u bewezen een geduchte

233

tegenstander te zijn. Het is u meermaals gelukt mijn plannen te verijdelen. Echter, het betreurt mij u mede te delen dat datgene dat u vanavond wilde behoeden voor diefstal, het land al samen met mij heeft verlaten. Afgelopen nacht, na de moord op Lord Ashdown, hebben de anderen redelijk lange omwegen naar onze ontmoetingsplaats genomen. Dit gaf me voldoende tijd om de staf te stelen. Ik wist dat de mannen die hier vannacht zouden komen in een val zouden lopen.

Ik heb u altijd al persoonlijk willen ontmoeten, alhoewel ik er nu mijn twijfels over heb of ik ooit dat genoegen zal hebben. Mijn communicatie met u loopt altijd via tussenpersonen. Een aantal jaren geleden ontmoette u een van mijn trouwe medewerkers, die zich als mij voordeed. Ervan overtuigd dat ik deze persoon was, vocht u met hem, waarbij u hem in de diepte van de Reichenbach Watervallen liet vallen.

Na die gebeurtenis en de gevangenneming van kolonel Sebastian Moran was ik helaas genoodzaakt onder te duiken. Mijn enorme imperium viel uiteen. In de jaren daarop vergaarde ik steeds meer kennis betreffende uw methodes. Zo kon ik een plan bedenken waarmee ik u ten slotte zou verslaan. Nu ik erin geslaagd ben u op het verkeerde been te zetten en aan u te ontglippen, is het spel voorgoed afgelopen. Ik ben het land uit, samen met de staf, en zal nooit meer terugkeren.

Professor James Moriarty

Toen ik de brief had gelezen, verliet ik geschokt het museum. Aangezien het laat was en mevrouw Hudson niet de tijd had gehad mijn oude kamer voor mij in orde te maken, besloot ik de nacht door te brengen in een nabijgelegen hotel.

De volgende ochtend begon ik me zorgen te maken om mijn goede vriend en ging naar hem toe. Hij was verslagen, te slim afgeweest en dergelijke situaties leidden meestal tot een bepaalde geestelijke gesteldheid. Tot mijn grote verbazing vond ik mijn vriend in zijn stoel bij de openhaard met twee grote koffers naast zich.

"Wat ben je van plan, Holmes?" vroeg ik.

"Mijn beste Watson," zijn ogen flitsten van de vloer naar mij, "Ik ben altijd bang geweest dat ik op een dag niet meer in staat zou zijn mijn unieke beroep uit te oefenen. Ik heb altijd een sluimerende angst gehad dat ooit een scherpzinnige geest, die mijn methodes in mijn nadeel zou gebruiken, mijn pad zou kruisen. Professor James Moriarty heeft bewezen dat hij die man is. Hij heeft me op verschillende momenten verslagen en heeft getoond dat hij een zeer gevaarlijke vijand is. Om deze reden heb ik het besluit genomen om me terug te trekken uit mijn beroep als de enige raadplegende detective van de wereld.

"Lange tijd is mijn broer Mycroft de eigenaar geweest van een kleine boerderij in de Sussex Downs, vijf mijl ten westen van Eastbourne. Een gezellige, kleine woning, met uitzicht op het kanaal. Mycroft heeft deze ochtend de boerderij aan mij overgedragen, zodat ik daar kan wonen. Mijn rijtuig zal me over een uur uit Londen ophalen."

Precies een uur later waarschuwde mevrouw Hudson ons dat er een rijtuig buiten stond te wachten. Holmes doofde het vuur in de openhaard, stond op en pakte zijn bagage van de grond. Hij liep naar zijn bureau en vanuit de bovenste lade haalde hij zijn meest waardevolle bezit: een foto van juffrouw Irene Adler. Holmes zette zijn jachthoedje op, draaide zich om en verliet het appartement.

Ik bleef staan, en dacht een moment aan al die zaken die hier in deze kamer waren begonnen. De dansende mannen, de gespikkelde band en de koperen berken. Ik dacht aan al die mensen die Holmes hier hadden opgezocht, in de hoop dat hij ze kon helpen: sir Henry Baskerville, juffrouw Violet Hunter en zelfs de koning van Bohemen. Sherlock Holmes was altijd een belangrijk persoon geweest voor die mensen in Londen, en ver daar omheen, die met een probleem zaten dat ze niet zelf konden oplossen.

Ik wierp een laatste blik op onze kamers, op mijn lege bureau waar ik zo vaak aan had gezeten en de bijzondere daden van mijn vriend had genoteerd. Waar ik tenminste zestig verslagen had geschreven over mijn avonturen met Sherlock Holmes. Verhalen zoals de afschuwelijke zaak van 'De hond van de Baskervilles'. Er gleed een stille traan over mijn wang toen ik dacht dat de plaats waar al deze verhalen waren geschreven nu leeg zou staan en uiteindelijk in verval zou raken. Ik volgde mijn vriend naar buiten.

Holmes zat in het rijtuig en hoewel ik vaak heb gewezen op de ongeëvenaard koele geest van mijn vriend, leek hij nu zeer geëmotioneerd dat hij Baker Street zou verlaten.

"Ik wil dit graag aan je geven, ikzelf heb er vanaf nu niets meer aan," zei hij en overhandigde mij de foto van Miss Adler.

"Holmes, dit kan ik onmogelijk aannemen!" wierp ik tegen.

235

"Het is mijn bedoeling om mij voorgoed terug te trekken en met pensioen te gaan. Ik heb geen herinneringen aan mijn zaken meer nodig. Ik zou graag willen dat jij de foto bewaart, als een klein aandenken aan de tijd dat we samen hebben gewerkt. Vaarwel, mijn dierbare Watson."

Het langzaam uit het zicht verdwijnende rijtuig nam Holmes met zich mee in de mist van een vroege ochtend in Londen. Dit zou de laatste keer zijn dat hij Londen verliet. Dit was ons laatste gezamenlijk avontuur geweest. Zo verlieten wij beiden 221B Baker Street, en werd het thuis van Sherlock het lege huis.

Links

Save Undershaw   www.saveundershaw.com

Sherlockology   www.sherlockology.com

MX Publishing   www.mxpublishing.com

U kunt meer over sir Conan Doyle en Undershaw lezen in Alistair Duncans boek 'Een volledig nieuw land'. Een gedeelte van de opbrengst gaat naar UPT.

Duncan won in 2011 de Howlett Literatuurprijs ('Sherlock Holmes-boek van het jaar') voor 'De Norwood auteur' en is een van de voornaamste experts in sir Arthur Conan Doyle in het Verenigd Koninkrijk.

Dank

Enorme dankbetuigingen aan Jules, Emma, Leif, David, Jacquelynn, Graham, Alistair en Steve. Zonder hun hulp zou dit boek nooit mogelijk zijn geweest.

www.grayshott.com

Grayshott is een prachtige plek om te bezoeken...

Sir Arthur Conan Doyle woonde in Undershaw, zijn voormalige huis in Hindhead, vlak naast het dorp Grayshott.

Hier schreef hij 'De hond van de Baskervilles' en wekte hij Sherlock Holmes weer tot leven in 'Het lege huis' en 'De terugkeer van Sherlock Holmes'.

Grayshott was ook een thuis voor George Bernard Shaw, Alfred Lord Tennyson en Flora Thompson.

Het prijswinnende Grayshott ligt te midden van prachtig beschermd natuurgebied aan de grens tussen North-East Hampshire en Surrey.

Grayshott is een prachtige plek om te bezoeken, met een traditioneel dorpscafé, een werkende pottenbakkerij, een rijke verzameling winkels en restaurants en genoeg interessante bezienswaardigheden en activiteiten.

Wij houden van Grayshott! Bezoek onze website voor meer informatie en kom ons gauw opzoeken. We weten zeker dat u ook van Grayshott zult houden.

www.grayshott.com

Stel je voor: een ruimte gevuld met kunst, koffie, boeken, bier, wijn en live muziek. Onmogelijk? Maak een rondje door de binnenstad van Pittsboro in North Carolina en ontdek Davenport & Winkleperry: overdag een koffiehuis en 's nachts een lounge met een vleugje Victoriaanse esthetiek.

www.davenportandwinkleperry.com

Kickstarter Supporters

Lonna McTaggart	Roland Dept	Emma Grigg
Charlotte Walters	Bonnie MacBird	Fiona-Jane Brown
Carla Coupe	Jenny Holdsworth	Sigita Matulaityte
Khellar	Vaughan Cockell	Thierry Gilibert
Gabriele Caredda	Shizuka Kohmoto	

Cyril Millot président du cercle Holmesien de Paris	Candide Kier	Nicola Gail Bushnell
Simms	Andy Crick	Jay Hassob
Kristina Manente	David Robert Parker	Alberto Daniel Salas García
Martina Rurali	Mike Hogan	Samantha Maxson
Sonia E. León Lo Cascio	Katri Leikola	Stephanie Thomas
Malin Rohman	Jami Marpessa Maselli	Claudia Colin
Louise Carter	Marek Ujma	Jess Rogers
Jill Braden	Stacey St. Edmunds	Betsey
Piers Austin	Makani Valur	Victoria Graham
Sorda	Helen Shide	Pamela R. Bodziock
Angelika Muehlhoff	Kate Cassidy	Maggie Krohn
Manfredo Valdés Castro	Deniz Bevan	Lauren Crist England
Leah Guinn	Sandra Hofmann	Mirva Lukkari
Atsuko Tachibana	Deborah Spitaels	Caitlin Wilson
Jim Mooney	Tasha Gray	Claire Weldon
Bernie Shwayder	Aimee Cummings	Sacha Bryn Kiesman
Ryk Langton	Lidia A. Tsvetkova	Melissa Dwyer
Michele Lopez	Kelly A Donovan	Vânia Frazão
Naomi Taylor	Dr. Efrén Comín	Matt J Baines
Simone Joseph	Pablo Elías De la Llave Torres	Diane Dunn

Babs Nienhuis	Karl J. Claridge	Peter E Young
Bernie J	Pai Cherng	Juan José Abenza Moreno
Susana Barral	Cristina	Lisbeth Nilsen
Luke Johnson	LuAnn Sgrecci O'Connell	H Lynnea Johnson
Greg Randolph	Ryoko Naito	Suzelle Le Fichant
Hugh Ashton	Juan Carlos Fernandez Aller	Miguel Ojeda
TommyLee Whitlock	Clare Preston	Edith Clifford
Alistair Duncan	Matteo Pietro Bragazzi	

www.ingramcontent.com/pod-product-compliance
Lightning Source LLC
Chambersburg PA
CBHW071144260626
47162CB00003B/908